U0575572

名著名译 名家导读

鲁滨孙漂流记

【英国】丹尼尔·笛福 著 孙法理 译

全译插图本

北方联合出版传媒（集团）股份有限公司
春风文艺出版社
·沈 阳·

ⓒ 笛福　孙法理 2015

图书在版编目（CIP）数据

鲁滨孙漂流记 / ［英］笛福著；孙法理译. —沈阳：
春风文艺出版社，2015.12
（小布老虎丛书.外国儿童文学经典）
ISBN 978-7-5313-4895-5

Ⅰ.①鲁…　Ⅱ.①笛…　②孙…　Ⅲ.①长篇小说—英
国—近代　Ⅳ.①I561.44

中国版本图书馆CIP数据核字（2015）第181825号

北方联合出版传媒（集团）股份有限公司
春风文艺出版社出版发行
地址：沈阳市和平区十一纬路 25 号　邮政编码：110003
联系电话：024—23284285
春风文艺出版社　网址：www.chinachunfeng.net
小布老虎编辑部　主页：xblh.chinachunfeng.net
E-mail：xiaobuhu1998@sina.com
辽宁奥美雅印刷有限公司印刷

幅面尺寸：142mm×210mm　　印　张：8
字　　数：260 千字
2015 年 12 月第 1 版　　　2015 年 12 月第 1 次印刷

责任编辑：单瑛琪　邓　楠　　责任校对：彭力胜
插　　图：郜　科　　　　　　封面绘图：沈苑苑
整体设计：冯少玲　　　　　　印制统筹：刘　成

ISBN 978-7-5313-4895-5
定价：19.00 元

版权专有　侵权必究
如有质量问题，请与印刷厂联系调换
联系电话：024-44871130

那船刚出汉伯河，就刮起了大风，转瞬间已经是白浪滔天，恐怖异常。

我端起第一支枪，尽量瞄得准准地，对着它的脑袋就开了枪。

现在，我的木筏已经够牢实，能承载合理的重量了。

再过了几天，我却大吃了一惊，非常意外地发现那里长出了十个或十二个穗子。

我就取出了一本《圣经》。那是我以前谈起过的，却一直没有找到空闲，也没有心情翻一翻。

我是在八月初完成了凉亭，
并开始享受它的。

我开始为食物担心了。冒险出去过两回，有一天打死了一只山羊。

我现在不但有了羊肉，而且有了羊奶。

在海岸上发现了一个人的赤
脚脚印。

我连续观察了两三个月，完全无所发现，我不禁厌倦于这麻烦的任务了。

我见他是单独一人，没有人往这方向跟来，就对他露了面，对他笑，鼓励他。

我常常朗读《圣经》，为的是让他跟我一样理解我所读到的意思。

要我描述自己在看见那狂欢极乐的父子之情如何激动着那可怜的野蛮人时的感受，可真不是件容易的事。

带着这想法我上了船，去了
里斯本……

那可是个庞然大物，比我所见过的狗熊都大许多。见到它，我们人人都有点吃惊，但是星期五见到它时，那满脸的快活和干劲却是谁都不难看出的。

导　读

　　在伦敦市中心本席尔的古代陵园区，矗立着一座方尖碑，碑上有这样的题字：丹尼尔·笛福，1661年生，1731年去世，《鲁滨孙漂流记》作者。碑体朴实，碑文简短，但即使是一千个字的铭文和纳尔逊纪功碑一样崇高的纪念碑，也还无法比这简短的碑文"《鲁滨孙漂流记》作者"更准确地说明丹尼尔·笛福不朽的声誉。

　　可是这本书只是丹尼尔·笛福的全部著作里很微小的一部分。丹尼尔·笛福是人类历史上最多产的作家之一，究竟有多少小册子、诗歌、长篇小说、历史和虚构历史等作品出自笛福笔下，我们也许已经永远无法知道，因为他的很多作品出版时都没有署名。学者们所估计的数目是从250到400部，可他虽然文学作品众多，大部分读者却只知道他是他们早年所喜爱

（很可能后来也随身携带）的《鲁滨孙漂流记》的作者。事实上，有许多人虽然对那被风暴抛撒的人、对那荒岛和他那仆人星期五很熟悉，却都把他这故事当作了伟大的民间传说或神话，认为是从古代流传下来的，或出自种族的想象力，从而以为没有真正的作者可言。因为这个精彩故事的特色正好令人们联想到我们糅合了历史与传说的那一部分传统。作为普通人的历史，这部作品似乎显得太离奇，太惊人；而作为纯粹的虚构，却又似乎太确凿，太真实。因此，许多人只知道鲁滨孙·克鲁索，却不知道创作了克鲁索的人，这也就不奇怪了。

创作了鲁滨孙·克鲁索的人是最真实不过的。他就是这个世界的一分子，是人世间实际事务的热心参加者。他很可能是1660年出生于伦敦的，是一个叫詹姆士·笛福的屠户和蜡烛匠的儿子。他的父亲没有受过多少教育，可这儿子却被送进了一个非国教的私立学校，接受过相当良好的普通教育。他随后的历史几乎就像他笔下的故事那么离奇。在欧洲的旅行，结婚（后来有7个孩子），参加1685年的蒙玛斯公爵的叛乱，做针织品生意、砖瓦生意，经济困难，债务缠身。1702年因为写了一本攻击英国国教的小册子，受到戴上颈手枷示众的处分和罚款并监禁。1704年出狱后他曾短期做过政府密探，为英（格兰）苏（格兰）联盟工作。以后由于他另外一本小册子的出版再度以诽谤罪被判短期入狱。1719年，他终于安定下来，写成了这部不朽的杰作，那时他已经60岁。

《鲁滨孙·克鲁索的生平及其离奇惊人的冒险》出版于1719年4月，出版后立即获得巨大的成功。它的第二部分是当年8月才出版的，可在那以前，这书就已出版了4次。在随后的10年里，笛福还有20多部重要作品和无数小作品问世。他在英国文学史上有较重大贡献的作品还有《著名的摩尔·佛兰德斯的幸运与不幸》（*The Fortunes and Misfortunes of the Famous Moll Flanders*）、《疫年记事》（*The Journal of the Plague Year*，很可能是仅次于他的《鲁滨孙·克鲁索》的最有名的作品）、《杰克上校的故事》（*The History of Colonel Jack*）和《幸运的夫人罗克萨娜》（*Roxana the Fortunate Mistress*）等。这些都是重要的作品，即使笛福没有写过《鲁滨孙漂流记》，也都可以保证他在英国文学史上的突出地位。可他的这部漂流记却永远掩盖了他别的作品的光辉。

《鲁滨孙·克鲁索》像《格列佛游记》一样，在旅行故事传统里有过许多先例，从16世纪到17世纪都有。其中有些是真实的经历的真实记载（虽然也有虚构的细节加以渲染），还有一些，比如汤玛士·摩尔的《乌托邦》，却从头到尾都是并不讳言的想象。但是，要想追本溯源，却还没有一部作品是和这部杰作真正相像的。足迹遍全球的海盗威廉·丹丕尔在他的《环绕世界新航行》（1697年）和《航行与描写》里所叙述的种种经历，毫无疑问对笛福的想象产生过影响。但是《鲁滨孙·克鲁索》的主要灵感（虽然不是灵感的来源——除了他丰富的想象力和善于观察的心灵，这书就没有一般意义上的"来源"）很可能来自苏格兰水手亚历山大·科尔克。科尔克曾是丹丕尔某次远航的领航员，从1704年的9月到1709年的1月曾被抛弃在胡安·费南德斯岛上。在科尔克回到英国之后，笛福似乎在布里斯托和他见过面，直接听过他讲述自己的冒险。科尔克的叙述在1712年也出版过。

　　但是，《鲁滨孙·克鲁索》在规模和细节上都远远超过了科尔克可能告诉过笛福的内容，也超过了他可能读到过的关于科尔克的材料。而且，这书还有它的更加郑重的目的，而不仅仅是把一个被风暴抛撒的人的经历写成小说，或是"以离奇的、意外的冒险"让读者吃惊。虽然这一类内容它确实是有的，正如S.T.科尔立芝所说："在读到那些东西时，我们的想象力得到了充分的发挥，被激发到了最高的程度。" 笛福还关心着自然和自然的神。在我看来，本书至少有一部分是企图表现几乎被剥夺了文明的一切好处（值得注意的是：宗教除外）的人的。人并非必然会堕入"自然状态"，堕入前不久霍布斯对人的生命所描述的"可怜、肮脏、野蛮、短暂"的境地。这样看来，本书又还有着道德和宗教方面的寓意，这是不能忽视的。但是，对于现代读者而言，本书的主要魅力无疑还在于它能把超常和过分与普通和平凡巧妙地、有说服力地糅合到了一起。因为，虽然笛福所描写的生活跟我们实际见到的生活距离遥远，可他在描写的时候，仍然忠实于人类本性的实际。他是那么平静而朴素地，不带丝毫激动地，把一切呈现在我们面前，使我们不能不相信他的每一个字都是真话。鲁滨孙的生活在一段时间内成了我们的生活，而我们也就变成了那位被抛撇的孤独的人自己。故事能产生这样的效果，确实表现了伟大的故事叙述人的超人的天赋。

纽芬兰纪念大学英文教授 大卫·比特博士

目 录

MULU

1 我要航海

1632 年，我出生于约克城一个良好的家庭。但我不是约克人。我的父亲生于德国布莱门市①，是个外国人。他先在赫尔定居，做买卖购置了一份不错的产业，然后不再做生意了，搬到约克城，在那里娶了我妈妈。妈妈一家姓鲁滨孙，在那地区也属于很好的家庭。由于妈妈的家，我被叫作了鲁滨孙·克鲁茨纳。而按照英格兰人读外国字走音的习惯，我们家就被叫作了——不，我们就把自己叫作了：克鲁索，也写作了克鲁索，伙伴们也就叫我克鲁索。

我有两个哥哥，一个是英格兰驻佛兰德斯步兵团的中校，原属著名的洛克哈特上校麾下，在昆寇克附近和西班牙人的一次战斗里死去了；另一个哥哥的下落我从来不知道，跟我爸爸妈妈从来不知道我的下落一样。

因为是第三个孩子，又什么行当也不愿学，我从小就满脑子是浪迹天涯的打算。我爸爸很老式，从家庭教育到农村的免费学校，给了我颇有些分量的教育。他打算让我学法律，但是我除了航海，对什么都不感兴趣。这种倾向和我爸爸的意愿，不，和他的命令，还有我妈妈和亲友们的建议和劝说，形成了严重的冲突。看来我那天生的倾向

---

① 布莱门市：德国工业城市，亦为重要海港之一。

带有宿命的意味，它预示了将要直接落到我头上的痛苦命运。

　　我父亲是个智慧而郑重的人。他预见到我的打算里的问题，给了我恳切的谆谆劝告。有一天早晨他把我叫进了他的房间（因为痛风，他只能留在房里），非常热忱地分析了我的这个问题。他问我，除了那种漫游的情绪之外，我还有什么理由需要离开爸爸的家和生我养我的土地？在这里我能得到良好的引荐，只要专心和勤恳，就可以有远大的前程，过舒适愉快的生活。他告诉我，想靠拼搏上升的人大体有两类：一类是铤而走险之徒，一类是受到命运宠幸而志向远大的人。他们希望靠冒险出人头地，所以乐意背井离乡。可那类冒险的性质要不是远远超过了我的能力，就是玷辱了我的身份。我的处境不上不下，可以说是下层中的上层。而他通过长期的经验发现：那却是世界上最好的处境，最宜于人过的幸福生活，既不属于辛苦劳作的人群，暴露于艰难困苦之中，也不因人类上层阶级的骄傲、奢侈、野心与妒忌而面临种种困难尴尬。他告诉我，光凭一个问题我就可以看出这种处境的好处：这种生活状态普遍受到世人羡慕，而帝王们常常抱怨出生在显赫的环境之中，恨不得自己能置身于两个极端之间，亦即微贱与伟大之间。他又说，凡是有头脑的人都赞同这种看法，认为那是真正的幸福的恰当标准。他们都祈祷自己能既脱离困苦，而又不陷于豪富。

　　他让我观察，说我总可以在生活里发现：灾祸总是落在上层人或下层人的头上，中间处境的人遭到的灾祸最少——既不如高层或下层的人多灾多难，也不像那么沧桑变化。不会的，他们在肉体上和精神上都不会遇见太多的骚扰和不安。他们跟那些人不同。那些人有的凶残暴戾，穷奢极侈，颐指气使；有的勤劳苦做，营养不良，身份低贱。他们都不断因那生活方式的自然结果而烦恼痛苦。而中间阶层却具有种种德行，享有种种欢乐。中等财富的人有平安和富裕作婢女服侍，还有克制、中庸、宁静、健康、友谊和一切欢快的消遣和一切可取的娱乐伺候。他们像那样平静悠闲地过着日子，直到快活地离开人世，既不必为体力和脑力劳动烦恼，也不会被卖作奴隶，为每日的面包奔忙；既不会受到剥夺灵魂平静和身体休息的环境骚扰，也不至为嫉妒的情绪或渴望伟大事业的秘密野心而烦恼；他们只是平静安详地过到生命的尽头。他们明智地品味着生活的甜蜜，从不感到苦涩，只会觉得甜蜜——通过每天的经验更为明智地感到愉悦。

然后，父亲又以最为恳切的态度，劝说我别耍小伙子脾气，径自往苦难里跳，虽然我的天性和出生环境提供的条件都似乎与之相反。他又说，我没有必要赚取自己的面包，他可以为我尽力，让我进入他所推荐的生活。如果我还觉得在这世上并不舒适愉快，问题怕就只能出在我自己的缺陷或命运了，他已没有了责任。他已经像那样为我指出了可能的危害，发出了警告，尽到了责任。总而言之，只要我愿意接受他的指示，在家里安定下来，他就愿为我尽一切慈爱的努力。那样，他对我未来的不幸就没有了任何责任，他从没有鼓励过我离家出走。在总结谈话时他说，我已有了我的哥哥作先例。他也真诚地劝说过哥哥，不让他去参加低地国家①的战争，却失败了。哥哥那青年人的欲望怂恿他去参了军，竟死在了部队里。爸爸说他虽然要为我祈祷，可他也必须对我说明：我如果真走出了那愚蠢的一步，上帝是不会保佑我的。我以后有的是时间来思考自己是如何忽视了他的劝告的，可到了那时，怕已是没有人来帮助我了。

在说到最后这几句话时（他那话确实带有预言的性质，虽然他没有意识到，我觉得），我发现他已是泪流满面，涕泗纵横。尤其在他说到我死去的哥哥时，也就是说到我有的是时间懊悔，没有人会来帮助我的时候，他已经激动得泣不成声。他说他心里的话太多，再也说不出来了。

他这番话深深地打动了我，事实上谁又能不为之感动呢？我决心按照爸爸的意思在家里安定下来，再也不考虑出国的事。但遗憾的是，不到几天我这思想就消磨掉了。简单地说，为了避免爸爸的再次劝说，几个礼拜以后我就决定了离开他逃走。可是，我并没有按照我最初决定时的冲动，说走就走，而是趁妈妈较为快活时找到她，告诉她我太想出去见见世面了，因此做什么事都无法安心，做不到底。与其让我

---

① 低地国家：指荷兰、比利时和卢森堡。因其国土低于或只略高于海平面而得名。

这样不辞而别，还不如请求爸爸准许我出走为好。我现在已经十八岁了，当学徒学手艺或当办事员学法律，年龄都已太大。因此我相信即使我干了，也一定会不到满师就离开师傅跑掉，到海上去的。如果她能劝说爸爸同意我出海到外国去一次，那时如果我并不喜欢而回来了，我就不会再跑掉，而是保证加倍努力，找回我失去的光阴了。

这番话使妈妈非常生气。她告诉我，把这想法告诉爸爸没有什么意义，爸爸太了解我的兴趣，他是不会同意这种对我伤害太大的做法的。她也不明白我为什么在跟爸爸那样谈话之后仍然会有那种念头。她知道我爸爸对我说过许多温情和慈爱的话，而且概括地说过，如果我想毁灭自己，那也没有办法，但我应该相信我是得不到他们的同意的。而就她而言，她也决不会伸出手来毁灭我；她决不会让我说在我爸爸不愿意时，妈妈倒愿意。

虽然妈妈拒绝了找爸爸谈，但以后我也知道，她把这情况全告诉了爸爸，爸爸在表现出严重的关切之后，叹了口气说："那小东西要是留在家里是可以很快活的，可一旦出海，他就会成为人世间最痛苦的人。我决不会同意。"

我的出走发生在差不多一年之后，虽然在那一年里，我继续顽强地拒绝听从一切安心做生意的建议，而且常常在他俩顽强地要求我放弃他们知道的我迫切想做的事时，向他俩申诉。但是有一天，我偶然去到了赫尔——我完全没有逃走的打算。但是我到那里时，我的一个伙伴正要坐他父亲的船从海上去伦敦。他使用了劝说人们出海常用的话劝我同去，就是说：我一文钱路费也不用花。我没有再和爸爸妈妈商量，没有祈祷上帝的保佑和乞求爸爸的祝福，也没有考虑到环境和后果，甚至连信也没给爸爸妈妈带一个，只是让他们自己去听到我的消息。就在那个不幸的时刻，1651 年 9 月 1 日，上帝知道，我上了那艘去伦敦的船。我相信没有一个年轻的冒险家的不幸生涯比我开始得还早，经历的时间更长。那船刚出汉伯河，就刮起了大风，转瞬间已经是白浪滔天，恐怖异常。因为我从来没有出过海，身上感到难以描述的难受，心里也充满说不出的恐惧。这时我确实思考起了自己所干下的事：因为我那么卑劣地离开了爸爸的家，放弃了自己的责任，现在正在受到天公的正义的惩罚。父母的善意教导，爸爸的满脸泪痕，妈妈的乞求，都重新回到了我的心里。我受到了良心的斥责（那时我还没有后来那么铁石心肠），因为我蔑视了教导，逃避了我对上帝和父亲应尽的职责。

那时风暴愈加猛烈了，我从没接触过的汹涌的海浪已经足以使我心惊胆战，虽然远远不如我后来多次见过的那么凶猛，没有，也没有我随后几天所见到过的剧烈。我是个航海的新手，从来没有见过那种场面。我觉得每一个浪头都可能把我们吞掉。那船每一次往浪槽或海洼里坠去，我都觉得它再也不会浮起来了。我心里的痛苦使我多次发出誓愿和下定决心：只要上帝在这次航行里还留下我的性命，只要我的脚还能踏上没有水的陆地，我就要立即回家，回到爸爸身边，一辈子也不踏上任何船只。我要接受爸爸的劝告，再也不陷入这样的痛苦处境了。现在，我清楚地见到了他关于中等生活状态的说法的正确，见到了他是如何舒适愉快地过了一辈子，从没有遭遇过海上的风暴和岸上的麻烦。我下定了决心：回家，回到父母身边，就像《圣经》里那个回头浪子。

在风暴肆虐的时候，我的这些智慧清醒的思想一直在进行，事实上风暴之后还在继续。但是第二天，风势减弱了，大海平静了一些，我也开始适应了一些。不过那一整天我还觉得难受，因为我还有些晕船。但是，黄昏时天色已经晴朗，风也完全停息了。随后就出现了一个美好的迷人的黄昏。太阳落山时，天清气朗，第二天早上太阳升起时也是如此，没有风，或只有微风，平静的海面映着朝阳，我觉得那是我所见到过的最美妙的景色。

晚上睡得很好，现在我不晕船了，只觉得心旷神怡。我惊讶地望着昨天曾那么气势汹汹，却又在很短的时间里就变得那么温驯可爱的大海。那位劝诱我离家的伙伴这时又出现了，似乎是为了阻止我坚持改过的决心。"嗨，鲍勃，"他拍拍我的肩膀说，"你后来怎么样？我肯定你是吓坏了，是吧？昨天晚上吹了那么一点点风，你就……""那是一点点风吗，你觉得？"我说，"那真是一场可怕的风暴。""风暴？你这个傻瓜，"他回答，"你把那也叫作风暴？哼，那可是什么也算不上的风。只要有一条好船和可以转身的水域，我们是不会把那样的风暴放在眼里的。不过，你还是个海上的新手，鲍勃，来吧，咱们调一杯五味酒，把那一切都忘掉。你看，现在的天气多么晴朗！"对这故事的悲惨部分我就长话短说吧，我们走上了所有的航海人走的老路。五味酒调好了，我被灌醉了。那一夜的荒唐淹没了我全部的悔恨和我对过去的行为的反省以及对未来的全部决心。一句话，随着风暴的平息，大海恢复了表面上的平静，我仓促中的种种思想也全部消失了。我忘记了被海涛吞没的恐惧。往日那欲望的洪流又卷了回来。我完全忘记了痛苦时所做的承诺和誓言。我找到了一些反省的间隙。有时，谨慎的思想也试图返回，我却总把它们丢弃，而耽溺于醇酒与友谊之中，仿佛从一时的情绪失控里振作了起来。我从一次次的旧病复发里（我是这样叫它的）熬了过来。我在五六天之内就完全战胜了自己的良知，达到了不愿意受良知约束的年轻人所希望达到的最高程度。不过，我还得再受一次这样的考验，而和这种情况下常有的现象那样，上帝决定了不再给我任何借口。因为，即使我没有把这一次看作解救，那么下一次出现的危险和解救就证明了我是个最为冥顽不灵和怙恶不悛的坏蛋了。

在海上的第六天，我们来到了雅尔茅斯的近岸锚地①。海面虽然宁静，却吹着逆风。风暴之后我们只走了很短的一段路。到了那里我们只好放下锚，停靠下来。仍然是逆风，就是说仍然是西南风，我们一停就是七八天。在这段时间里，又有许多船只从纽卡索来到了近岸锚地。那里是大家共同的海港，船只都在那里等候顺风，然后再往海里驶去。

我们的船来这里的时间不多，早就该趁着潮水往海上开了，却嫌风力不足迟迟没有行动——我们待了四五天，风力其实已经很强。不过，锚地已被看作和海港近似，那里锚抛得稳妥，海底抓得牢实，我们的人都满不在乎，丝毫不担心会出危险。他们只是按照海上的习惯，寻着开心和休息。但是第八天早晨，风力却加剧了，大家急忙干起活

---

① 近岸锚地：一种供船只使用的靠近岸边的碇泊地，有遮盖物。

来，升起了几张中桅帆，把一切都办得踏踏实实，希望船行尽可能顺利。到了中午，海浪果然升高了，我们的船的前甲板好几次扎进了海水。有一两次我们甚至认为我们的锚已掉进海里。于是船长命令准备好备用大锚。准备好两个锚，我们继续前进，缆绳一直放到了尽头。

这时候一场恐怖的风暴确实爆发了。我开始看见了恐怖和惊诧的表情，即使在水手们自己的脸上都有。即使是机警地保护着商船业务的船长在我身边的舱房里进出时，也几次喃喃自语着"主呀！怜悯我们吧，我们全完了，马上要毁灭了"这一类的话。忙乱刚开始，我已经吓昏了，躺在最低票价舱位的舱房里没有敢动。那时那心情我当时无法描述，现在也无法重新描述。我狠心来压下了最初的悔恨。我认为死亡的痛苦既然已经过去，那也就跟上次一样，算不上什么危险了。但是正如我刚才所说，当船长从我身边经过，又在嘀咕着"我们全完了"时，我可真是吓了个半死。我从船舱里转过身来往外望，见到的却是我从没有见到过的恐怖景象：波涛澎湃，卷得像山一样高，每三四分钟就往我们身上摔打一次。在我还能四面观望时，见到的就只有灾难。我看见两只船从身边经过，由于货载太重，桅杆已全部砍光。我们的人在喊叫：前面一英里那艘船已经沉没，另外两艘也已丢弃船锚，桅杆也都不见了。它们已被刮进大海，离开正道，面临着危险。已经轻过装的船少了许多麻烦，在海里行驶得最好，但是开过来从我们身边经过的两三艘，在风前却只剩下了一张斜杠帆。

快黄昏时，大副和水手长请求船长同意砍掉前桅，船长非常不愿意，可是水手长说，要是不答应，船就可能翻掉。船长只好同意了。前桅砍断了，危立的主桅却开始摇晃，船身猛烈地颠簸起来。他们只好把主桅也一起砍掉，只剩下了光溜溜的甲板。

在那种情况下，我的处境如何，谁都可以估计。我是个航海的新手，从没有经历过这样的恐怖，但如果我到了很久之后的今天还能表达出那时的想法（我是怎样从最初那想法回到邪恶的决心的）的话，我所感到的真是十倍的惶恐。然后我想到了死亡本身，再加上事实上的狂风暴雨的肆虐，我被推向了一种无法描述的苦境。但是，最可怕的情况还在后面。风暴仍然凶猛地吹打，就连海员们也承认那是他们从没见过的险恶。我们的船很好，但是货载太重，在海浪里颠簸着。水手们每过一会儿就要大叫一次：要"放倒①"了！有件事对我算是个好处，我不懂得他们那"放倒"的意思——那是后来问过才知道的。不过风暴十分猛烈，我见到了不常见到的情况：船长、水手长和某些清醒一点的人都在祈祷，估计着那船随时都有可能沉到海底。到了半夜，在我们的苦难之外又出现了新的问题：有人专门下去看了看，却大叫起来：船进了水了！还有个人说货舱里积水已有四英尺。于是所有的人都被叫去抽水。一听见那话，我觉得腔子里的心已经死掉。原是坐着的我，往床后一倒，就躺进了舱位。可还是有人把我叫了起来，告诉我说，我以前什么都不会干，现在可以和别人一样去抽水。我急忙站起身来，去到水泵旁边，使劲干了起来。这时船长看见了几艘轻了装的运煤船，因为无法回避风暴，只好往海里闯，向我们靠了过来。船长命令开枪，作为灾难信号。我根本不知道那是什么意思，只是大吃了一惊，以为是船破了或出现了别的可怕的问题，倒到地下就昏死过去。可那是人人都只顾自己生命的时刻，谁也没有注意到我，也不知道我出了什么事。有个人来到水泵旁边，以为我死掉了，就用脚把我往旁边一推，让我躺在那里。我是好一会儿之后才苏醒过来的。

　　我们继续抽水，但是货舱里的水却越积越多。很显然，船要"放倒"了，虽然风暴减弱了一些，可我们也没有机会让船漂进什么海港。于是船长继续开枪求救。刚好开到我们前面的一艘轻装船，冒险放了一艘小艇来搭救。小艇冒了极大的危险才靠近了我们。我们却无法上船。小艇也无法靠近我们的船舷。最后，为了挽救我们的生命，他们竟拿自己的生命冒险，靠近了我们。我们的船又顺风转了个圈，才在船尾扔出一条绳，在上面拴了个救生圈，把他们拉到我们的船尾之下。大家这才进了他们的小艇。上小艇之后，要想赶上他们的船已没有意义。于是决定开走，尽可能往海岸靠拢。船长答应他们，万一小艇在岸边撞碎了，他会对他们的老板做出赔偿的。这样，小艇就向北方的

---

① 放倒：这是水手的行话，意思是（船）翻。原文是 founder，"放倒"是音义兼译。

海岸半划半开地斜行而去，几乎到了温特顿海角。

我们离开自己的大船才一刻多钟，就望见大船沉了下去。我这才第一次懂得了大海沉船的意味。我必须承认，在水手们告诉我它正在沉没时，我连眼皮也没敢抬起来瞥过一眼。因为那时我只觉得是他们在把我往小艇里放，而不是我自己在往小艇下。我腔子里的心似乎死去了——那一部分是由于害怕，一部分还是由于想到眼前的未来所引起的恐惧。

在这种环境里，大家仍然在使劲往岸边划。我们可以望见（小艇随海浪升起时可以见到海岸）许多人在海滩上奔跑，想在我们靠岸时来营救我们。但是我们靠岸的动作很慢，而且在绕过温特顿灯塔之前是无法靠岸的。过了那里，海岸往西北的克罗默退了回去，因此风暴的威势有所减弱。我们从这里划了进去，虽然仍然很费力气，大家都安全地上了岸，然后步行到了雅尔茅斯。在那里，我们以遭难人员的身份不但受到地方官员的关心，而且受到老百姓极为仁厚的欢迎。他们和商人与船主给我们安排了很好的住处，还给了我们很多钱，足够我们按照自己的心愿回到伦敦或赫尔。

如果那时我清醒一点，回到了赫尔的家里，我仍然会很幸福。爸爸，受到祝福的救世主的象征，也会杀掉养肥了的牛犊来欢迎我——爸爸听见我搭乘的船在雅尔茅斯锚地被抛弃后，可是很久没有得到我没有淹死的确切信息。

但是我这倒霉的命运仍然以无法抵挡的顽固怂恿着我前进。虽然我的理智和冷静的判断曾多次高声呼唤，要我回家，我仍然没有力气回去。那东西我不知道该怎么称呼，也不坚持认为是一种无法抗拒的神秘的力量——那是一种驱使着我们，使我们依附于它，而最终将毁灭我们的工具。它就在我们面前，我们是自己睁大了眼睛向它走去的。随之而来的肯定是某种无法避免的，我逃避不了的天命。推动我违背冷静的理性和我最忌讳的思想往前走的，不是别的什么，正是这种使我两次违背了我从开始就已感到的清楚明确的教训的天命。

我那位曾促使我硬下心肠的同伙，船主的儿子，现在已不如我那么激进了。我们到达雅尔茅斯后他又和我谈过一次话——那已经是两三天以后的事，因为我俩在镇上分别安排了住处。他第一次见到我就问我好不好，又告诉了他爸爸我是谁，我是怎样参加了这次航行的。他说明那只是一次尝试，目的在于继续出海。他爸爸对我转过身来，用十分严肃关切的口吻说："小伙子，你不应该再出海了。你应该把这一回看作清楚明白的象征，说明你不能做海员，在海上过日子。""为什么，先生，"我说，"你不也出海了吗?""那是另外一回事，"他说，"航海是我的职业，因此也是我的责任。可你这次出海却只是一种尝试，而你已经看见，如果坚持下去，你所追求的东西就会是什么滋味。说不定落到我们身上的灾难正是冲着你来的呢。你就像塔尔西施船上的约拿一样①。请注意。"他继续说："你是什么人? 是为什么出海的?"于是我把我的情况告诉了他一些。我一说完，他就爆发出一阵奇特的情绪。"我造了什么孽呀!"他说，"竟然让这样一个不幸的倒霉人上了我的船? 我是不会跟你在同一条船上的，即使给我一千镑我也不会。"他这话正如我所说，事实上是一种精神的失控。他仍然因为自己遭到的损失而激动，精神上所受的影响已经超出了他的控制范围。不过，他后来又很严肃地和我谈了话，劝我回到爸爸身边去，别让上帝毁灭了我。他告诉我，我可能分明见到一只上天的手在指向我。"而你，年轻人，"他说，"如果你不回去，相信我，你除了灾难和失望，是什么都得不到的——无论你去了什么地方。直到你父亲的话终于在你身上应验②。"

---

① 像约拿一样：约拿违背了上帝的命令，在船上引来了风暴。他被水手扔进海里之后，风暴就平息了。见《圣经·旧约·约那书》第1章1~15节。
② 他父亲的话是："你一旦出国，就会成为人世间最痛苦的人。"

2　我被海盗抓了去

　　我们很快就分了手，因为我对他的话没有做多少回答，以后也就没有再见到他。我不知道他走的是什么方向。至于我嘛，口袋里有了几个钱，我就上了陆路，去了伦敦。在路上和到达伦敦之后，我为走哪条路跟自己做了许多斗争：我是该回家呢？还是再出海去？

　　谈到回家，跟我思想中出现的最佳打算对立的是：丢脸。我立即意识到我将受到邻居们什么样的耻笑。我没有脸见的不但是爸爸和妈妈，而且是所有的人。从那以后，我常常观察到：人类的共同性格是多么地前后不一，缺乏理性。在对待应该得到理性指导的青年人的问题上尤其如此。也就是说，使他们觉得丢脸的不应该是犯了错误，而应该是不知道悔过。使他们觉得丢脸的不是可能被看作愚蠢的行为，而是没有对那行为的反思。那反思应该让他们作为明智的人受到尊重。

　　不过，我在这种生活状态之下维持了一段时间，不知道采取什么措施，选择什么样的生活道路。对于回家的抵触情绪仍然无法抗拒地继续着。在我踟蹰不前时，我对自己遭受过的痛苦的回忆却减少了些。随之而来的是：在我的愿望里，回家的微弱动力更加微弱了。我终于扔掉了那些思想，又找机会出海去了。

　　那最初怂恿我离开爸爸家的念头，那让我匆匆接受些缺乏思考的不着边际的发财希望的恶劣影响，那把某些想法强加于我，使我听不进一切正确的劝告（甚至包括我爸爸的乞求和命令）的狂想，我说，无论那是些什么念头，它们送进我脑子里的都是极其不幸的狂妄的野心。我登上了一艘即将去非洲海岸的船，用个通俗的说法就是：出海了，到几内亚去了！

倒霉透顶的是，在这些冒险活动里，我都不是以水手的身份上船的。如果作为水手，我虽然必须比平时辛苦一些，毕竟可以学会一个前樯水手的职责和工作。时间长了，还可能取得大副的资格——即使当不上海军上尉。但永远倒霉的我所做的选择也永远是最糟糕的，在这件事上也是如此。因为我有了好衣服穿，兜里还有了几个钱，我就有了摆出绅士派头上船的习惯。因此我上船之后就既没有活儿可干，也没有活儿可学了。

首先，我在伦敦的命运是，交上了几个品行良好的朋友。对于我这样不讲原则的放荡角色，这样的事并不是总会发生的。魔鬼一般都会为这样的人预先设置好陷阱。可我的处境并不如此。我首先是和一个船主交上了朋友。他去过几内亚海岸。由于在那里取得了很大的成功，他决心再去一次。他和我谈过话后，对我很感兴趣——那时我的谈话并非不受欢迎。他听我说想见见世面，就告诉我，如果我愿和他一起出海的话，就不用我花钱。他要我跟他一起吃饭，成为他的伙伴。如果我能随身带点货物的话，还可以享受到那生意所能允许的一切好处。说不定我还可以受到些鼓励呢。

我满心欢喜地接受了建议，和这位船长做了好朋友。他是个诚实无欺，光明磊落的人。我跟他一起上了路，还带了点货物去冒险。由于我的朋友船长那无私的诚实，我赚了相当大的一笔钱。因为我用四十镑钱按照船长的建议买了些玩具和小零碎——那四十镑是我写信从几个亲戚借来的。我相信那个数目是我爸爸，至少是我妈妈，为支持我的第一趟冒险而提供的。

我可以说，那就是我全部冒险里仅有的一次成功的航行。我把那归功于我的朋友船长的正直和诚实。我还在他的指导下学到了许多关于数学和航海规律的必要知识。我学会了怎么样记载航道和观察，总之，因为他喜欢介绍，我也乐意学习，我就懂得了一些海员应该懂得的东西。

简单说，我这次航行让我既成了海员，也成了商人。因为我的冒险让我带回了五磅九盎司金砂，回到伦敦后，变卖成了差不多三百个金镑。可这却以扶摇直上的念头塞满了我的脑袋，从而完成了我的毁灭。

但是，即使在这次航行里我也有着不幸，特别是我在不断地生病。由于气候过分炎热，我患了严重的回归热。我们的主要生意都是在海岸上做的，在纬度十五度以北，甚至做到了赤道上。

现在我具备了到几内亚做生意的条件。可使我感到非常不幸的是，船长回到英格兰就死去了。我决定再跑一趟这条航线。我上了同一条船。他上次航行里的大副现在做了船长，指挥着全船。可这一次却是人类所进行过的航行里最不幸的一次。我从新赚到的财富里带出的还不到一百镑。我把那两百镑留在了伦敦，交给了我那朋友的遗孀——她对我很公正。可是我这次的航行却遭到了多次可怕的不幸。第一次是这样的：我们的船开向加那利群岛途中，或者说正在那群岛和非洲海岸间航行时，就在鱼肚白的晨曦里遭到了土耳其撒利地方的海盗船的袭击。他们扯足了风帆，紧紧追赶，我们竭尽桅杆的承受力，让风帆扯满了空间，想甩掉他们，却发现他们越来越近了，再有几个小时就要赶上我们了。我们只好准备战斗。我们的船上有十二支枪，而那些流氓却有十八支。下午3点左右，他们赶上了我们。方向一错，船没有按他们所设想的横到我们的船的尾部，而是横在了后甲板的一侧。我们用八支枪对他们射击，用船舷侧对他们，逼迫他们躲闪。他们船上差不多有两百人，都在开枪回击，打了个子弹横飞。好在我们都已隐蔽好，一个受伤的也没有。他们准备对我们再次攻击，我们也准备好了防守。但是他们在下一次对我们的其他部分进攻时，却有六十个人爬上了我们的甲板。他们立即对甲板和帆绳死命地乱砍。我们用短枪、短矛甚至弹药箱之类的东西回击，两次把他们赶下了甲板。可是，长话太伤心，就短说吧。我们的船开不动了。我们有三个人被杀死，八个人受了伤。我们只好投降，全部被当作俘虏带到了撒利，那是摩尔人的一个海港。

我在那里受到的待遇并没有我起初担心的那么可怕，也没有跟别人一起被送到皇帝的宫廷里去。而是被那只海盗船的船长当作理所当然的战利品，留在了身边，给他当奴隶——我年轻灵活，正适合他的需要。这种惊人的环境变化完全压倒了我，我从一个商人变成了一个可悲的奴隶。这时我更想起了爸爸那带有预言性质的谈话。他说我必将遭到痛苦，那时就不会有人来救我了。这话我认为现在是有效地应验了。我真是痛苦到了极点。现在上天的手追上了我，我已是无可挽救地完蛋了。可是，天呀！我这才是最初尝到即将经历的苦难呢。那些苦难将在我以下的叙述里出现。

我的新老板，或是主人，把我带回了他的家。我希望他下次出海时会带了我去。我相信他总有一回的命运是被西班牙或葡萄牙军舰抓了去，那时我就可以得救了。但是我的这个希望马上就落了空。因为他出海时把我留在了岸上，让我收拾他的小园子，在房屋周围干奴隶干的普通苦活儿。他出海回来，又命令我睡到他的小木屋里去，好照顾他的船。

在这地方我没有别的念头，一心想的只是逃走，考虑着逃走的办法。但我想不出能有丝毫可能性的主意。没有出现任何可以使那设想变成现实的条件。跟我一起上船的人没有一个是可以和我磋商的。我一个奴隶伙伴也没有，一个英格兰人、爱尔兰人、苏格兰人伙伴都没有，有的只是我自己。像这样，我只好常常用想象来自我安慰，却没有得到过丝毫可能实现设想的鼓励。两个年头就像这样过去了。

差不多两年之后，一个奇特的情况出现了，把争取自由的老念头送回了我的头脑。我的老板比平时更长时间地躺在屋里了，并不去装备他的船。我听说那是因为他没有钱了。他原来是常开了船上的小艇到近岸的锚地去钓鱼的，每周一次或是两次，天气好的时候次数更多。他常常带了我和马雷斯科和他一起去，让我们为他划船。我们叫他非常快活。事实上我非常善于钓鱼。有时候他就打发我和他的一个摩尔人亲戚和那叫作马雷斯科的年轻人一起去为他钓鱼做菜。

一个非常宁静的早晨，我们出去钓鱼。雾很浓。我们离开海岸还不到一个里格①，海岸就已经看不见了。我们划着船，不知道路，也不

① 里格：相当于4.8公里。

知道在往哪里走。我们累了一个整天一个整夜，天亮时才发现自己是在往海外划，而不是在往海岸走。我们距离海岸已经至少有两个里格。好在我们还是终于回到了家里，虽然已经累得筋疲力尽，也遇见了些危险，因为早上的风刮得紧，特别是我们全都已经饿坏了。

但是老板接受了这次灾难的教训，决心更加关心未来的自己。正好，他抢来的我们那英格兰船上的长艇就躺在他身边，于是他决定不带罗盘和食品绝不出海钓鱼。而且命令他那船上的木匠（也是个英格兰奴隶）在他那长艇正中建造了一间专门的舱房，或叫特舱，像在大船上一样。在特舱里布置出一个区域，让他站在后面就可以驾船，收回主帆。前面还留下地方站一两个人控帆。那长艇是用一种我们叫作"羊肩胛"的帆行驶的，帆下桁就在特舱的头顶。那地方低而舒服，有地方睡觉，还可以带一两个奴隶。有桌子吃饭，有柜橱放饮料，想喝就喝。特别是有面包、米和咖啡。

我们常常开了这长艇去钓鱼，因为我特别善于给他钓鱼，没有我他就从不出海。有一回他安排了驾驶这条船跟当地的几位有地位的摩尔人一起出海，可能是为了玩乐，也可能是为了钓鱼。他为这些人准备了特别多的东西。因此在头天晚上就专门把酒和食品送上了船，比平时多得多了。而且命令我准备了三支火枪，配足了火药和枪砂——那些东西原是放在他的大船上的。他们还设计了些玩意儿，准备去打鸟和钓鱼。

我按照他的指示做好了准备。第二天早上把船身洗得干干净净，挂上了船旗和装饰，做好了一切准备，恭候客人莅临。可是，很久以后老板才派人上船告诉我，客人们突然有事，会餐延了期，命令我跟平时一样，带了仆人和小听差驾船出海，给他们钓点鱼来，因为他的朋友要在他家吃晚饭。而且命令，只要一钓到鱼就送到他屋里去。我准备好了一件一件地照办。

3　我驾了撒利的海盗船逃跑

这时，逃走的念头突然反射回我心里，因为现在我发现自己似乎掌握了一条小船。主人一走我就开始做准备，不是为了钓鱼，而是为了出海。虽然我不知道往哪里走，甚至没有考虑过怎么走。因为只要离开这里，去哪儿都是我的路。

我的第一个主意是找出借口告诉摩尔人，让他去取点我们在船上吃的东西。我告诉他，我们不能擅自吃老板的面包。他说那话对，于是把一大篮甜面包干或饼干和三罐淡水拿上了船。我知道老板酒橱的地点，从格局看来，那酒取自英格兰名酒。我趁摩尔人在岸上时，也把酒拿上了船——以前给老板喝时就这样。我还把一大块五十磅左右的蜂蜡搬上了船，再加上一包绳子和线，一把短柄斧、一把锯子和一把锤子。这些东西以后对我们都很有用。尤其是蜂蜡，可以做蜡烛。我又对摩尔人玩了个花头，他也天真地上了当——他叫依什默尔，别人叫他默利，或者默雷。于是我叫道："默雷。"然后说："老板的枪在大船上，你能去拿点火药和枪砂来吗？说不定我们还能打打'阿娇妹'呢（那是一种水鸟，有点像英格兰的杓鹬）。我们拿来自己用，因为我知道老板都把枪手那套用品放在大船上。""好的，"他说，"我去弄点来。"然后他就拿来了一个皮质大口袋，里面装了一磅半火药，也许更多。还有个皮口袋，装了五六磅枪砂和一些子弹，全都放在了船上。这时我又在老板船上的大舱房里找到了火药。我在橱柜里找到一个几乎全空的大罐子，把里面的东西倒进别的罐里，再用火药装满了。需要的东西齐全了，我们就扬帆出海，钓鱼去了。

城堡就在海港港口，他们都认识我们，并不注意。我们出了海港不到一英里就扬起了风帆，开始钓鱼。风从西北偏西方向吹来，和我的愿望相反。因为如果是从南方吹来，我就有把握到达西班牙海岸，至少可以到达卡地兹湾。但我的决心是，不管你风怎么吹，我都可以离开我待着的那个可怕的地方。别的，我就全交给命运了。

我们钓了一会儿鱼，一无所获（因为鱼上了钩我并不往上拉，而且不让他看见）。我对摩尔人说："这不行，主人会生气的。我们得离海岸远一些。"他觉得没有妨害，就同意了。他在船头拉起了风帆。我掌着舵，把船往外开了差不多一个里格，才停了下来，似乎要钓鱼了。在我把舵交给小听差时，我向前迈了几步，来到摩尔人身边，装作弯下身取他身后的东西的样子，却伸出手臂往他腋下一扛，一扭他的身子，就扔进了海里。他立即浮了上来，因为他游泳起来像软木一样。他向我大叫，要我让他上来，说是即使到天涯海角，他也愿跟我在一起。他很矫健地跟着船游，很快就要赶上我了。风很小，我只好进了舱房，取出鸟枪对着他，并告诉他，我并不曾伤害过他，只要他不出声，我也不会伤害他。"但是，"我说，"你很会游泳，完全可以游回岸边。海还平静，赶快利用这机会往岸边游吧。我不会伤害你的。但是，如果你靠近船，我就打穿你的脑袋，因为我是铁了心要得到自由的。"于是他转过身子向海岸游去了。我毫不怀疑他可以轻松地游到岸边，因为他是个游泳能手。

我也可以满足于带了这个摩尔人一起走，把那小听差淹死的。但是我不敢冒险相信那摩尔人。摩尔人一走掉，我就转身对那小听差说（他们叫他祖瑞）："祖瑞，如果你对我忠诚的话，我就让你变成个了不起的人，但是如果你不擦擦脸（意思是以穆罕默德和他父亲的胡子发誓）表示对我效忠的话，我也只好把你扔进海里去了。"小听差对着我的脸笑了笑，很天真地说，他愿意效忠于我，跟随我去天涯海角。

当我还在游泳的摩尔人视线之内时，我总在船上迎风站着，让人以为我在往海峡里开——事实上只要是头脑清醒的人，谁都会那样想。谁又会认为我们会往南方走，去真正的野蛮人的海岸呢？那里整个整个民族都是黑人，他们一定会用他们的独木舟把我们包围起来，消灭掉的。在那里我们绝对上不了岸，即使上了岸，也只能被野兽吃掉，或者是被更加残忍的野人吃掉。

但是黄昏一到，夜幕一降临，我就改变了方向。我直接往东南方向行驶，略微向东方偏斜，以便靠着海岸航行。由于有一阵清新的暴风吹着，海面又还平静，我的行驶很顺利。我相信明天下午3点，到我第一次靠岸时，我就会到了撒利以南一百五十英里以外。那时我已在摩洛哥皇帝的领土之外很远。事实上我已经离开那一带的任何国王很远，因为我们一个人影儿也没见到。

但是我对摩尔人太害怕，太担心自己会落到他们手里，一直不肯停下来上岸看看，也不敢下锚休息。由于风一直很好，我就像那样航行了五天。然后，风向转南，我也做出了结论：即使有船追赶我，现在也已经放弃了。于是我冒险开到了岸边，在一条小河口停了下来。我不知道那是哪里，是什么环境，也不知道在什么纬度，什么国家，什么民族，或是什么河口。我没有看见人，也不想看见人。我最需要的是淡水。黄昏时我们开到了河淀边。我决定天一黑就游泳上岸，看看是什么地方。但是天黑下来之后，我们所听见的却不知道是什么野生动物的吠叫、嚎叫和吼叫。那可怜的小青年给吓了个半死，央求我天亮别上岸。"好吧，祖瑞，"我说，"那我就不上去。但是白天我们可能遇见人呀，他们对我们很可能和狮子一样凶恶呢。""那我们就用火枪呆（对）付，"祖瑞说，"把他们冈（赶）走。"祖瑞使用的是奴隶之间交谈的蹩脚英语。不过，我见到小青年那么高兴，我就从老板酒柜的瓶里倒了点酒给他喝，让他快活。祖瑞的建议毕竟不错，我接受了。我们放下小锚，不出声地睡了一个晚上。我说不出声，因为我们通夜没有敢睡。在两三个小时里我们总看见各种不同的庞大野兽（不知道叫什么名字）来到海边，扑进水里打滚，洗澡，撒欢，冲凉，发出非常恐怖的吼叫和嘶鸣，那种声音我是从来没有听见过的。

祖瑞吓得要死，事实上我也非常恐惧。可是我们俩都听见了一个大家伙向我们的船游了过来。那时我们更是吓坏了。我们看不见它，但是从它喷水的声音判断它是一只庞大的凶狠的猛兽。祖瑞说它是狮子，在我看来也很有可能。祖瑞对我大叫，让我起锚，把船划走。"不行，"我说，"我们可以把锚索放长，带着浮筒，把船往海里划一段。它们不会跟随我们很远的。"话刚说完，我却看见那家伙（我不知道是什么东西）来到了离我们两支桨的距离。这可让我大吃了一惊。我急忙冲进船舱门，取出枪，对它就是一枪。它立即转过身去，向海岸方向游走了。

这一声枪响，或是轰鸣，在海岸边，包括那个地区和天空，所引起的恐怖的吼叫、嘶鸣、咆哮和种种喧嚣简直无法描述。我有一定的理由相信那些动物以前也从来没有听见过。这让我深信我们俩晚上已是无法上岸，即使到了白天，怎样才能冒险上岸也还是个问题。因为落到任何一个野蛮人手里，也跟落到老虎狮子爪子里一样危险。至少我们对两种危险都同样害怕。

但是按照当时的情况，我们还非得上岸到什么地方去弄到淡水不可，因为船上剩下的淡水已经很少。问题在于，到什么时候什么地点去找水。祖瑞说，如果我让他带个罐子上岸去一趟，他就可以确定是否有水，给我带一罐回来。我问他为什么要他去，我就不可以去，让他留在船上？小听差那非常真诚的回答使我以后永远喜欢上了他。他说，"野蛮人来了，就让他们把我吃掉吧，你好逃走呀。""那好，祖瑞，"我说，"我们俩都去，野蛮人来了我们就把他杀掉。我们俩都不会被吃掉。"于是我给了祖瑞一块甜面包干，又从老板的酒柜里倒了点酒给他喝——那东西我前面谈到过。我们把船开进了海湾，来到我们认为恰当的地方。然后踩水上了岸，只带了我们的两支枪和两个罐子，别的都没有拿。

我不愿意走到看不见船的地方，怕的是有野蛮人坐独木舟顺流而下。但是那小听差见到那个地区的大约一英里外有一个低矮的地方，就信步望那里走去了。过了好一会儿，我看见他向我跑来，还以为是有野蛮人在追他，或是被什么野兽吓坏了呢。我急忙向他跑去，想帮助他。但是，在我靠近他的时候，却看见有什么东西挂在他肩上——

那是他打到的一个什么野物，像是兔子。虽然颜色不对，腿也太长。但是我俩都很高兴，那是很好吃的肉。但是可怜的祖瑞给我带来的喜信却是：他找到了很好的水，而且没有见到有野蛮人。

后来我们才发现，我们其实用不着费那么大工夫去找水。因为在我们身边那河淀上方不远就有淡水——潮水时只升高一点点，潮水退尽后淡水就流满了。

于是我们用罐子盛满了水，饱餐了一顿我们杀死的兔子。然后准备继续前进——我们在那个地区没有看见任何人类的脚印。

我以前航海来过这一带的海岸，因此对于距离海岸不远的加那利群岛和佛得角群岛都很熟悉。但是因为我没有仪器测定自己在什么纬度，对两处群岛在什么纬度也不确切知道，至少是不清楚记得。因此也不知道到什么地方去寻找，也不知道该在什么时候出海向那里开去。否则，现在要找到岛子里的一个倒是很容易的。但是，我有一个希望：只要我坚持沿着海岸航行，一直走到英格兰人做过生意的地点，我总应该能见到他们的某些船只在日常的贸易路线上往来。那时，他们就可以救下我们，收容我们了。

从我最乐观的估计看来，我们这时所在的地方一定就在那一带——处于摩洛哥皇帝的版图和黑人的土地之间。这里只是一片荒凉，除了野兽，什么东西也不肯居住。黑人因为害怕摩尔人，已经放弃了这地方，继续往南走掉。摩尔人却觉得这里光秃秃的，并不值得居住。事实上他们也放弃了那地区，因为那里有太多太多的老虎、狮子、豹子和其他猛兽出没。他们只把那里当作猎场，每一次打猎都像部队一样，出动两三千人。事实上我们在海岸的这个地区大约一百英里内，白天所见到的只是一片没有人居住的荒原，晚上所听到的也只有野兽的咆哮和吼叫。

有一两回我觉得自己在白天见到了泰尼瑞伏峰（那是加那利群岛里的泰尼瑞伏山的最高峰），于是我雄心勃勃，很想冒险开到那里去。但是试了两次，都被逆风刮了回来。海浪太高，我这小船对付不了。于是我决心实行我原来的计划，沿着海岸航行。

在离开那地方后，我们还有好几次不得不上岸去取淡水。特别是有一次，在很早的清晨，我们来到了一个小岬角下停下了。那山角很高。早潮开始奔腾，我们没有动，顺水继续往上冲。祖瑞的目光似乎比我更警惕。他轻轻地叫了我一声，告诉我最好离海岸远一点。"因为，"他说，"你看，那里，那座小山旁边躺了一个可怕的怪物，睡得正熟呢。"我往他指的方向看去，确实看见了一个可怕的怪物。那是一头狰狞的大狮子，躺在岸边的山峰的阴影里——那山倾斜过来，荫蔽着它一点。"祖瑞，"我说，"你到岸上去把它杀死吧。"祖瑞似乎吓了一大跳，说："我，杀死它！它一咬就把我吃掉了。"（他的"一咬"就是"一口"）不过我没有再对那小听差说什么，只叫他平静下来。我拿出我们最大的一支枪，口径几乎跟毛瑟枪一样大，装满了火药，又装上两发子弹，放了下来；然后把另一支枪也装了两发子弹；再在第三支枪里（我们共有三支枪）也装了五发较小的子弹。我端起第一支枪，尽量瞄得准准的，对着它的脑袋就开了枪。可是它躺着时有一只前爪放在鼻子前一点，子弹打在了它的前腕上下，打碎了骨头。刚开始，它还咆哮着想站起身来，却发现腿断了，就倒了下去。然后又用三只脚站了起来，发出了我所听见过的最恐怖的吼叫。我发现没有打中它的脑袋，吃了一惊。不过，我马上拿过了第二支枪，虽然它想走掉，我仍然开了枪，打中了它的脑袋。我看到它没怎么吼叫就倒到了地下，做起了垂死挣扎，禁不住心花怒放。这时祖瑞的胆子也大了，要求我让他上岸去。"好的，你去吧，"我说。那小听差就跳进水里，一只手举着小枪，用另外一只手游着上了岸。他来到那野兽面前，用枪口对准耳朵补了一枪，结束了它的性命。

这对我俩是太有趣的游戏。可狮子并不是食物。而我也很感到心疼，因为把三管火药和子弹花在了对我们完全没有用的东西上。不过，祖瑞说，他得去取它点东西来。于是他上了船，要我把短柄斧给他。"要它干吗？"我说。"我要砍掉它的脑袋。"他说。可是祖瑞砍不掉它的脑袋，只砍下了一只爪子带了回来，那已经是个庞然大物。

不过，我想了想，狮子皮在某些方面对我俩也许会有价值。于是决定只要做得到，就剥下它的皮。祖瑞和我就在狮子身上干了起来。祖瑞的技术比我强多了，因为我对此几乎一窍不通。事实上我们花了整整一天，才从它身上剥下了皮，把它展开在我们的船舱顶上。两天的太阳终于把它晒得干干的，以后就给我作了褥子，躺在上面睡觉。

　　过了这一站，我们又不断往南航行，走了十天或十二天，靠我们的储备很节省地度日。食品减少得很快，除非无可奈何，我们也很少上岸取淡水。我的设想是找到冈比亚河或塞内加尔河，就是说，找到佛得角附近的某个地点。我希望在那里遇见一条从欧洲来的船只。要是没有遇见，我就不知道怎么办了。我只能寻找海岛，找不到就只好在黑人中消失。我知道凡是去几内亚海岸、巴西或是东印度群岛的欧洲船只都必须经过这个海角，或是那些海岛。一句话，我把我整个命运都放到了这唯一的机会上。要是没有遇见一只船，我就只好等死了。

　　按照这个决定，我又航行了十天左右。正如我所说，我开始发现岸上有人居住了。在我们航行经过时，还在两三个地方看见有人站在海岸上观看我们。我还能见到他们都很黑，而且全身赤裸。我曾想过上岸去见见他们，但祖瑞是个比我有头脑的参谋。他对我说："不行，不行。"不过我还是往海岸边靠了过去，想和他们攀谈。我发现他们跟着我跑了很长一段路，手上没有武器——只有一个人例外，手上有一根细棍子，祖瑞说那是投枪。他们可以投得很远，很准。于是我就保持了距离，尽力用手势和他们对话，尤其是表示需要食品。他们向我做了手势，让我停船，他们会给我们拿点肉来。于是我便降低了头顶的船帆等候。他们有两个人往里面跑去。不到半小时他们回来了，带回了两块肉干和一些粮食。那是他们那地方的产品。两样东西我们都不认识，不过仍然愿意接受。下面的争执是：怎样去取。我不主张冒险上岸取。他们也同样地害怕我们。他们想出了一个对双方都安全的办法。把东西送到了海岸边放下，然后站得远远的，等我们去取了上船，然后再靠近我们。

　　因为我们没有东西回报，只好向他们做些感谢的手势。但是正在那时却出现了一个机会，给了他们一个惊人的报偿。我们的船刚靠到岸边，两个庞大的家伙却从山上往海边跑了下来，看来是一个跑，一个追。究竟是雄的追雌的，还是在闹着玩，或是在凶狠地打斗，我们却说不清楚，也不知道那是常见或是罕见的现象。但我相信是后者。

因为首先，那些肉食动物不到夜间是很少出现的。其次，我们发现那些人也吓得要命，尤其是妇女。在那两只野兽直接跳进水里的时候，手上拿矛或投枪的人倒是没逃，别的人都跑光了。野兽并没有向黑人扑去的意思，而是跳进海里，游来游去，似乎是为了嬉戏。最后，其中一头竟然比我起初所预料的更靠近了我们的船。但是我早已做好了准备。我往枪里异常敏捷地装好了弹药，也吩咐祖瑞把另外两支枪装好。那野兽刚到达合适的距离，我就对准它的脑袋开了一枪。野兽立即沉到水里，却又马上冒了出来，上上下下地扑腾，好像在为生命挣扎——事实上也确实如此。不一会儿它就爬到了岸边。但已受到了致命的创伤，再加上海水一呛一憋，它刚挣扎到海岸边就死去了。

我的枪声和那场吼叫使岸上那可怜的人群惊讶得无法形容。有的人吓得要命，几乎当场昏死，倒下。但是在他们看见野兽死掉，沉进水里，我又向他们做手势，让他们到岸边来的时候，他们就恢复了勇气，来到了岸边，开始寻找那野兽。我从那野兽污染海水的鲜血发现了它，用绳子扔到它身上缠住，再让黑人们拉。他们把它拉上了岸，才发现，那是一只最奇特的豹子。花斑精美到了可敬的程度。黑人们怀着敬佩，举起双手，想象着我是用什么东西把花斑豹杀死的。

另外那只野兽被枪声和火光吓坏了，游到海边，从那里直接跑回它跑出来的山里去了。我从那距离没有看清楚它是什么东西。我很快就发现黑人们想吃那东西的肉。我也乐意让他们接受我的这点馈赠。在我向他们做手势表示他们可以取走时，他们真是满心欢喜地感谢。他们马上分割起那东西来。虽然没有刀，他们却用一条锋利的木片剥下了它的皮，和我们用刀子一样快，甚至更快。他们给了我一些肉，我拒绝了，做出愿意送给他们的手势，却又做出手势，表示想要那毛皮。他们毫不吝惜，就给了我，还给了我们大量的食品。虽然我还不知道是什么，也就接受了。然后我做手势表示要水——做了个捧出水罐，倒过来没有水，需要装满的样子。他们立即对朋友们叫了几声。于是来了两个妇女，抬出一个巨大的陶制容器——我估计是用太阳晒干土坯造成的。她们像刚才一样，把那容器放到我面前。我打发祖瑞回船去取来了我们的罐子，把三个罐子全装满了。两个女人都像男人一样，全身赤裸。

　　现在，除了水，他们还给了我许多块根食物和种子食物。我离开了黑人朋友，又向前航行了大约十一天，没有打算靠岸，直到我在前面大约四五里格处看见一片很长的陆地伸出在海里。海面风平浪静，我坚持远离海岸向那里开去，然后在距离那陆地两里格的地方拐过弯去。我从对面清清楚楚地看见了那片对着海洋的陆地。于是我做出结论：这边就是佛得角，那边就是群岛——从那里起就叫作佛得角群岛。不过，它们还在很远的距离之外。我还难以正确说明最好怎么办。因为万一遇见了强劲的风，我也有可能到不了佛得角，也到不了佛得角群岛。

　　在两难之中，因为陷入沉思，我踏进了舱房，坐了下来。祖瑞掌着舵，那小听差突然大叫起来，"主人，主人，有帆船来了!"然后那傻小子就吓糊涂了，以为那一定是他摩尔主人的船，派来抓我俩的。我知道我们已逃了很远，再也没有人能抓到了，急忙跳出了舱房。却随即看见了那船，而且看出了它是什么。就是说，是一艘到几内亚湾运黑人的葡萄牙船。但是等到我看清它的路线时，却立即相信它走的是另外的方向，并没有打算再往海岸边靠。于是我尽量改向海外驶去，决心只要可能，就和他们谈谈。

　　但是我却发现，即使我扯足了风帆，也难以横插到它的路上，怕的是我还来不及发出信号，他们就已经走掉。但是在我竭尽了全力，却开始绝望的时候，他们似乎从望远镜里见到了我，认为我是一艘欧洲小艇，属于某只大船而迷了路的。于是他们减少了帆力，让我追赶上去。我受到了鼓励。我船上有我摩尔老板的船旗，我对他们挂出了表示遭难的旗子，还开了一枪。两样东西他们都见到了，因为他们后来告诉我，他们虽然没有听见枪声，烟雾却是看见的。见到了这些信号，他们就非常善意地停了船，等候着我。不到三个小时，我就赶上了他们。

　　他们用葡萄牙语、西班牙语、法语问我是谁，我都没有听懂。但是最后，船上有个苏格兰水手对我叫了起来，我回答他说我是英格兰人，是从撒利的摩尔人下面摆脱奴隶身份，逃出来的。然后他们就让我上了船，很善意地收纳了我和我的全部家当。

因为居然有人相信我是那样得救的，我简直快活得无法形容。按照我的估计，我已经从我那苦难的几乎是绝望的处境里得到了解救。我立即提出把我的一切都送给船长，作为对解救我的报答。但是他很宽厚地告诉我，我的一切他都不会要。等我到了巴西，他是会把一切都安全地发还给我的。"因为，"他说，"我救你，并不是因为别的，而是因为我自己也希望得救，因为我也有可能在某个时候处于同样的境地，会因为别人的援救而高兴。何况，我带你到了巴西，你在那里离开你们的国家那么远，如果我接受了你的东西，你是会在那里饿死的。就是说，我救了一条命，却又害死了他。不行，不行，森约·英格利斯①。"他说，我送你去那里是做好事，那些东西可以帮助你买到生活用品和回家的船票。

他这建议出于慈悲之心，因此他也办理得非常周到。他向海员们发出命令，不许任何人碰我的东西。然后他接管了我的一切，返回我一张清单，以便我以后收回，包含那三个土罐子。

他也看出，我那是一只很好的小艇，于是告诉我，他打算买下来，留在他的船上使用。他让我开个价。我告诉他，他既然在一切上都那么慷慨大方，我就决不能为小艇开价，我完全留给他了。于是他说，他将亲手写张字条给我，到了巴西，他将付给我八十个八瑞尔金比索②。而如果到了巴西还有人给出更高的价，他也会把价格提高。为我的小跟班祖瑞，他又提出给我六十个八瑞尔金比索。我很厌恶要那钱。那倒不是不愿把小听差给船长，而是厌恶出卖小听差的自由——为了争取我的自由，那小听差曾那么忠实地为我工作过。我把理由告诉了他，他也认为很公正，于是提出了一个折中办法。他保证，如果十年后那小听差已经成了基督徒，他就给他自由。有了这样的条件，再加上小听差也愿意跟他，我就把小听差交给了船长。

---

① 森约·英格利斯：葡萄牙语音译——英格兰人先生。
② 八瑞尔金比索：西班牙和葡萄牙从 1610 年起使用的一种金币，每个价值八个瑞尔银币。

4　我成了巴西的种植园主

我们非常顺利地到达了巴西——大约二十二天之后，我们已驶进了托多斯一罗斯一桑托斯海湾，也就是万圣海湾。既然我已从极端困苦的生活环境里再次得到了解放，现在我要考虑的就是以后怎么办了。

船长给我的仁厚的待遇我是怎么样怀念也还不够的。他没有收我的船费，为了我船上那张豹皮他还给了我二十个金杜卡，为那狮子皮他又再给了四十。而且命令把我船上的东西准时交还了我。我想卖的东西他也都买下了。比如那几瓶酒和酒橱，我的两支枪和那一大块蜂蜡（其他的我都造蜡烛了）。简单说，我的全船货物得到了大约二百二十个八瑞尔金比索。我就带了这笔资金踏上了巴西的海岸。

我来这里时间不很长，船长介绍我到一个跟他一样善良而诚实的人家里。那人有一个"印根尼奥"，那是他们的叫法，也就是种植园。他还有一家糖厂。我和他一起生活了一段时间，借那机会熟悉了他们种植和制糖的方法。我看见了种植园主的生活有多么好，也看见了他们是怎样急剧地发达起来的。我下定了决心，如果我能得到特许，就在这儿定居。我也要做一个种植园主，跟他们一起。与此同时我也决定设法找人把我留在伦敦的钱汇给我。为了达到这目的，也为了取得加入巴西国籍的推荐书，我尽量使用我手上的钱购买些没有开发的土地，还按照我能从伦敦得到的资金，为我的种植园和定居地拟订好了计划。

我有一个邻居，一个父母亲都是英格兰人的里斯本葡萄牙人。他叫威尔斯，处境跟我十分相似。我叫他邻居，因为他的种植园跟我毗邻。我俩的交往越来越频繁。我的本钱不多，这也跟他很像。有差不多两年，我们种植的更多是食物而不是别的。不过，我们开始赚钱了，土地也渐渐整理了出来。第三年我们种了一些烟叶，而且都各准备了土地，打算明年开始种甘蔗。但是我俩都需要人手，这时我才比过去更感到跟祖瑞分手是一个错误。

遗憾的是，犯下无可改正的错误对我已不是稀罕事。我无法弥补，只好继续过下去。我做着的工作和我的天性距离很远，也跟我的爱好直接相反。为了追求我所爱好的工作，我放弃了爸爸的家，违背了他一切善意的劝告。不，我正在进入中层地位，也就是爸爸以前向我推荐的下层生活里的上层。而那地位，只要我愿意坚持，在家里就可以达到，根本不用跑到海外来像这样吃苦受累。我常爱对自己说，这一点我在英格兰亲友之间也可以得到，我何苦跑到五千英里外这蛮荒地区的陌生人和野蛮人之间来呢。离家那么远，世上的一切地点都听不到我的任何消息。

我就像这样怀着极度的悔恨思考着自己的处境。除了偶然和这个邻居谈谈，我没有别的人可以交换意见。除了双手的劳动我也没有工作可做。我常常说我自己就像个被抛弃在荒凉的海岛上的人，那里除了自己，再没有别人。可那又是多么公正呀。当人们把自己目前的情况和不如自己的人做比较时，他该怎么想呢？上天让他换换地位，他就能通过经验体会到原来的欢乐了。我说，那是多么公正呀。我反思起来：在一个除却孤独一无所有的荒岛上的真正孤独的生活竟然就是我的命运①。那时我常常不公正地把它和我过去的生活做比较。那生活我如果继续下去，是极可能繁荣昌盛，而且大发其财的。

我在经营种植园的种种措施上一定程度地稳定了下来，那还是我那善心朋友，在海上救了我的那位船长回来之前的事。因为他的船一

---

① 这句话指的是鲁滨孙以后流落荒岛几十年的经历。

直在那里等待上货和准备航行，停留了差不多三个月。在我告诉了船长我留在伦敦的那点资本时，他给了我出了一个友好的诚恳的主意。"森约·英格利斯，"他说，他常常就那么叫我。"你给我几封信，再给我一份这儿的委托书，请在伦敦保存你款项的人把你需要的物资（适合这地方的物资）通知里斯本的一个人——那人我会告诉你。我就在回来时，把你提出的东西给你带来——如果上帝允许的话。但是，人世的一切得受无常的命运与苦难支配，我建议你那封信只要求用一百英镑，也就是你所说的资金的一半，拿它来冒险。这样，如果安全，你就可以用同样的方法再要另外那一百镑。而万一这次失败，你还可以靠另外的一半添置东西。"

这是很周到的主意，显然很友好。我只能相信那是我能采取的最佳措施。于是我准备好了给替我保管财产的夫人的信，也给了船长他所要求的委托书。

我给英格兰船长的遗孀的信，详尽地描述了我的一切冒险。当奴隶，逃跑，在海上怎么样遇见了葡萄牙船长，他那仁慈的行为，和我现在的处境，还为我所需要的物资做了其他的必要说明。

这位诚实的船长去到里斯本时，他所依靠的那里的某个英格兰商人，不但送去了信件，而且向一个伦敦商人详细讲述了我的故事。那人代表我有效地见到了她。她不但付给了我款项，还自己花钱给了那位葡萄牙船长一份很丰厚的礼物，答谢他对我的殷勤厚意。

伦敦的商人把这一百镑按照船长的书面指示买成了英格兰货物，直接送到里斯本他的手里。他就把货物完全安全地带到巴西，送到我的手中。其中有一些是我没有要求的（因为我对业务还太年轻，还想不到）。他注意到给我买来了种植场上需要的各种工具、金属机件和用品，对我都非常有用。

这一批货到达的时候，我觉得自己发了大财，我为自己的高兴吃了一惊。我的那位好管家，那位船长，花掉了我的朋友作为礼物送给他的五个英镑，为他买了一个年限六年的仆人，却不肯接受任何关怀，只有我让他接受的一点烟叶例外，因为那是我的产品。

这还不够。我的货物都是英格兰制造的，比如布匹、日用品、粗呢和在这个国家特别值钱和受欢迎的东西。我设法用很高的利润卖了出去。因此我可以说，我得到了相当于我原来的货品的四倍价值的收入，现在我已经比我那可怜的邻居好了不知道多少——我指的是种植园的改进。我办的第一件事是买了一个黑人奴隶，也买了一个欧洲奴隶。我指的是船长从里斯本带回的那个奴隶以外的又一个人。

但是，由于处理不当的繁荣往往恰好导致最严重的灾难，我的情况也是如此。第二年我的种植园仍然非常成功。我在自己的土地上收获了五十大捆烟叶，比我在邻居之间购买必需品所花掉的还要值钱。这五十大捆，每一捆都在一百磅以上。全都烤制好了，存放起来，准备船队从里斯本回来的时候运走。现在，业务做大了，财富也增加了，我的脑子开始塞满了无法实现的计划和打算。事实上那往往是许多最精明的生意头脑的克星。

如果我还继续我那时所处的状态，我是有条件容纳当时降临我身上的幸运的。为那种幸运我爸爸曾为我热心地推荐过一种沉静的隐退的态度。为此，他还为我明智地描绘过生活里的中间处境，勉励我持盈保泰。可惜跟随着我的还有另外的东西，那东西使我执拗地追求着自己的苦难。它特别促进了我的错误，使我遭受到了双倍的不幸。这一切未来的苦难显然都是我顽固地坚持自己那愚蠢的癖好所致。我有到海外漫游的要求，那成了大自然和上帝共同赐予我的，并化作了我对责任的一种追求，对那种生活远景和做法的公平而单纯的追求。

由于我有过在这样做时摆脱父母的先例，现在我就更加难以满足了。我必须走掉，离开在我的新种植园里成为一个富裕繁荣的人的快乐远景走掉。为的是追求一种鲁莽轻率的欲望：想以超出事物容许的速度崛起。于是我就让自己陷入了人类所能陷入的最痛苦的深渊。否则我是可能与生活的要求一致，与世界上某种健康的状态一致的。

现在我就来一步步地讲述我这个阶段的故事的细节。你也许可以设想。现在，我在巴西差不多住了四年，我的种植园已经开始繁荣昌盛。我不但学会了语言，而且跟种植园主伙伴成了朋友，有了友谊，也和撒欧—萨尔瓦多（那是我们的海港）的商人们成了朋友。在我和他们聊天的时候，常常谈起我到几内亚的两次航行和跟那里的黑人做生意的情况。谈到在海岸上做生意是多么容易。用一些小玩意儿（珠子、玩具、小刀、剪刀、短柄斧、玻璃片之类的）换来的不但是金砂、几内亚粮食、象牙之类，而且可以是大量的黑人，带到巴西来干活。

对我关于这类问题的谈话，他们听得津津有味，尤其是和黑人做买卖的一部分。黑人贸易那时不但刚刚开始，而且，在当时情况下，是必须取得西班牙或葡萄牙国王的"阿席恩托"（批准）的，很受社会的注意。因此能够买到的黑人很少，而且异常昂贵。

有一次，我跟某些认识的商人和种植园主一起，非常热烈地谈起了那类话题，其中有三位第二天早晨就来到我面前告诉我，他们对我昨晚谈的情况考虑了很多。他们是来对我提出一个秘密建议的。他们有个想法：在得到我的保密承诺之后，装备一艘船去几内亚。他们跟我一样，都有种植园，最缺的是人手。由于那是一种不能做的生意，回来后黑人不能公开出售。因此他们只打算航行一次，把黑人秘密带上海岸就往各自的种植园里送去。一句话，问我是否能到他们船上做押运员，到几内亚海岸办那工作的买卖部分。他们向我提出，我不用投入成本就可以参加对买到的黑人的平均分配。

必须承认，如果这个建议是向一个自己没有住处，也不需要经营种植园的人提出，那倒还算不错。可我的种植园正做得红火，投入了大量资金。像我这种已经进入行业，站住了脚跟的人，并不需要再做别的，只要像开始时那样再搞个三四年就行。那时，再加上从英格兰要来的那一百镑，我的身家就不会低于三四千镑，而且还在增加。让我去考虑这次航行，实在有点小瞧了我。为那种事像我这样处境的人是不会弄脏了手的。

5　我在一个倒霉日子上了船

可我是个天生要毁灭自己的人，我拒绝不了这次的建议，就像我拒绝不了我最初的浪迹天涯的梦想，把我爸爸的善意的劝告当作耳旁风一样。一句话，我告诉他们，我打心眼里愿意去，只要他们保证在我离开后照顾好我的种植园，万一我出了问题按照我的指示处理它就行。对这个要求他们全都接受了，而且写成了文约（或叫字据），保证照办。我也写下了正式的遗嘱，处理了我的种植园和动产。要是我死了，就请救过我命的那船的船长做我的全权继承人，跟以前一样。但是请求他按照我遗嘱的要求处理我的动产，收益的一半他自己保留，另一半送到英格兰去。

简而言之，我采取了一切可能的措施保留了我的动产，也维护了我的种植园。如果我能使用一半的谨慎照顾好自己的利益，对于我应做和不应做的事做出了判断，我肯定是不会离开那样昌盛的事业，离开大有可能的繁荣远景，自己走掉，到海上去航行的。那得冒着随之而来的常见风险，我自己可能遇见特别倒霉的命运的种种理由还没有算。

但是人家一催，我就盲目服从了幻想而不是理智的指示。于是，船装备好了，货也载上了，航行里的一切都按照合伙人的协议办好了。我在一个倒霉的日子上了船。那是 1659 年 9 月 1 日。八年前的同一天我离开了在赫尔的爸爸和妈妈，为的是对他们的权威扮演叛逆的角色，对自己的利益扮演傻瓜的角色。

我们的船载重大约一百二十吨。船上有六尊大炮和十四个人（船长、他的小跟班和我自己除外）。我们船没有载运大型货物，只有些适宜于我们和黑人做生意的玩具：珠子呀、玻璃片呀、蚌壳呀和一些小玩意，尤其是小镜子、刀子、剪刀、短柄斧头之类的东西。

那一天我们一上船就出发了。从海岸往北，目的地是非洲海岸。我们大约在北纬十度或十二度上航行——那似乎是他们那些日子的航线。天气非常好，只是热得厉害。我们沿途一直靠近海岸，直到来到了圣奥古斯丁角的山下。从那里起，我们离岸远了一些，已经看不见陆地。航行的方向似乎是去费南多—德—隆哈岛，坚持西北偏北的航线，把那几个海岛留在了东面。我们在这个航线上用了十二天左右越过了线。最后一次观察时我们已到了北纬七度二十二分。这时，完全出乎我们意料之外，刮起了猛烈的飓风，或叫狂风。狂风从东南面刮来，大体往西北吹。然后又固定为西北风，刮了个天昏地暗，一刮就是十二天。我们完全无法招架，只能开了船在风前颠簸，听凭它赶着我们按照命运的安排和狂风肆虐的方向乱跑。在这十二天里，不用说，我是准备着随时被海浪吞没的，船上的人也都觉得自己没有救了。

在这样的痛苦之中，除了风暴的恐怖之外，我们中有一个人中暑死去了，还有一个人和小跟班一起被冲进了海里。大约在第十二天，风暴缓和了一点儿。船长竭尽全力进行了观察，发现我们大体是在北纬十一度，但已在圣奥古斯丁海角以西，有了二十二度经度的差异。于是他发现我们已经到了圭亚那海岸，或是巴西的北部，亚马孙河以外，去奥林诺科河（一般就叫作"大河"）的方向。他来和我商量他应该走什么路，因为船已经漏水，航行能力大大削弱了。他想直接返回巴西海岸。

我坚决反对这主意。我和他一起查看了美洲海岸的地图，结论是：在我们来到加勒比海的岛屿圈之前，没有存在居民的地区可以求助。于是我们决定往外靠，驶向巴巴多斯。由于总是离岸航行，就可以避开从墨西哥湾刮来的风，有希望轻松地航行十五天左右。因为如果我们的船和我们自己没有得到帮助，我们是不可能到达非洲海岸的。

根据这个计划，我们改变了航行路线，向西北偏西方向开去，希望能到达一个属于英格兰的海岛，得到援救。但是，上天对我们的航行却另有安排。因为我们来到纬度十二度十八分时，第二次风暴又以同样的暴烈往西刮来，刮到我们头上，把我们吹到了人类的一切贸易路线之外。因此，即使我们在海上留住了性命，也还有个更大的危险：给野蛮人吃掉。总之，我们已回不了自己的国家。

　　在这样的痛苦之中，风还在猛烈地刮。可清晨一大早，却有人高叫起来："陆地！"我们还来不及往舱外看清楚自己到了什么地方，我们的船已触到了沙底。行动刚被阻止，滔天巨浪已经砸上船来。我们以为自己马上就要完了。船往海岸开去，想躲开巨浪和泡沫。

　　在那种环境下的人那惊恐万状的局面，没有类似的经历的人是很难想象或描述的。我们不知道自己被刮到了什么地点，什么国度，是邻近海岛还是靠向大陆，那里有人还是没有人居住。由于风浪仍然猛烈（虽然比开始时弱了一些），我们甚至不敢希望那船能坚持几分钟不破，除非某种奇迹转变了风向。总而言之，我们只好面面相觑地坐着，静候死亡随时降临。于是大家做起了去另一个世界的准备，因为已无路可走。给了我们一点点安慰，其实就是全部安慰的是：船长出乎我们意外地说，风势已经减弱，船还没有破。

　　这时大家只觉得，风势虽然确实有所缓和，可船已像那样触了沙底，陷得太牢，很难有摆脱的希望。事实上我们的处境仍然非常可怕。除了尽力设法逃命，无事可做。风暴之前，我们在船尾还有一艘小艇。但已在方向舵上撞破，而且漂走了。即使没有沉没，也已被冲进大海，对它是不能指望的了。船上还有一只小艇，但是否能放进海里，却很成问题。不过，我们已没有余暇争论，因为估计大船随时都可能破碎——有人说它已经破了。

　　在痛苦中，我们的大副抓住了小艇，依靠大家的帮助，把它吊到了大船旁边，让众人上了小艇，然后松了手。我们一共是十一个人，听凭上帝和暴烈的大海处置。但是大海仍然声势汹汹，白浪滔天，正是荷兰人对风暴中的海洋的叫法：den wild zee（怒海狂涛）。

　　现在我们的处境的确非常悲惨。因为大家都眼睁睁看着风急浪高，小艇无法坚持，我们已没有了希望，只好淹死。曾经想过拉起风帆，但是艇上没有帆；即使有了，也起不了什么作用。于是大家抓起桨就往岸边划，虽然心情非常沉重，就像是上刑场的囚犯。我们谁都知道，小艇一靠近海岸，就会受到冲突的浪涛的撞击，撞成千百个碎片。不过我们仍然把自己的灵魂异常真诚地交给了上帝和把我们刮向岸边的风。我们用自己的手加速着自己的毁灭，向海岸靠拢。

海岸是什么样？是沙岸还是石岸？是陡岸还是平滩？我们都不知道。能够依稀给我们一点希望的是：我们也许能遇到个海湾或河口，凭最大的侥幸把小艇划进去，躲到一个背风的地点，说不定还能划进什么平稳的水流。但是，这类东西并没有出现。在我们越来越靠近海岸的时候发现，那陆地看去比大海还可怕。

按照我们的估计，我们已经划了，或者被吹刮了一里格半左右。这时大山一样的怒涛已经跟随船尾汹涌而来，显然是要我们乖乖地等候那摆脱痛苦的死亡打击。一句话，它暴怒地追上了我们，立即掀翻了小艇，让我们和小艇分了手，也和彼此分了手，几乎没给我们时间说一声："啊，上帝!"因为顷刻之间浪涛已吞没了我们。

我在沉进水里时，思想上的混乱是无法描述的。因为我虽然很会游泳，却也无法挣脱海浪，冒出水来吸气。直到海浪把我向岸上冲了（准确地说是卷了）很远，失去了威势，才退了回去，把我留在了几乎没有水的岸边，呛了个半死。好在我还能呼吸，头脑也还清醒。我发现自己比我所期望的更接近了大陆，就站了起来，拼命向陆地上奔跑。怕的是下一个浪头打来，又把我卷回海里。但我随即发现，那危险已是无法避免。因为我眼见海浪像小山一样，像暴怒的敌人一样，追了上来。那是我没有办法也没有力气对抗的。我的对策是：只要可能，就屏住气息浮出水面，靠游泳维持呼吸。而且掌握好方向，只要可能，就往岸上漂去。我现在最关心的是海浪。它打来时有可能把我冲到岸上很远的地方。我希望它在退去时别把我卷走。

随后的一次打在我身上的浪立即把我卷进了二三十英尺深的水里，我感到被一种强大迅疾的力量往海边带了极长的一段路。但是我屏住了呼吸，用尽全身力气帮助自己继续往前游，憋气憋得快爆炸了。这

时我发现自己已经浮起，令我立即感到宽松的是：我发现自己头和手
已浮出了水面。虽然我在水面坚持还不到两秒，我已经大大地放下心
来，而且换了一口气，获得了新的勇气。我再次被水淹掉了好一会儿，
但不太长，我坚持住了。我发现海涛已失去威风，开始回落。我急忙
逆着回流再往前游，双脚却触到了地面。我站了一会儿，喘了口气，
直到海水离开了我。然后，我又鼓足了劲儿，撒开脚丫就往海岸上跑。
可我仍然没有从海洋的愤怒之下得到解放。海浪再一次向我冲来。由
于海岸平坦，我又和以前一样，两次被海浪卷起，往前带走。

　　第二次的大浪几乎要了我的命。因为它把我像以前一样迅疾冲走
时，把我卷到了，更准确地说是，把我摔到了一块岩石上。那一摔很
凶猛，我完全失去了知觉，事实上没有了获救的希望。那一摔砸在了
我的腰胁和胸膛上，砸得我闭过了气去。如果这时海浪又打了回来，
我早就呛死在水里了。好在，我在它打回之前已经苏醒。眼看要再次
被水淹没，我决心抱紧一块石头，尽量憋住呼吸不放手，直到浪涛退
走。因为靠近陆地，这一回的浪头没有上次高。我抱紧了石头一直等
到海浪退去。然后我又跑了一段，这就已经很靠近岸边。下一回的海
浪虽然在那里追上了我，却没有吞掉我，把我卷走。下一趟再跑时，
我已经爬上了陆地。在那里非常舒服的是，我爬到了岸边的悬崖上，
在草地上坐了下来。我已经脱离险境，不会被水淹到了。

　　现在，我已经上了岸，安全了。我望向天空，感谢上帝救了我一
命。我这命已经好几次只剩下几分钟希望。我那时灵魂里的欣喜愉快，
狂欢极乐，我相信是无法向任何人描述的。我可以说，我是从坟墓里
逃出来的。现在我对有一个故事已不感到惊讶了。那故事说：一位脖
子上套了绞索的罪犯已被捆绑起来，就要行刑，免刑的命令却突然到
达了。我是说：他们还带来了一个外科医生，在告诉他消息的时候就
给他放血，以免那猛然的意外赶走了他心里的活力，让他承受不了。正
是：

　　　突然的欢乐，也如忧伤，
　　　乍一来也使人晕厥死亡。

035

我在海岸上走来走去，高举起双手，做出了千百种我无法描述的手势和动作，可以说我整个的身心已沉迷在对自己解放的回忆里。我想起了我所有被淹死的同伴，他们全都没有得救，只有我一个人例外，因为我以后就再没有见到过他们，也没有见到过他们的迹象，只有三顶礼帽、一顶软帽和两只不配对的鞋除外。

我眺望那搁了浅的大船，但它太远，海上惊涛骇浪，浪花飞溅，几乎看不见。我想：主呀！我是怎么逃到岸上来的呀！

在我以处境里的轻松部分安慰自己时，我又向四面眺望，想知道自己到了个什么样的地方，然后该怎么做。我立即发现我可以自我安慰的东西减少了。一句话，我这次的逃脱十分可怕。因为我一身透湿，没有衣服换，没有吃的和喝的给我安慰，眼前也看不出什么希望。只有饿死或被猛兽吃掉的份儿，而最让我痛苦的是，我没有任何打猎的武器，能打到动物来维持生命。也无法保卫自己，防御别的动物——它们也可能想杀死我，吃掉我。总而言之，我除了一把小刀，一个烟斗，和盒子里的一点烟叶，一无所有。这就是我的全部储备。它给我的心灵带来了可怕的折磨。我像个疯子一样转来转去，转了好久。黑夜降临了，我带着沉重的心情考虑，如果那地方有饥饿的野兽，我的命运会如何——我知道猛兽都是晚上出来猎食的。

那时候在我心里涌出的补救办法是：爬到一棵像枞树一样枝叶茂密而且有刺的树上去。我身边就有那种树。我决心在那树上坐上一夜，考虑明天怎么个死法，因为我已看不见活下去的希望了。我离开海岸走了二百来米，看能不能找到点淡水喝。令我高兴的是，我找到了。我喝过水，放了点烟叶在嘴里预防饥饿，然后回到树边，爬上了树，努力做好了安排，希望即使睡着了也不致掉下树去。我又给自己砍了一段短树枝，像一根短棍，用以防身。然后爬进了我的住处，早已筋疲力尽的我马上就睡着了。睡得非常香，我相信在我这种处境的人，是很少能睡得像我这样香的。醒来后，我发现自己格外地神清气爽。这，大概也是从来没有过的。

6 我用许多东西装备起自己

我醒来时天已经大亮。天气晴和，风也停了。海跟以前不同了，不再是波涛汹涌。可最让我吃惊的却是：大船已在头天晚上浮了起来，被潮水送到了我前面讲过的岩石附近（也就是我在上面摔伤的岩石），不再在搁浅时的老地方。离我现在的海岸只有一英里左右了，那船似乎依旧笔直地挺立着。我希望能上船去，至少可以挽救一些需要的东西，给自己用。

我从树上的住处下来，打量了一下四周。我发现的第一个东西是那小艇，就躺在它被风暴和海浪扔到的陆地上，在我右面两英里左右。我沿着海岸边尽量向它走去，却在自己和它之间发现了一道差不多半英里宽的河淀或水湾，只好暂时走了回来。我更迫切需要的是上大船去，找点东西，支持我现在的生活。

中午后不久，我发现海面风平浪静，潮水已后退了很远。我已能走到离船不到四分之一英里的地方。我在那里再一次感到了悲凉。因为我清楚看见，如果我们坚持留在船上，事实上大家都可以安全。就是说，可以平安地来到岸上，我也就不会像现在这么痛苦，这么孤苦伶仃，没有伙伴，没有安慰了。这样一想我不禁又是泪流满面。可那也缓解不了我多少痛苦。我决心只要可能，就到船上去。于是我脱掉衣服（因为天气已经热得要命），下了水。但是我游到船前时，困难却更大了：我无法爬上船去，身边没有抓得住的东西。我绕着船游了两圈，第二圈时我发现了一小段绳子挂下来吊在前链低处，我很惊讶自己第一圈怎么就没有见到它。我抓住这绳爬上了前甲板，却发现船在那里鼓了出去，船舱里有许多积水。但是它靠在了硬沙的岸上（更可能是泥土的岸上），结果是船尾翘向岸边，船头差不多接近了水面。这样一来，船尾上部全都空了。那里的一切也都干了。你可以肯定我要做的第一件事就是找一找，看哪些东西坏了，哪些东西还没有坏。我首先发现的是，船上的食品全是干的，没有被水浸过。我本来就很想吃东西，急忙进了面包间，用饼干塞满了口袋，再一边吃一边办事，因为我没有时间浪费。我还在大舱里发现了糖蜜酒，喝了几大口。我确实很需要那东西提提神，好做眼前的工作。现在我需要的不是别的，而是一只小艇，装载我预计对我非常必要的东西。

光想得到东西却坐着不动，也是白搭。这种极端的想法促使我行动起来。船上有几码备用的木料，两三根大桅和一根备用的中桅，我决定使用这些东西干活。虽然很重，只要能够办到，我也要把它们扔进水里——为了不让它们冲走，我先用绳拴住。扔完后我又下到船边，把木料拉到身旁。我用绳在两头把四根木料捆扎到一起，尽量捆得牢牢实实，像个木筏。再用两三块短木板横在上面，我发现自己能在上面行走。但它却承载不起沉重的东西，因为木料本身太轻。我又继续工作，用木匠的锯子把一根备用中桅锯成三段，加到木筏上。我花了很大的力气，受了许多苦，但给自己储备食物的希望激励着我办完了在其他情况下我也非得办完不可的事。

现在，我的木筏已经够牢实，能承载合理的重量了。我下面的困难是：用什么东西上货，货品怎么样才能不被海浪打湿。我考虑的时间并不长。我先把全部能到手的木板都放上了木筏——我最需要的是什么我早就考虑好了。我先取了三个早已经砸开倒空的海员箱子，放到木筏上。我用第一个箱子放食品：面包、米、三块荷兰奶酪、五大块羊肉干、一点剩余的欧洲谷物——原是留给我们带到海上的某些禽类吃的，但禽类已经杀掉。还有一点和小麦放在一起的大麦。令我非常失望的是：都给耗子啃过，糟蹋了。至于饮料嘛，我找到了属于船长的好几箱瓶装饮料，其中有不少是酒，萨克葡萄酒共有四五加仑。这些我都连箱子一起拿走，不再装箱，也没有箱子可装。这时，我发现潮水开始上涨了，虽然还算平静。我遇见了很尴尬的事：我留在岸上的外衣、衬衫和背心被潮水冲走了。我的裤子是亚麻布的，露膝盖的，我游上船时只穿了裤子和袜子。这使我想起了应该找点衣服。我果然找到了不少。但我拿的不多，只要够我现在穿就行了。因为我注意的还是其他的东西，首先是在岸上干活用的工具。我找了很久，发现了木匠的工具箱。那东西对我太有用了，在那时比一整船黄金还值钱得多。我就那么把它连箱子放上了木筏。我没有花时间打开看，因为大体知道里面是什么。

我随后关心的是武器和弹药。大舱里有两支非常好的鸟枪、两把手枪和两把生了锈的老剑。我先把它们和几羊角火药和一小袋子弹收到一起。我知道船上有三桶火药，但是不知道炮手把它藏在什么地方。我费了许多功夫找了出来，两桶没有湿，能用，另一桶进了水。我把那两桶干的和武器一起放上了木筏。现在我觉得装载已经够多，该考虑弄上岸的办法了。我没有帆，没有桨，也没有舵，稍微吹一点风就可以毁掉我的整个航程。

却有三件事鼓舞着我：第一，海面平静；第二，潮水正在往岸上涨；第三，微风正在往岸上吹。我找到了两三把船上的破桨，除了箱子里的工具之外，还找到两把锯子、一把斧头和一个锤子。我就带了那一木筏货物开始了航行，往海岸划去。我的木筏大体顺利地走了一英里左右，只是我发现它在往我上岸处略远的方向漂离。我倒因此发现了那里的一个水口。我希望在那里发现一条河或是河淀，那我就可以用作港口，停靠货载了。

我真是心想事成。陆地果然在我面前露出了一个小小的缺口，我发现一道潮流正往上涌，于是我尽量控制木筏，让它走在潮流正中。但我在这里差不多遇上了第二次海难——真要是海难，我这心可就碎了。因为我对那海岸一无所知，木筏的一头竟在一片沙滩上搁了浅。而因为另外一头没有搁浅，只需轻轻一抛，我的货载就会往漂浮的一头滑动，掉进水里。我使尽了浑身力气用背顶住了箱子不让动，但是，我竭尽全力也撑不动木筏了。我就像那样顶了半个小时，上涨的水才把我抬起了一级。水还在涨，又过了一会儿，木筏漂浮了起来，我用船桨往外一推，木筏进了急流。我再往上划，终于发现自己来到了一条小河的河口。那里两面都是陆地，一道急流直往上冲，我往两面看了看，想找个地点上岸。因为我不愿被冲到河里太高的地方——我还希望以后能看见海上的过往船只呢。因此我决定把自己安排得尽可能靠近海岸一些。

最后，我在河淀的右岸发现了一个小湾。我把木筏往小湾里划去，划得非常困难，非常吃力。最后，快接近岸边时，我已经可以用桨触到地面，把木筏直接往里推了。但我在这儿又几乎把货载全淹到了水里，因为那里的河岸很陡，就是说，是个斜坡，没有地方上岸。只要我的木筏触到了岸，它的一头就会抬起很高，另一头就会降得更低，我的货物又会发生跟上次一样的危险。我能做到的只是：静等到潮水涨到最高的时候，再用船桨像锚一样把木筏的一面固定在岸上，靠近一片我估计可能被水淹没的平地。那里也确实被淹没了。我见淹得差不多时（因为木筏还得吃水一英尺左右），就把木筏推上了那片平地，把那两支破桨插入地里，固定木筏，也就是让它碇泊下来。一支船桨插在木筏靠近头顶的一面，另一支插在靠近另一头的另一面。我就像这样静候着潮水退走，然后把木筏和货物安全地留在了岸上。

我下面的工作是观察环境，找一个合适的地方居住，还要找一个地方放东西，一个无论发生什么情况都能保证安全的地方。我还不知道自己在什么地方。是在大陆上？还是在海岛上？有人住？还是没有人住？有野兽的危险？还是没有？不到一英里以外有一座山，很陡，很高，似乎比另外一座山高。那座山似乎属于它北面的山脉。我拿起鸟枪、手枪和一羊角火药，武装起自己，就开始去那山顶探索。在我很吃力很痛苦地爬上山顶之后，却非常痛苦地发现了自己的命运。就是说，我是在一个四面被大海包围的海岛上，看不见一点陆地，只有很远的地方有几块岩石，还有几个比我现在这个还小的海岛，在大约三里格以外。

我也发现，我这岛子上什么都没有。我很有理由相信，除了野兽，没有人居住。可就连野兽我也一个都没看见。不过，我看见了很多鸟，虽然不知道是什么鸟，即使杀死了，也不知道能不能吃。在回去的路上，我见到了一只大鸟站在树林边的树上。我对它开了一枪。我相信那是开天辟地以来那里开过的第一枪。我刚开了那一枪，就从树林的那部分里飞出了无数的鸟儿，各种鸟儿都有，各按各的嗓门发出了混乱的尖叫和聒噪。但是我一种鸟也认不出。我打死的那一只，我估计是一种鹰，颜色和嘴甲都像，但是没有常见的那种爪子。那肉味令人作呕，做什么都不行。

发现了这些，我满意了，回到了我的木筏，开始把东西往岸上搬，这就用去了那天剩下的时间。我不知道晚上拿自己怎么处理，也不知道到什么地方去休息。因为我怕在地上睡，不知道会不会出现野兽吃掉我，虽然我后来发现，事实上那倒不用担心。

不过，我也用搬上岸来的箱子和木板搭了一间住房样的东西，给自己晚上睡觉，尽可能保护起自己。至于食物嘛，我还不知道用什么来供应自己呢。我只见到过一两种动物从我开枪打鸟的树林里跑了出来，像是野兔。

现在我又感到，还能从大船上弄来许多对我有用的东西，特别是风帆、绳具之类的，都可以弄上岸来。我决心只要可能，再下海上船一趟。我知道下一次的风暴肯定会把船打个粉碎，于是决心把别的事先搁一搁，到我把能从船里弄上来的东西弄上来再说。然后我在心里开了个会，让各种想法碰了碰头：我该不该把木筏弄回来？看来那是办不到的。于是我决心跟上次一样，等潮水退后再上船去。我那么办了。只是在我离开小屋时，只穿了方格衬衫、亚麻布内裤和薄底鞋，别的什么都没穿。

我用上次的办法上了船，又做了一个木筏。因为有上次的经验，这个木筏做得就不那么笨重了，可放上的东西也没有那么多了。可我还是带了不少对我很有用的东西回来。首先是木匠用的螺丝千斤顶和一二十把斧头，尤其是那个叫作磨刀砂轮的东西，那是最有用的。我把这一切归总到一起，然后又发现了几处存货：两三个装满大小钉子的口袋，炮手用的许多的东西，特别是两三根铁撬棍、七支毛瑟枪、两桶毛瑟枪子弹、一支鸟枪。还有少量火药，一大口袋小枪砂和一大沓铅皮——铅皮太重，我搬不动，弄不下船。

此外我还把找得到的男人衣服、备用前桅、桅帆、吊床和一些被单被褥都拿了来，放到第二个木筏上，安全地运上了岸。我心里非常愉快。

离开陆地之后，我有一些担心，怕的是岸上的食物会被野物吃掉。但回来时，却没见到有客人光顾的迹象，只在一个箱子上坐了个小东西，像只野兔。我向它走去，它跑开了几步，却又站住，大大咧咧地坐下了，瞪大眼望着我的脸，仿佛有跟我交交朋友的意思。我对它举起枪，因为不明白那意思，它也就满不在乎，没有挪窝。于是我扔给了它一块饼干。顺带说一句，对此我不太大方，因为存货无多。可我毕竟给了它一块。它来到饼干面前嗅了嗅，吃掉了，似乎满意，望着我，还想要。我谢谢它赏脸，却没有再省出来给它。它这才大摇大摆地走掉了。

第二木筏货搬上岸后（火药是大桶装，非常重，我只好打开火药桶，把火药分成几包搬运），我又用船帆和锯短了的杆子为自己做了一顶小帐篷，把可能被雨淋坏或太阳晒坏的东西搬进了帐篷，又把所有的空箱子和盒子叠起来，绕着营地围成一个圆圈，防备野兽或人类的突然袭击。

这些事办完，我又用几块板子堵在帐篷门里，用一个空箱子竖放在帐篷门外。再把一张床摆到地上，两支手枪放在脑袋边，一支长枪顺放在身边。然后第一次上了床，极其平静地睡了一夜。因为我前一天晚上睡得很少，又上船找了那么多东西运上岸，苦苦地干了一天活儿，早已非常疲倦和沉重。

我现在有了一个藏品丰富的大仓库，我相信它是个人仓库里最大的。不过，我仍然没有满足。因为只要大船还那么笔挺地站在那里，我就总觉得应该把能从那里拿来的东西全拿了来。因此，我每天都趁水退去的时候爬上船去，取来一些东西。尤其在第三次去时，我尽多地取来了绳具和能够到手的粗细绳索。我还拿来了一张备用帆布，在必要时用来补缀风帆。那桶水湿的火药我也拿回来了。一句话，我把所有的风帆，从第一张到最后一张，都搬了来。不过，我是把它们裁成一张张地拿走的。我尽可能地多拿，因为它们作帆用是不行了，只能当帆布用。

但是更令我安慰的却是：到最后，到我像那样跑了五六次，以为从船上再也找不出什么值得费事的东西之后，我说，在这一切之后，我却找出了很大一桶面包，三小桶糖蜜酒或是白酒，一箱白糖和一大桶精面粉。这可是叫我喜出望外，因为我对再找到食物（水湿坏的除外）已经不抱希望。很快，我就把那一大桶面包倒了出来，用裁成一张张的帆布一包包地包好了。总之，我把这些也安全地运到了岸上。

第二天我又跑了一趟。把船上所有能移动、能拿走的东西全拿来了。这回我又拿起了缆索，为了方便拿走，我把长缆索切成了许多段。我还拿走了另两条缆索、一条岸上用的拴船绳和所有的能到手的铁制品。我砍倒了斜杠帆的帆桁、后桅帆的帆桁，加上我能到手的东西，做了一个更大的木筏，把那些沉重的物件放了上去，打算运回来。但是我的好运开始离开了我。这个木筏装的东西太多，太笨重，我进到小河淀（其他的东西都是在那里上岸的）之后，却不能像控制前一个木筏那样控制住它。木筏一翻，把我和我所有的东西都翻到了水里。那对我倒没有什么伤害，因为我靠近岸边。我的东西却大部分失去了，尤其是我估计对我很有用的铁件。不过，等到潮水退去之后，我仍然把大部分缆绳都捞了出来。还捞出了些铁件，虽然费了很大的力气。因为我得潜到水底去捞，累得我筋疲力尽。那以后，我每天都上船去拿回能拿的东西。

现在，我上岸已经十三天，上过十一次船。凡是一双手能拿走的东西，我全都拿回来了。虽然我确实相信，只要平静天气继续，我就有可能把那船一块一块地搬上岸来。但是在准备第十二次上船的时候，我却发现刮风了。不过，我上船时海浪还不高。虽然我认为自己已经很有效地搜索过全船，再没有什么东西可以发现，却仍然发现了一个带抽屉的柜子。我在里面发现了两三把剃刀，一把大剪刀，还有十来副很好的刀叉。在另外一个抽屉里我还发现了三十六镑钱币，一些是欧洲的钱币，一些是巴西的八瑞尔比索币，金币银币都有。

一见这些钱币，我忍不住笑了。"啊，田呀①！"我大叫，"您还有什么用呀！您对我可是分文不值了。对，连拿走您的功夫也不值。这一大堆钱也就只值得一把刀子罢了。你还能有什么用？我倒真想不出来了。您就在这儿躺着吧，像一个不值得搭救的人！"但是，我再想了想，仍然把钱全拿了起来，用帆布包好了。我还想再做一个木筏。但做准备时却发现，天已经阴沉下来，刮起了风。不到一刻钟，狂风已从海岸那边吹了起来。我立即想到，岸上既然刮风，我干吗还摆出架子要作筏子呢？我的工作就是赶快在风浪到达之前离开，否则怕就回不到岸上了。于是我下到水里，游过了船和沙滩之间的河道——就连那儿也已很吃力。一是因为我带有沉重的东西，一是因为海里已是波涛汹涌。因为风马上就猛烈了起来，还不等巨浪掀起，风暴已刮到了我的头上。

　　好在我已回到我的小帐篷里。我躺在那里，全部财富平安无事地放在身边。那天晚上风很猛，到了早晨，我往外面一望，那船已是无影无踪。我有些吃惊，但是回想了一下，感到满意，也就平静了下来。就是说，我并没有浪费时间，也没有回避困难，我已经从船上抢救出了一切对我可能有用的东西。事实上，我能拿走的东西就已经没有留在船上的了，即使我还有时间去取。

　　现在，我已经不再思考那船和从船上取东西的事——可能从它的残骸里冲到岸上的东西例外。事实上也冲来了不少，但那对我已没有多少用处。

---

① 田呀："天"的俏皮话。

7 我建立起自己的堡垒

现在，我的思想已完全集中到保卫自己上。我要防备万一出现的野蛮人和岛上可能有的野兽。对于做法我有很多设想。还有，修建什么样的住处？是在地下挖洞？还是在地面搭帐篷？简单说，我决定双管齐下。我看，对我的修建办法和打算描述一下也没有什么不好。

我很快就发现，我的定居地不应该是我现在这地方，特别是因为它在海边的沼泽地带，地势低矮，我相信它不卫生。更重要的是，它附近没有淡水。因此我决定找一个更卫生、更方便的地方。

我考虑了在这个环境里需要研究的几个问题。首先是卫生和淡水问题，我刚才已谈过了。其次是阴凉，要避开太阳的炎热。第三是安全，不会受到肉食动物或野蛮人的侵犯，如果有的话。第四，能够见到上帝从海上为我送来的船只，我不能错过被解救的机会，我不愿完全放弃希望。

为了满足这些要求，我在一道小山的斜坡顶上选了一片平地，那里背靠着巨石，俨然就是住房的后壁，没有东西能从上面向我扑下。巨石上有个凹进之处，风雨剥蚀，凹得很深，像个洞窟的入口，或大门，但并没有深入形成真正的洞窟。

我决定在这凹口前的绿色平地上搭建帐篷。这片平地只有一百码宽，差不多两百码长，像大门前的草地。平地的边缘向各个方向下斜，直到海边的低地。由于它在小山的西北偏北方向，那山每天都能为我挡住炎热，形成阴凉。太阳大体在小山的西南运行，运行到小山地区时也就快落坡了。

在修建帐篷之前，我在凹洞前画了个半圆。圆弧的半径从石壁算起约为十码，直径约为二十码。

我沿着这个半圆，打进了两排结实的木桩，打得很深，让它站得很稳，像栅栏一样。大头伸出地上大约五英尺半，顶上削尖。两排木桩之间的距离不到六英寸。

然后我用在船上割来的缆绳往那两排组成半圆形的木桩间填塞，一层层地填满，直到桩顶。再在半圆内层打了一排大约两英尺半高的木桩，像牮柱一样，斜撑着半圆。这道栅栏非常结实，人或动物既进不来，也翻不过。它花了我许多时间和精力，尤其是到树林去砍木桩，拖回来，再夯到地里去。

我对这地方的入口安排是：不用门，而是用短梯从栅栏顶上爬过。我进来后再随手把梯子抽掉，让自己完全被栅栏包围。只有觉得把自己保护好了，整个世界都无法侵犯了，晚上才能睡个安稳觉，否则是不行的。虽然后来我才发现，这一类为防备敌人的危险而采取的措施都是不必要的。

我又花了数不清的功夫把我的全部财富、全部食物、枪支弹药和储藏品（我上面都谈过的）运进了这道围栏，或是堡垒。我还为自己做了一个巨大的帐篷。为了抵挡这地区在固定季节出现的滂沱大雨，我搭建的是双层帐篷。里面一个小帐篷，外面一个大帐篷，顶上还盖一张防水油布——那是我从船帆之间保存下来的。

现在我不再在我弄上岸来的床上睡觉了。我在吊床上睡觉，那确实是个好东西，原是那船上的大副的。

我把我所有的食物和可能被雨淋坏的东西都搬进了这个帐篷。全部物资收藏好了，我才堵好一直保留到此时的进口。然后才如上面所说，从栅栏顶上用短梯子爬进爬出。

这些事做完，我又向岩石里面挖掘。我把挖出来的泥土和石头运进帐篷，靠着栅栏圈里堆砌起来，使地面高起一英尺半左右，使之有了台地的性质。这样一来，我就在帐篷后面形成了一个洞穴，对我的房屋产生了地窖①的作用。

我费了很多劳动和很多日子，终于把这一切都办完了。因此，我还得回去办一些我心里老记挂的事。在我产生搭帐篷和挖地窖的念头时，一场暴风雨随着满天浓重的乌云出现了。电光突然闪起，雷声按自然规律炸响。对于电闪我倒不意外，意外的是一个念头正像电光一样闪进了我的心里：啊，我的火药！我的心不禁往下一沉。我想起，只要一个炸雷，我的全部火药就毁掉了。那就不但是我的防御工事，就连塞饱肚子都会成问题。我心想：肚子还得全靠火药呢。我对自己的危险不太着急，可万一火药燃了，我就会连被谁伤害的都说不清了。

因为那念头所给我的印象，暴风雨一过去，我就放开了建造和保卫工作和别的一切，开始做口袋和盒子。我想把火药一小包一小包地分装，希望无论出现什么情况，也不至于同时燃烧。因为分开存放后，这部分烧了，那部分还不会烧。我用了大约半个月才完成了这任务。我的火药总共有二百四十磅左右，分别装进了一百多个口袋。我不担心那一桶水湿火药出现危险，就把它放进了新岩洞。那地方在我的想象里叫作厨房。别的我就塞到外面岩石间上上下下的窟窿里，不让沾上水。我在存放的地点都小心做好记号。

在做这些工作时，我每天至少要带枪出去一次。既是为了消遣，也是为了看看是否能打到可以吃的东西，也为了尽可能就近看看那岛子能出产什么。我第一次出去时就发现岛上有山羊，那对我是很大的满足。可那又让我跟一种倒霉事搅到了一起。原来，山羊很胆小、很敏感、跑得又特别快，要想赶上它们可是世界上最难的事。不过，那并没有叫我灰心。我并不怀疑自己早晚可以打到一只。很快我就真打到了。在大体寻找到山羊出没的地方之后，我就埋伏下来守候。我观察到，只要它们看见我在山谷里，虽然它们站在岩石上，也就会像吓掉了魂一样跑掉。但是，如果它们是在山谷里吃草，站在岩石上的是我，它们却不会注意。因此我得出结论：由于视力角度的影响，它们

---

① 地窖：欧洲人的建筑往往有地窖，主要用作储藏室。

的眼睛总是向下看的，因此不容易见到比它们高的东西。以后我就利用了这个道理：总是先爬到岩石上，站得比它们高，这样我就往往能打中。我第一次开枪，打死的是一只母羊，身边还有一只它正喂着奶的小羊羔。这让我打心眼里感到了难受。但是，老羊倒下之后，小羊羔却在它身边呆呆地站着不动，直到我去到它面前，把它捉了起来。这还不够，我把老羊扛上肩后，那小羊羔还跟着我，一直来到了我的围栏边。我把它妈妈放到围栏上，抱起小羊羔，进了栅栏。我希望把羊羔驯养起来，但是它不吃东西，我只好把它杀掉，自己吃了。这两只羊为我提供了若干日子的肉食，因为我吃得很省，尽量节攒下食物，尤其是面包。

　　住房造好了，我发现绝对需要安排一个地方生火，还得要有柴烧。为此我是怎么做的，怎么扩大了我的岩洞的，采取了什么方便措施，到时候我还会细讲。但是首先我得讲讲我自己和我对生活的看法。你也可以估计到，这类话是不会少的。

　　我觉得自己前景悲惨。因为如果我不是如我所说，被一场猛烈的风暴吹刮，是不会远离了大家遵循的航线，被抛弃到这个海岛上来的。那就是说，离开了人类贸易的寻常线路好几百里格。我有充分理由认为：我应该在这个荒凉的地方以这种荒凉的方式结束自己的生命，因为那是上天注定的。在我这样思考的时候，我不禁泪流满面。有时我问自己：上天为什么要这样把自己的创造物完全毁灭？让他们遭受这种极端的痛苦？它为什么要遗弃他们，让他们这样孤苦无告，完全失去了勇气？这样的生活是无法使我们从理性上感谢上苍的。

　　但是有些念头总是很快又回来了，制止了我的这种想法，而且责备了我。尤其是有一天，在我扛着枪走在海边，沉思着目前的处境时，理智似乎插了进来，从相反的方面和我争辩。它说："对，你是处在一个荒凉的环境里，这不假，但是你别忘了，其他的人都到哪儿去了？你们上小艇的不是十一个人吗？那些人为什么没有得救？而你却没有死掉？为什么选中的单单是你？在这儿不是比在那儿更好吗？"然后，我指向大海：一切的恶都须与海所包含的善同时考虑，必须与随海而来的更大的恶同时考虑。

然后我又想起，为了让我活下去，上天给了我多少东西呀！要不是那样，我又会遇见什么样的情况呢？正是因为那船从它最初搁浅的地方漂了起来，漂到这里的海岸附近，我才有了时间把船上所有的东西都取了出来，那可是十万对一的机遇呀。如果我一直过着上岸时那种生活，没有生活必需品，没有必不可少的条件去供应和获得必需品，我又会怎么样？"尤其是，"我大声地说，虽然是对自己说的，"没有枪，没有弹药，没有工具，什么都不能做，也没有法子做。没有衣服，被卧、帐篷，什么蔽体的东西都没有，我会怎么样？"可现在，这一切我都有了，而且分量充足，我已能在相当程度上为自己提供。即使是弹药没有了，枪也没有了，我也还能在相当程度上满足自己的需要。因此，我对于生活有了一定的把握，在我活着时不会受多大的穷困。因为我从开头就考虑到怎样应付可能出现的意外。在未来的时间里，不仅在弹药用光的时候，而且在健康或体力已经非常不济的时候，我也能过下去。

　　我承认我完全没有过我的"军火装备"一次被炸毁的想法——我指的是火药被雷电击中而爆炸。可这么一想，我心里却像我刚才所说，出现了电闪雷鸣，让我大吃了一惊。

　　现在，我要谈一件在沉默的世界里生活的悲哀的事——也许是世界上从没听说过的生活。现在我就按顺序一件件从头说起。按照我的回忆，我是在 9 月 30 日因上面所说的情况而第一次踏上这可怕的海岛的。那天对我们说恰好是秋分，太阳差不多正照在我的头顶。因此，据我观察，我应该在北纬九度二十二分。

　　我到了这里十天或是十二天后，忽然想起，因为没有本子、笔和纸，我有可能失去对日期的记载，甚至连安息日和工作日也分不清了。为了避免这情况，我用刀子在一根大柱上用大写字母刻了下来。我把那柱子做成一个大十字架，竖在我最初上岸的地方，写的是："1659 年 9 月 30 日我在此处登岸。"我用刀子在这方形的柱子的平面上每天做一个刻痕，第七天的刻痕长两倍，每月第一天的刻痕长两倍的两倍。这样我就刻下了我的日历、周历、月历和年历，记录下了时间。

　　然后我们还得注意，正如我说过的，在我几次上船，从船上拿来的东西里，有一些东西虽然没有多大价值，可对我并非没有用处——这些我以前都没提。特别是笔、墨水和纸，还有船长、大副、炮手和木匠的包里的三四个罗盘，几个计算器、日晷、望远镜、海图和航海书籍。不管我需不需要，我都把它们归总到了一起。我还找到三本《圣经》，那是在从英格兰带给我的包裹里附带送来的，我和行李放到了一起。还有几本葡萄牙书，其中有两三本教皇的祈祷文集和别的。这些我都细心地保存了起来。我不能忘记，船上还有一只狗，两只猫，关于它们的名门家世，有机会我还可以细讲。我把两只猫带在了身边，至于那狗嘛，它自己跳进了海里，在我从船上运了第一批东西上岸后的第一天，它已经来到了我身边，做了我多年忠实的仆人。能叼回来的东西它都给我叼了回来，能做伴的时候它都给我做伴。只是我想让它和我谈谈话时，它却办不到。我前面说过，我找到了笔、墨水和纸，都仔细地存放了起来。我将告诉你，只要还有墨水，我就要对一切都做准确的记录，但是墨水用光了，我就没有办法了，因为我想不出办法制造墨水。

这却令我想起，我虽然积累了不少东西，却有许多东西还缺少。其中之一就是墨水。还有就是挖土和送土的铲子、十字镐、铁撬棍和针、线、大头钉。至于衣、被、床单，虽然没有，我也很快就习惯了。

因为没有工具，我做起事来总是很费劲。把我那小围栏（或是围栏住宅）建造完毕，就花了我差不多一年。搬动那些木桩，或是木料，很费劲。都是我在树林里费了很多时间砍倒，准备好，再老远运回来的。一根木桩我常常得花两天砍好和拉回来，第三天再砸进地里。为砸进地里，我起初使的是一根结实的树棒。后来我终于想到了使用铁撬棍。可我虽然想出了这个办法，也觉得砸起来非常费劲，非常累人。

但是，非办不可的事我还能嫌它累人吗？我不有的是时间吗？而且这些事办完之后，除了在岛上转转，弄点东西吃（那是我几乎每天都做的事），我还就没有事干了呢，至少我还预见不到。

现在我开始严肃地思考我的处境和我被抛入的世界了。我把我的事全记录了下来，倒不是给可能的后来人看（我的后来人似乎不会多），而是为了用每天的倾诉释放情绪，减少痛苦。而由于我的理性已经控制了沮丧，我开始尽可能地安慰自己，并把好的遭遇和坏的遭遇进行对比，区别开幸运和不幸。对这一切我都力求做出完全客观的表述：正面的和反面的；得到的安慰和遭受的痛苦。我的对比是这样的：

坏的：

我被扔弃在一个可怕的荒凉的海岛上。

完全没有可能恢复旧生活。

现在我独自一人在世界上，受着痛苦。

我和人类分开了，成了一个孤独的人，被流放出了人类社会。

我没有衣服穿。

我没有东西保护自己，对抗人或野兽的暴力。

没有人跟我讲话，或是让我轻松。

好的：

但我活着，没有像船上的伙伴一样淹死。

可在全船人里，我是唯一幸存的人。上帝奇迹般地救下了我，还可以把我从现在这状态下拯救出来。

但是我在这荒凉的地方并没有挨饿。

但是我处于炎热的气候里。即使有衣服也不用穿。

但我被抛弃到的地方是个海岛，我没有见到我在非洲见过的那种能伤害我的野兽。

但是上帝把那船神奇地送到了离岸很近的地方，使我得到了许多必要的东西，能满足我一辈子的需要。

总之，这儿存在一个无法怀疑的证据，证明了无论在世界上什么样的痛苦环境里都有正面或反面的东西使人感恩。我们就让这种在最痛苦的环境里的经历来指导我们，让我们永远能从其中找到某种东西，从而做出善与恶的判断，作为好事来安慰自己吧。

现在我已多少学会了喜欢目前的处境，放弃了观察大海，看是否有船只经过了。我是说，在放弃了这一切之后，我又开始让自己去适应目前的生活，尽可能地让一切都使自己轻松愉快。

我已经描写过我的住处。那是在岩石边的一个帐篷，被塞满缆绳的结实的栅栏环绕。但是现在，我得把它叫作"墙壁"了，因为我在它外面又堆起了两英尺厚的草根土，形成了一种墙壁。在一段时间之后（我觉得是一年半以后）我又从栅栏边竖起了橡子，斜靠在岩石上，再用小树枝之类的东西覆盖起来，遮挡雨水。我发现，在某些季节这里下的是滂沱大雨。

我已经讲过我是怎么样把那些财富搬进帐篷里和我在背后掘成的山洞里的。但我还必须说明，那些东西只是乱七八糟地堆放在了一起，因为没有条理，把我的地方全占完了，连转身的缝隙都没有。因此我决定扩大山洞，往里面打，因为那是松软的砂岩，我一用力它就投降。我在发现自己在猛兽面前相当安全之后，我又往右面的石头里挖，然后再往右拐，通了出来，为自己再开了一道门，不经过栅栏或堡垒我就可以进出了。

这就不但给了我进口和出口，而且因为它是通向我的帐篷和储藏室的后门，也就给了我搬运东西的通道。

现在我开始做一些我发现自己最为需要的东西。尤其是椅子和桌子，没有它们我就无法享受我在世界上享受过的几种舒适。我不能写，不能吃，还有些事没有桌子办起来就不那么愉快。

于是我干了起来。在这里我必须说明，由于理智是数学的实质和根源，任何人，只要他理智地描述事物和面对事物，对事物做出最理智的判断，时间长了，都可能成为机械技术的能手。我一辈子没有使用过工具，可是时间一长，通过劳动和专注，加上肯动脑筋，我终于发现我是什么都不缺少了。凡是我缺少的，我都可以做，尤其是在我有了工具之后。总之，我即使在没有工具时，也做了许多东西。有的也就只用了小斧和大斧。那些东西，以前说不定从来就不是那样做的，也不用花太多的功夫。比如，假如我需要一块木板。我没有别的办法，只能够砍下一棵树，在我面前固定好，用大斧两面砍平，砍到薄得像木板。然后用小斧削得光光的。对，用这个办法我一根整树只能砍成一块板子，但是我无可奈何，只有用耐心补救，因为我有太多太多的时间和劳动力，可以用来做板子和任何东西。我的时间和劳动都没有多大价值，用来做这个也好，做那个也行。

总之，如我在上面所说，我给自己做了一张桌子和一把椅子。那是我用从船上搬到木筏上的短木板做的。但是，在我用上面所说的办法砍出板子之后，我又做了好几个一英尺半宽的大架子，重叠起来，紧靠山洞的一面石壁摆开，用来放置我所有的工具、钉子和铁件。总之，给每个东西一个地方，在我需要的时候好找。我还在墙壁里钉了许多钉子，把能挂的东西都挂了起来。

这样，我这岩洞如果有人见了，是会觉得它像个无所不包的大仓库。我把一切都安排得很顺手。看着我这些家当摆得那么井井有条，尤其是看到我的必需品储藏得那么丰富，我心里真是安慰极了。

现在，我该开始每天记日记，记录下自己所做的事了。首先因为事实上我太忙，不光是为劳动忙，而且是满脑子忙着烦恼，我的日记上会记下许多沉闷的东西。比如，我一定会这样写：

9月30日：没有被淹死，逃上了岸。在呕出灌进肚里的大量咸水，缓过气来之后，却没有因为得救而感谢上帝，而只是在岸上跑来跑去，绞着手，捶着脑袋，打着脸，为我的痛苦大喊大叫，说我是完了，完了，一直跑到自己累得晕倒。我只好躺在地上休息，却又不敢睡着，因为怕给野兽吃掉。

许多天后，在我上船把能弄到的东西都弄上岸以后，我仍然忍不住跑到小山顶上，向海上张望，希望能看见一只船，而且幻想在辽远处看见了帆，因为有了希望而高兴，然后，在呆呆地望着，望得眼睛几乎瞎了，看不见时，才又坐下来，像孩子一样哭泣。我就像这样用自己的愚蠢增加着自己的痛苦。

但是，这些事都在一定程度内办完了。住处和家用的一切都安排好，还给自己做了桌子和椅子，一切都尽量安排得漂漂亮亮之后，我开始写日记了。现在我把我的日记给你看（虽然我把许多细节又写在了日记里），写到我写不下去为止——因为没有了墨水，只好搁笔。

8 日记

1659 年 9 月 30 日：我，可怜的、痛苦的鲁滨孙·克鲁索，在近海的地区的可怕的风暴里遭到了沉船事故。爬上了这个荒凉的不幸的海岛。我把这岛称作"绝望岛"，船上的人全死了，我也几乎死掉了。

那一天剩下的时间我都用来折磨自己，因为我被送进了这个悲惨的环境，就是说，我没有吃的，没有穿的，没有地方住，没有武器，也没有地方可逃。没有丝毫获救的希望。眼前除了死亡，什么都看不见。只能够或是被野兽吃掉，或是被野蛮人杀死，或是因为没有吃的而饿死。黑夜降临时，我因为害怕野兽，在树上睡了一夜，却睡得很香，虽然下了一夜雨。

10 月 1 日：早上，令我大吃一惊的是，我发现：我们那船已经随着涨潮漂了起来，冲到离岛子近了许多的地方。这一方面给了我安慰（因为看见船还立着，并没有被打成碎片，我怀着希望，只要风停下来，我还可以到船上去找到点吃的和其他必需品，救救自己），另一方面，我也为同船的人的死再次感到悲伤。我设想，如果我们留在船上，这船还有可能得救，至少我们不会被全部淹死。如果我们得救，我们就有可能利用破船的残余，另造一只小船，把我们带到世界的另一个地方。我把那一天的大部分时间都花在了这类想象上，让自己痛苦。但是最后，我看见船里几乎没有了水，就跑到了沙滩上，尽可能地靠近船，然后游上船去。今天虽然还下雨，风却完全停了。

从 10 月 1 日到 24 日：这些日子全花在往船上爬了。上去了若干趟，从船里弄到了一切能运回的东西——是用木筏趁每一次涨潮运上岸的。这些日子雨还是很多，虽然插进了一些晴天。看来现在正是雨季。

10 月 20 日：我把我的筏子弄翻了，上面的东西也全弄丢了。但是，在浅水区，主要的东西都在，我在退潮时捞回了许多。

10 月 25 日：通夜和全天下雨，还刮了几回大风。刮风时船摔破了。风刮得更厉害了，船看不见了，只剩下残骸。水退之后才看得见。我用这一天遮盖和保护了抢救回来的东西，不让它们被雨淋坏。

10 月 26 日：几乎全天都在海岸上走，想找个安家的地方。我最关心的是得保证不受野兽或人的袭击。快黄昏时我在一块岩石底下找到一个合适的地方，我画出一个半圆作为宿营地。我决心修一个双层栅栏的工事，叫墙壁叫堡垒都行。双层栅栏之间用缆绳填满，外面用草土堆垒巩固。

我从 10 月 26 日至 30 日工作得很辛苦，把我所有的物资都运到了新住处，虽然有些时候雨下得特别大。

10 月 31 日晨，我带了枪进了岛子，想打点东西吃，也探索一下这地方。我打到了一只山羊，它的羊羔跟着我到了家，后来因为它不吃草，只好杀掉了。

11 月 1 日：我在一块大岩石下面修好了帐篷，在里面睡了第一夜。我把帐篷尽可能做得大些，栅栏桩夯得很深，好挂吊床。

11 月 2 日：我把所有的箱子木板和造筏子用过的板子都收了起来，在我的周围形成一道围栏。又在里面画出了地点，准备修成堡垒。

11 月 3 日：我带了枪出去，打到两只鸟，像雁，是非常美味的食物。下午开始工作，做桌子。

11 月 4 日：今天早晨开始安排工作时间。打猎时间、睡觉时间、消遣时间。就是说：我每天早晨，只要不下雨就带枪出门，开始打猎。打到十一点左右，就吃东西，有什么吃什么，活下去。十二点至两点，躺下睡觉，因为天热得要命。晚上又干活。今天和明天干活的时间我全都在做桌子，因为我是个非常蹩脚的工人。不过，时间和需要很快就让我成了个完全天生的技术工。我相信别人也都是这样的。

11 月 5 日：今天我带了枪和狗出门。打到一只野猫，毛非常柔软，但是肉没有用。我打到的鸟兽我都剥下皮保存起来。回到海边，见到好多种海鸟，都不认识。却又看见两三只海豹，让我很意外，几乎是吓了一跳。在我呆望着它们不知道它们是什么玩意儿的时候，它们已经下了海，在我面前溜掉了。

11 月 6 日：早晨出门走了一圈，就开始做桌子。完成了，虽然不大喜欢。不多久，我又学会了修改。

11 月 7 日：现在晴朗的天气已经固定。7 日、8 日、9 日、10 日和 12 日的一部分（11 日是星期日）我全用来做椅子。吃了许多苦，终于做成一个可以容忍的样子，但是不讨我喜欢。在制造过程里就拆开过几次。注：我很快就忘记了星期天的休息。因为忘记了在柱子上刻上刻度，我连哪天是星期几都不知道了。

11 月 13 日：今天下了雨，我感到神清气爽。地面也凉快了。但是伴随而来的可怕的电闪雷鸣却着实吓了我一跳。我为我的火药担心。雷雨一过，我立即决定把我储存的火药尽可能分成许多小包，避免危险。

11 月 14、15、16 日：我用这三天作小箱子或盒子，每一个可以装一磅火药，最多两磅。我把它们放在安全的地点，尽量彼此远离。有一天我还打到一只鸟，味道不错，可我不知道它的名字。

11 月 17 日：从今天起我往帐篷背后的岩洞里挖，为以后的方便开拓空间。注：我做这事，严重缺少三件东西：鹤嘴锄、铲子、手车或是篮子。于是我停下活来考虑怎样满足要求。没有鹤嘴锄我用铁撬棍代替，也管用，虽然很重。第二个缺少的是铲子或铁锹。这东西绝对需要，但是我确实没有办法。没有它我怎么做效率都很低，也不知道怎么才能做一把。

11 月 18 日：第二天在树林里寻找的时候，我找到了一种树，是那种木料，或者类似的。在巴西那叫铁树，因为它特别坚硬。我费了很大的劲儿，几乎把斧子都劈坏了，才砍下来一枝，扛回来也非常费劲，因为特别重。

这木料特别结实，我又没有别的办法，只好在这东西上花了很长的时间。我一点一点地啃，终于有了成绩，把它砍成了铲子或是铁锹的样子。铲把儿的样子跟英格兰铲子倒完全一样，可铲子那部分没有钢铁，用不了太久。不过，在需要时使一使，倒也管用。可它从来就不是铲子。像那样做成的铲子是没有的，花的时间也不会那么长。

我还缺了些东西：篮子或是手车。篮子我没有办法做。我没有作柳条筐那种柔韧的枝条，至少还没有发现。至于手车嘛，我估计别的部分还能做，车轮却不行。没有主意，不知道从何做起。何况还有连接在车轴或轴心上的轮辐，更做不出来。我放弃了。为了把我挖洞挖下来的泥土运出洞，我给自己做了一个灰斗样的东西——工人为砌砖工送灰泥用的那种。

做灰斗我没有作铲子费劲。可设计铲子和做手车，虽然失败，却也花了我足足四天工夫。我是说，早上带枪出门那一趟不算——那一趟我很少不出去，也很少白跑，总能带回来点能吃的东西。

11月23日：其他的活儿都停了——因为做这些工具。工具做完，我继续工作。只要力气和时间允许，我就每天都干。我花了整整十八天扩大和加深了山洞，为的是把我的东西收藏得更好。

注：整个这段时间里我都在扩大房间，或叫洞窟。想让它宽大些，给我作卧室、储藏室或仓库，也作厨房、饭厅和地下室。除了在雨季雨下得太猛，难以保持干燥的时候，我都坚持住在帐篷里。因此我后来就把栅栏里的全部地方都用长杆像房椽一样遮蔽起来。长杆靠在岩石上，上面覆盖旗子和宽大的树叶，像苫盖草屋。

12月10日：我开始认为我的洞窟或是拱顶地下室完工了，却突然有大量泥土从顶上和一侧掉了下来，分量很多——我似乎把洞窟挖得太大。总之是吓了我一大跳，而且不是没有理由。要是它落到我头上，我就不需要掘墓人了。由于这一灾难，我又有了许多工作做。我得把掉下来的泥土运出去。比这更重要的是，还得把洞顶撑住，不让掉下更多的泥土。

12月11日：今天我开始干，我用两跟杆子分别垂直顶住两块板子，第二天就完了工。我又花了大约一星期保证了洞顶的安全。我用好几根杆子撑在地上，顶住许多板子。杆子排成排，把我的房分成了几个隔间。

12月17日：从今天起到20日，我要安装些架子，在杆子上钉了许多钉，把能够挂的东西都挂了起来。现在我的房里也有了些条理。

12月20日：现在我把所有的东西都拿进了洞里，开始装备我的房间。我把一些板子固定起来，当作案板，摆放食品。但是我的板子越来越少了。我又给自己做了一张桌子作炊具架。

12月24日：白天黑夜都下大雨，没有出门。

12月25日：整天下雨。

12月26日：没有雨。地面清凉多了，愉快多了。

12月27日：打到一只小山羊，又伤了一只小羊的腿。捉到了，用绳拴好牵了回来。给它受伤的腿上了夹板，包扎好。注：我精心照顾了它，它活了下来，腿愈合了，长得很壮实。照顾的时间很长，它被养驯了。就在我门口那一小片草地上吃草，不肯走了。这是我第一次有了驯养和繁殖动物的念头。那样，在我的火药和枪子用光之后，也还能有东西吃。

12月29日和30日：酷热，没有风，因此没有出门。黄昏时出去找食物例外。这时间我用于整理室内的东西，弄出秩序来。

1月1日：仍然极热。但是我早晚都带了枪出去。中午躺着不动。黄昏时进到了峡谷里更远的地方。峡谷靠近海岛的中心区，我发现那里有许多山羊，却非常容易受惊，很难接近。不过我决心试试，看带上狗能不能打到。

1月2日：因此，我第二天就带了狗出门，嗾狗去追山羊。但是我错了，羊都转过身来面对着狗。狗对自己的危险非常清楚，因此不肯往羊群靠近。

1月3日：我开始修建我的栅栏或墙壁。我仍然担心遭到攻击，决心把它修得非常厚实，非常坚固。（注：这墙壁我以前描述过了。我在日记里故意省去了已经写过的东西。只需说明一点：从1月3日到4月14日，我花了很多时间对这道墙壁进行加工、修理和完善。墙壁是半圆形，圆弧只有二十四码，从岩石门口一处深入到大约八码里的另一处，岩洞的门在半圆形后部的正中。）

这段时间我一直辛苦地工作。下雨阻止了我好些日子，不，有时是一连几个礼拜。但是我觉得，在这堵墙完工之前我是不会彻底安全的。干每一种活的辛苦都是无法描述的。尤其是从森林里把木桩运回来，砸进地里，因为我的木桩比需要的做得大了许多。

栅栏墙修完，外面再用草泥紧靠着加固两层之后，我让自己深信，如果有人在那里上了海岸，他们是看不出有什么住宅样的地方的。我应该在这儿说，我这样做很有好处。以后，我们会在一个很惊人的时刻见到。

我倒掉秕糠

在这个时期，只要没有下雨，我每天都要到树林里转一转，打打猎，往往还有所发现，对我有些好处。尤其是发现了一种鸽子，不像树林里的鸽子，在树上做窝，而是像家养的鸽子，在岩洞里做窝。我捉到几只小鸽子，想驯养起来，还真成功了。不过长得更大之后，却全飞走了。首先大概是因为缺少饲养，我没有东西给它们吃。不过，我还常发现鸽子窝，掏到小鸽子，是很好的肉食。

现在，我在安排家务时发现自己缺少了许多东西，其中有好些是我做不出来的。木桶就是一种。我不会上箍，无法做。我前面说过，我有一两个小桶，但是我没有培养出自己依样做木桶的本领。虽然试过，花了好几周时间。我想不出办法做出一块块可以严丝合缝地箍到一起装住水的桶板。终于只好放弃。

还有，我非常缺乏蜡烛。因此，天一黑我就只好上床。那时往往还在七点左右。我想起了我在非洲冒险时做蜡烛用的大块大块的蜂蜡，可我现在没有。我唯一的补救办法是：在杀山羊时留下脂肪，再用黏土做个碟子，在太阳下晒干。然后在碟子里放一段麻絮，做灯芯，加上脂肪，做成灯。这就给了我光，虽然不如烛光稳定和明亮。有一回我在干活时，寻找东西，找出了一个小口袋。这东西我在前面提起过，里面装的是喂鸟的粮食——我估计不是为这次航行，而是为以前的航行准备的。船从里斯本出发时，口袋里剩下的一点粮食已被耗子啃过了。我在口袋里除了糠秕和灰尘，什么都没发现（我想那口袋是在我为避免雷击而分装火药时掏空的，原打算用来装火药）。我把口袋里的粮食糠秕倒在了我堡垒洞窟附近的地面上。

那是大雨到来之前不久的事。现在提出来，只是说明我倒掉了那糠秕，别的什么都没有注意，连往地上倒过东西也都忘了。大约一个月后，我却发现几茎绿色的嫩芽从地里长了出来，还以为只是某种我没见过的植物呢。但是再过了几天，我却大吃了一惊，非常意外地发现那里长出了十个或十二个穗子。居然是绿油油的大麦，欧洲品种，不，是我们的英格兰大麦。

我那时的惊讶和惶惑简直就无法形容。到那时为止我还从来没有以宗教为基础做过什么事。事实上我脑子里的宗教观念很为淡薄，也从来没有过神恩降临的感觉。我只把一切都看作偶然，或随意地说是上帝的意思，却没有思考过其中的神的意图，有其对世间事物的安排和目的。但是，在我看见大麦从那里长出之后（我知道那地区的气候并不适宜于大麦生长），尤其在不知道它是怎样生长出来的时候，我受到了一种离奇的震惊。我开始猜想，无须借助于播种的力量却让粮食神奇生长的是上帝，而上帝的直接目的就是让我能在那荒凉悲惨的地方活下去。

我的心受到了几分感动，我流下了眼泪，而且因为大自然竟为我创造了这样的奇迹，开始为自己祝福。可是，更加奇怪的事又出现了。我在那岩石旁还看见别的植物蔓生了出来。事实上那是几茎水稻。我认识水稻，因为我在非洲上岸时见过。

我不但认为那是上帝的产物，完全为支持我而长出，而且毫不怀疑就那地方还会长出更多的粮食。我走遍了我去过的海岛的各个部分，在每个角落和每块岩石底下探寻，却是一无所获。最后，我才突然想起，我曾经在那外面抖空过鸟食口袋。于是，奇迹消失。我必须承认，在我发现这一切其实平常，并无奇迹时，我对上帝的虔诚的感恩之情就消退了。虽然我仍然应该因为他这种离奇的，无法预见的，似乎是奇迹的安排，感谢上帝。因为事实上，使那十穗或是十多穗粮食未遭毁坏（其他的都给耗子吃了），像是从天而降的，正是上帝对我的眷顾。还有，我偏偏把糠秕倒在了那个地方。因为处在高耸的岩石的阴影里，它很快就出了苗。如果我那时倒在了其他地方，它早就被太阳晒焦了，毁灭了。

我把一穗穗的粮食小心翼翼地收藏了起来。你可以肯定，到了它们的季节（那大体在六月底），我就摆开每一粒粮食，决定播种，希望到时能收获一定的分量，够我做面包吃。但是，等到我允许自己吃很少一点粮食，已是四年后的事了。而且即使到了那时我也还非常节省。这事我到时候还会谈起。我第一季种下的粮食颗粒无收，因为我没有遵守农时。我是在旱季之前播种的，根本没有出芽，至少没有像该出的多。这事我以后还要说。

我在上面说过，除了大麦，我还有二十到三十株水稻，也都是同样小心地保存好的。它们的用处，或者是打算安排的用处，都一样，就是给我做面包，或者做食品。因为我想出了办法煮成了饭，而不是烤成了面包。虽然那也是以后的事了。不过，我还是回到日记上来吧。

这三四个月，为了完成墙壁，我干得极为辛苦。到 4 月 14 日，我把墙壁封了口。设计是用梯子翻墙，而不是从门口进出，目的是不在外面留下有人居住的迹象。

4 月 16 日：我做完了梯子。这样，我就可以用梯子爬上墙顶，随手提起梯子，放到里面去。对于我，那是一个完整的圈，圈里有我足够的空间，这就不会有东西能从外面扑向我了，除非它能爬上我的围墙。

墙壁完成的第二天，我的全部劳动就几乎整个被推翻，自己也几乎丢了命。情况是这样的：我正在帐篷后山洞的入口处忙碌，一件非常恐怖惊人的事把我吓坏了。我突然发现我那洞窟的顶和山的边缘都有泥石往我头顶掉。我撑在洞里的两根柱子也从中间猛然破了。我吓了一大跳，却没有思考真正的原因，只以为是洞顶垮塌了（这情况以前也出现过）。我担心会被埋在洞里，急忙往梯子跑去。到了那里还不放心，还担心山体会滑坡，压到我身上，又急忙翻过墙去。我落下脚，刚踩到坚实的地面，就已经明白：发生了强烈的地震。因为我站着的地面震动了三次，其间间隔大约是八分钟。三次都属于能震倒世界上最坚固的建筑物的级别。离我大约半英里外的海边有一块巨大的岩石。

那岩石顶也被震塌了下来，轰隆之声非常恐怖，是我一辈子所没听见过的。我还看见大海也在猛烈地动荡，我相信海底的震动一定比岛上还剧烈。

我以前从没有过这种感觉，也没有听见谁谈起过这种感觉。我惊呆了，像个死人。大地晃得我翻肠倒肚，像在狂风巨浪里颠簸。但是，岩石崩塌的轰隆声却把我从麻木里惊醒了过来，往我心里塞满了恐怖。我什么都没想，只担心塌方会砸在我的帐篷和全部家当上，把一切都埋葬掉。我再次被吓得不知所措了。

第三次恐怖感过去，我平静了一会儿，才又鼓起了勇气。可我仍然不敢翻过墙去，怕会被活埋掉。我只坐在地上，一动不动。满心的沮丧和惶惑，不知如何是好。在这整个时间里，我除了平常的"主怜悯我"之外，一点认真的宗教思想都没有。而地震一过去，我又连那一点思想也没有了。

非常恐怖的飓风

我像那样坐着时发现天空阴暗了下来，黑云密布，似乎要下雨了。紧接着，就刮起了风，而且越刮越猛，不到半小时就刮成了非常恐怖的飓风。大海猛然翻腾起泡沫和浪花，掀起了惊涛骇浪。树木被连根拔了起来。恐怖的风暴持续了三个小时，才逐渐减弱。又过了两个小时才完全平静下来，却下起了瓢泼大雨。

在这整个时间里我都坐在地上。我非常害怕，非常沮丧。那时我突然想起，那样的狂风暴雨原是地震的结果。地震失去了威力，已经过去，我就可以冒险回洞去了。这样一想，我的精神恢复了。大雨也帮助说服了我。我走进帐篷坐了下来。可大雨仍然凶猛，我的帐篷似乎要被冲垮了，我只好钻进洞里，虽然很害怕，很担心，怕山洞会垮到我的头上。

这一场狂风暴雨逼得我开始了新的工作：我得为新堡垒开一个水口一样的洞，放掉可能淹没我这山洞的水。我进山洞后好一会儿也没有发现地震继续，这才镇静了些。现在，为了激励我的精神（事实上我非常需要激励），我来到小储藏室，喝了几口糖蜜酒——我那时和以后都一直喝得十分节省。我知道喝光后我就不会再有了。

那天晚上和第二天大半天，雨还继续下。我不能出门，但是心里有了底。我开始考虑最好怎么办。结论是，岛子既有地震威胁，我就不能再在山洞里住了，我必须考虑在开阔地点修间小屋。那小屋要像这儿一样，有墙壁包围，保护我不受野兽或人的侵犯。如果我留在现在这地方，早晚怕是会被活埋。

有了这些思想，我决心把我的帐篷从现在的地方搬走。因为它就在这座山的峭壁之下，只要再一晃动，肯定就会有山石坍塌在我帐篷上的危险。我花去了随后的两天，也就是 4 月 19 和 20 日，设想着往什么地方搬，怎么个搬法。

对于活生生被吞噬的畏惧使我无法睡个安稳觉，而对于没有围篱在露天睡觉的畏惧也产生着同样的后果。但是我四面一望，见一切都安排得那么井井有条，自己受到那么舒适的保护，却又并无危险威胁，又很不愿意搬家了。

与此同时我又想起，要搬家得花很多时间，而且在我为自己修好帐篷，安排好一切，搬去之前，还只能冒险留在这里。这个决定做出之后，我又花了些时间才镇静下来，下定决心尽快修建一堵跟以前一样用栅栏和缆绳之类的东西构成的圆形围墙，在围墙里搭好帐篷。但是现在，我只好仍然冒险住在现有的地方，直到一切完成，可以搬去为止。那一天是 4 月 21 日。

4 月 22 日：第二天早晨我开始考虑执行这决定的办法。但是在工具上我却非常茫然。我有三把大斧和无数把短斧（我们带短斧去和印第安人交换东西），但是因为砍得太多，又砍在结实的带疙瘩的木头上，全都砍缺了口，钝了。我虽然有砂轮，却不能转动，磨不了工具。这让我想了很久，就像政治家考虑巨大的政治问题，或是法官考虑人的生死问题时一样。我终于设计出了一个用绳索联系的轮子，靠双脚踩动，腾出了双手。（注：这样的东西我在英格兰还没有见过，至少还没有注意过它的用法，虽然我认为在那里它应该很普遍。而我的砂轮却又大又重，把这机器做到尽善尽美足足花了我一个礼拜。）

4月28和29日：这两天我都用来磨工具。我那使砂轮转动的机器运转非常良好。

4月30日：眼看着面包越来越少，这样的时间已经很长。现在我检查了一下，每天减少为一块面包饼，这使我心情非常沉重。

5月1日：早晨往海岸望去，潮水很低，我看见一个东西躺在沙滩上，比一般东西大点，像个木桶。我去到那里，发现了一个小桶，另有两三个商船残片，是被新近的飓风刮到岸边来的。我望了望那残破的商船，觉得它露出水面更高了，看了看被冲到岸上的木桶，发现是一桶火药，可惜已经进了水，火药板结了，硬得像石头。我还是把它往岸上推了一段距离。然后我在沙滩上向破船走去，尽可能地靠近了它。我还想找到点什么东西。

我下到船里时，发现它出现了奇怪的变化。过去埋在沙里的前甲板被抬高了至少六英尺。而在我上次搜索之后被海的力量揉成碎片的船尾，现在跟其他部分分了家，被抛上了岸，躺到了一边。原来靠近船尾的地方水很深，现在被沙高高地填了起来。我原来不游四分之一英里就靠不近破船，现在在退潮后已经可以直接靠近。对这个，我开始时还挺纳闷，可我马上就明白了，那是地震办的事。由于撞击太猛，船比以前更破了，更暴露了。每天都有很多暴露出的东西被风和水一步步地冲到海岸边来。

这就把我的思想从搬家完全转移了过来。那一天我干得特别辛苦，为的是找出上船的办法。但是我发现，找到东西我完全没有了希望，因为船里已被沙填得满满的。不过，我已学会了对任何情况都不失望。我决定，把船上能拆的东西全拆下。我的结论是：能从船上得到的东西对我总会有些用处。

5月3日：我用锯子开始拆。把一根柱子锯断了，我认为它支撑着上面的一部分，可能也支撑着后甲板。锯断之后，我把最高处的沙从旁边尽量掏掉。这时潮水上涨了。这一回只好放弃。

5月4日：我去钓鱼。可是我敢吃的鱼一条也没有钓到。钓腻了，正想离开，却钓到一只小海豚——我用一条长线绳作鱼线，没有鱼钩，可仍然钓到很多鱼，想吃多少就有多少。我全都在太阳里晒成鱼干，就那么生吃。

5月5日：在破船上干活，又锯断了一根柱子，从甲板上弄出三张大的杉木板。我把它们捆到一起，趁潮水上涨时划上了岸。

5月6日：在破船上干活。弄到几根铁杠和别的铁件。很辛苦。回家时累坏了。产生过放弃的念头。

5月7日：又上了破船，却不是为了干活，而是因为发现船被自身的重量压垮了。柱子锯掉后，船上好几处散了架，垮塌了。船舱内部敞了开来，可以望见里面。那里几乎全是水和沙。

5月8日：上了破船，带了根铁撬棍，要撬开甲板。现在甲板已经露出水面或沙面很多。我撬开了两块板子，趁涨潮送上了岸。我把铁撬棍留在破船上明天用。

5月9日：上了破船，用铁撬棍开路，进到破船里，摸到几个桶，用撬棍撬松了，但是打不开。英格兰的铅板我也摸到了，能够挪动，但是太重，搬不走。

5月10、11、12、13、14日：每天都上破船去，弄来了许多木料、木板和两三百磅铁。

5月15日：我带来两把短斧，想试试能否砍下一块铅板。办法是把一把斧头的刀刃搁在铅板上，用另一把斧头敲打。但是因为它在水下差不多一英尺半，我没有办法敲打斧头。

5月16日：晚上刮大风。因为风浪冲击，破船看去更破了。但是我想打鸽子吃，在树林里待的时间太长。潮水已在升起，阻止了我这天上船。

5月17日：我见到破船被冲到岸上的破片，离我很远，几乎在两英里以外。我决定去看看是什么。我发现那是船头的一部分，太重，我拿不走。

5月24日：这几天我每天都在船上干活儿。凭着苦干我用铁撬棍把好些东西都撬得很松，潮水一来就把好几个桶和两个海员用的箱子漂了起来。但风是从岸上吹出的，那天没有什么东西漂上岸，只有几段木料和一个琵琶桶。琵琶桶里有些巴西猪肉，因为泥沙和盐水，已经坏了。

我继续每天干活，直干到 6 月 15 日，只有不得不去打食时例外。我常把打食的时间安排在涨潮期，这样，一退潮我就可以上船干活。那段时间我弄到很多木料、木板和铁件，足够做一只小船——如果我知道怎么做的话。我还分几次弄来差不多一百磅铅板。

6 月 16 日：下到海岸边，见到一个大乌龟或是团鱼。这还是我第一次看见这东西。似乎只说明我运气不好，而不是地方的缺陷，也不是乌龟太少。因为我后来才发现，如果我在海岛的另一面，每天都可能捉到好几百。可我为它们付出的代价已经够高的。

6 月 17 日：这一天我花在了煮乌龟上。我在它肚子里发现了六十个蛋。肉味对那时的我也是平生最美味，最愉快的。自从在这个可怕的海岛上岸后，除了山羊和鸟我还没有过别的肉食。

我病得厉害，很担心

6 月 18 日：全天下雨，待在家里。这时我觉得雨很冷，自己有点发寒。我知道在这种纬度这不正常。

6 月 19 日：病得厉害，发抖，仿佛因为天冷。

6 月 20 日：头痛得厉害，发烧，一夜没有睡着。

6 月 21 日：病重了。为我自己这悲惨的处境担心得要命。病了，没人帮助。从赫尔那场暴风雨后，我还是第一次向上帝祈祷，但是几乎不知道自己说了些什么，为什么要说。思想全乱了。

6 月 22 日：好了一点儿，但是非常害怕生病。

6 月 23 日：又严重了。冷，发抖，然后是剧烈的头痛。

6 月 24 日：好多了。

6 月 25 日：剧烈的寒战发了七个小时。发寒，发热，然后轻微地出汗。

6 月 26 日：好了些。没有吃的。拿起了枪，但发现自己浑身无力。还是打到一只母羊，费了很大的力气才弄回来，烤了一点吃了。很想能煨成肉汤吃，但是没有锅。

6 月 27 日：寒热严重。整天躺在床上，没有吃的，也没有喝的。

渴得要命。但是太衰弱，没有力气站起来，或给自己弄点水喝。又向上帝祈祷，但是头昏眼花，即使没有昏，人也糊涂，不知道说什么好。只躺着叫喊："主啊，照顾我吧！怜悯我吧！发发慈悲吧！"我估计我有两三个小时什么事都没做。寒热过后我睡着了，到夜里很晚才醒。醒来发现自己清爽多了，却很虚弱，渴得要死。但是因为住处没有水，只好躺着等早晨到来。又睡着了。第二次睡着后做了下面的梦。

我觉得自己坐在我这墙壁外的地上。从地震引起的风暴之后，我就一直坐在那里。我看见一个笼罩在明亮的火焰里的人从一大片乌云里走下来。全身像火焰一样明亮，我只敢勉强望望他。他那样子凶狠得无法描述。我觉得他的脚一接触地面，大地就开始颤抖。在我眼里，整个天空似乎全闪烁着火焰。

他一踏到地面就向我走来。手上拿着长矛，或是别的武器，想要杀我。他来到一个和我相当距离的山坡前，对我说起话来——也可能是我听见了一种声音，一种可怕得难以形容的声音，我觉得能听得懂的部分是："这一切你都见到了，可你并没有忏悔，现在你是非死不可了！"我听见了这话，我觉得他举起了手中的长矛向我刺来。

能读到这段描述的人，谁也想不到我还能描写自己的灵魂在那可怕的幻影前所感到的恐慌。我是说，即使是梦，我梦见的也是那种恐怖。而在我醒来，发现只是一场梦之后，要描写我心里那恐怖的印象，也不太容易。

可悲呀！我没有神学知识，而父亲给我的良好劝告那时也已消磨馨尽。由于连续八年航海的邪恶影响，由于与和我同样的最邪恶最亵渎的人长期往来，我八年里就不记得有过一次抬头仰望上帝，或在内心反省自己的路。我没有向善的欲望，没有对抗邪恶的良知，有的只是灵魂的愚昧。我已完全被邪恶压倒，成了个冥顽不灵的人，一个没有头脑的邪恶的可怜虫，一个低级水手所能成为的最低级角色。我没有丝毫头脑，危险时不知道敬畏上帝，获救时也不知道感谢天恩。

在我叙述这已过去的故事时，人们更容易相信的正是这个部分。我必须补充：对于到目前为止降临到我头上的种种苦难，我一次也没有想到过那是上帝的手，或者是上帝对我的罪过的正义的惩罚——或是因为我对父亲的背叛行为，或是因为目前的深重罪孽，或是因我总体的邪恶生活。在我去非洲沙漠海岸那次鲁莽的航程里，我一次也没想过自己会成为什么样的人，也没有乞求过上帝指引我的路，或让我回避显然会包围着我的危险——来自吃人的猛兽或是凶残的野人的危险。可是我对于上帝或天意只一味地懵懂无知，像野兽一样全凭天性或常识行动——事实上就连那也几乎还谈不上。

在葡萄牙船长把我从海里救起，解放出来，给了我公正、诚恳、慈祥的待遇的时候，我也没有丝毫感谢圣恩的念头。在我再次遭到沉船事故，遭到毁灭，几乎淹死，流落到这荒岛上时，我仍然远远不知道悔恨，不知道这是一种惩罚。只是常常对自己说：我是个可怜虫，天生是要痛苦一辈子的。

在我第一次在这里上了岸，发现全船人都淹死了，只有自己幸存时，我却意外地发现自己感到了一种欢乐，一种灵魂的狂喜。如果有上帝的慈悲帮助，那感觉原应可能上升为感恩之情的，可它却只以一种平常的庆幸之感（庆幸自己还活着）就昙花一现地结束了。我一点也没有意识到那只手所突出的善意——在众人都被毁灭时挑中了我和保存了我的，就是那只手。我也没有想到问一问，为什么上帝会对我这么慈悲。我有的只是普通水手在遭到海难，逃上岸来，获得安全时那种普通的高兴。那情绪事后叫五味酒一灌也就消失了，连那事也忘掉了。我这一辈子后来全都是这样的情况。

即使后来，在我意识到自己的处境，经过恰当的思考（我是怎样被扔到了这人迹罕至的，没有获救或赎罪希望的可怕地方的）之后，在我看见自己还不会饿死，还有活下去的希望时，我的一切痛苦之感也就消磨了。我开始感到非常轻松，作起了维护自己、供应自己的工作。我并不为自己的处境感到痛苦，也远远没有意识到海难是上帝对我的惩罚，是上帝指向我的手——这一类思想进入我头脑的时候非常少。

我在日记里提到过的粮食的生长，起初对我有过一些影响，而且在我认为其中有些神秘的东西时，还使我产生过敬畏之情。但是跟任何时候一样，那种思想一排除，它所引起的印象也就完全消失了——这类情况我前面也说过。

即使是性质再恐怖不过的地震，虽然与直接支配这类活动的看不见的神力最直接地关联，可在最初的恐惧过去之后，那印象也淡忘了。即使我处于平生最得意的时候，我对上帝和他的审判也不会有太强烈的意识，更不会把我目前的处境追溯到他身上去。

但是现在，在我生病的时候，死亡前的种种痛苦景象却在我面前慢慢地展现出来。我的精神在疾病的重压下溃败了。剧烈的高烧消磨了我的天性，我长期休眠的良知觉醒过来。我开始因为往日的生活而自责了。我那出奇的邪恶带来了上帝的正义，他给了我非凡的打击，以这种报复的方式处理了我。

在我生病的第二或第三天，这些思想压迫着我。在剧烈的高烧和可怕的良心谴责之下，我说出了一些话，有些像是对上帝的倾诉，虽然我不能说那是怀着期待或愿望的祈祷，而更像是恐惧和痛苦的声音。我的思想很混乱，疑虑重重，对于这样的惨死的恐怖使我脑子模糊。我灵魂匆忙急促，不知道能用舌头表达什么。我能发出的只有惊叫："主呀，我多么可怜呀！我病得深沉，会因为没人照顾而死掉的，我死得多么惨呀！"我的眼泪夺眶而出，我很久很久说不出话来。

这时我父亲的良好劝告回到了我心里，紧接着又是我在这故事开头说过的他那预言。他说，如果我踏出了我那愚蠢的一步，上帝是不会给我祝福的。我以后有的是时间因为不听他的劝告而后悔。而到了那时，是不会有人帮助我悔改的。"现在，"我对自己说，"我亲爱的爸爸的话就要应验了。上帝的正义已追上了我。没有人来帮助我，也没有人来听我的话。我已经拒绝了上帝的声音。他出于慈悲，让我处于一种原可以让我轻松愉快的生活状态或环境。但是我拒绝了正视现实，也不肯体会父母对我的祝福。我离开了他们，让他们为我的愚蠢忧伤。现在，我被留在了这里，为这一切所产生的后果感到悲哀。我拒绝了父母的帮助，他们原是可能从这个世界拯救我，让我一切轻松的。现在我必须和许多天性难以承受的困难做斗争，而且没有人帮助，没有人安慰，也没有人给我出主意。"于是我叫喊道，"主呀，帮助我吧！因为我处于沉重的痛苦之中。"

这是我多年来所做的第一个祈祷，如果能叫祈祷的话。但我还是回到日记来吧！

12月28日：睡了一觉，清爽了些。寒热全退了，我起了床，觉得梦里的恐怖与畏惧十分严重。但是我认为寒热病明天还会发作，现在应该找点东西，让自己清爽，也支援病体，并为明天疾病发作做预防。我做的第一件事是装了满满一大方瓶水，放在桌上，从床上就可以取到。为了除去水的凉性和致病因素，我在水里加了大约四分之一品脱糖蜜酒，搅拌了一下。然后取了一块山羊肉在炭火上熏烤了。但是没有吃下多少。我走了走，很虚弱，因此很沉重，很伤心。我意识到我这悲惨的处境，担心明天寒热病还会发作。晚上，我拿出三个在炭灰里煨熟的乌龟蛋放在乌龟壳里吃，把那就叫作了晚餐。这是我一辈子记忆里第一餐祈求过上帝的祝福后才吃下的荤食。

吃完之后，我试着走了走。但是觉得自己太虚弱，连枪都几乎扛不起来（我不扛枪是不出门的）。因此，我只走了很短一段路，就坐到了地上，往海上张望。海就在我面前，风平浪静。我坐在那里的时候，心里涌起了以下的思想：

我见到这么多的土地和海洋，它们究竟是什么？从何而来？我又是什么？其他的生物，野生的，驯养的，人和兽，又是什么？我们从何而来？

我们肯定是某种神秘的力量创造的，那力量创造了大地和海洋、天空和空气，那力量是谁？

随后，极其自然的是：这一切都是上帝创造的。可是，又奇怪了，既然这一切都是上帝创造的，指引着、支配着它们和与它们有关的一切的都是上帝。因为能创造一切的力量也肯定有力量指引和支配一切。

那么，在他所创造的东西的浩瀚循环里，没有他的指引就是什么事都不会发生的了。

既然没有他的指引就什么事都不会发生，那么，他是指引我在这里，而且处于这种可怕的状态里的了。既然没有他指引就什么事都不会发生，那么，降临到我身上的就都是他指引的了。指定这一切落在我的身上的就是他了。

我在思想里找不出一条反对这些结论的道理。因此我就更为强烈地感到，指令这一切落到我身上的一定就是上帝。把我送进这痛苦环境里的就是他的指令。他既然拥有这唯一的力量，他就不但支配了我，而且支配了世界上所有的一切。紧接下来就是：

上帝为什么要这样对待我？我做了什么事，竟要受到这样的对待？

我的良知立即制止了我追问下去，仿佛我亵渎了神灵。我觉得它在用一个声音对我说："可怜虫！你问你干了什么吗？回头看看你在错误里度过的可怕的一生吧！问问你自己吧，你身上没有发生过什么事？很久以前你为什么没有毁灭？在雅尔茅斯的近岸锚地你为什么没有淹死？在船被撒利的军舰截获的战斗里，你为什么没有被杀死？你为什么没有在非洲海岸被野兽吃掉？为什么没有在这儿被淹死？全船的人都死了，而你没有死？你还要问你做了什么吗？"

这样一反省，我就成哑巴了，似乎是吃了一惊，一句话也说不出来。我说不出，回答不了自己。我沉思着悲凉地站了起来，回到了我的居处，爬过了墙壁，好像打算睡觉。但我已经痛苦地浮想联翩，没有了想睡的感觉。于是我点燃了灯，在椅子上坐下了，因为那时天已黄昏。现在，由于对寒热又要发作的恐惧，我忽然想起，巴西人对于几乎一切疾病都只抽烟叶，不吃药。而我在一个箱子里还有一卷烤得很好的烟叶，有些烤得不够的烟叶还带绿色。

我去找烟叶。那无疑是受到了上帝的指引，因为我在箱子里找到了治疗身体和灵魂疾病的良药。我打开箱子，就找到了我要找的东西：烟叶。而由于我保存的那几本书也在那里，我就取出了一本《圣经》。那是我以前谈起过的，却一直没有找到空闲，也没有心情翻一翻。我说，我把它取了出来，和烟叶一起拿到了桌子边。

我不知道怎样用烟叶治病，也不知道有没有用。但是我试用了好几个办法，我似乎认定总会有办法让它起作用的。我先是取下一片烟叶放到嘴咀嚼，开始时它似乎让我的头脑昏沉。烟叶是绿色的，味道很浓，我还不怎么习惯。然后我又取了一片，在糖蜜酒里泡了一两个小时。我决定在睡觉前喝上一剂。最后，我把烟叶在一个煤盘子上点燃，把鼻子靠紧冒出的烟上去吸，受得了多久就吸多久，热气腾腾，熏得我几乎喘不过气来。

在这个过程里我又拿起《圣经》，读了起来。但是我的头脑受到烟叶太多的干扰，读不下去了。至少在那时如此。我只是随意翻了翻，却遇见了下面的文字："在患难之时求告我，我必搭救你，你也要荣耀我①。"

这话用在我身上最恰当不过。我一读到它，它对我的思想就产生了相当的印象，虽然还没有后来那么深刻。因为谈到"搭救"，我可以说，我没有听见那个字。因为就我对事物的理解而言，搭救是太辽远、太不可能的事。开始时我就像以色列的子孙听见给他们肉吃时一样，说道："神在旷野岂能摆设筵席吗？②"因为多少年来我都没有抱过希望，所以在我思想里常占优势的是：不相信。但《圣经》这话仍然给了我非常深刻的印象，我总在反复体会它的意思。这时天色已晚，而我刚才说过，烟叶已弄得我昏昏沉沉，很想睡了。于是我把我点燃的灯留在山洞里（我担心晚上要找东西），然后上了床。但是在我躺下之前，我做了一件我这一辈子也没作过的事：我跪下身来向上帝做了祈祷，祈祷上帝履行对我的诺言：只要我在患难之时求告他，他必搭救我。我结结巴巴地、凌乱残破地做完祷告，就喝下了那碗浸泡了烟叶的糖蜜酒——事实上我几乎喝不下去。喝完就上了床，随即感到酒力激烈地冲向我的脑袋，让我昏睡过去。从太阳估计，我肯定是一直睡到了第二天下午差不多3点。不，我至今还多少认为，我一直睡过了第二天夜晚，再睡到了第三天下午3点。因为否则我就不明白，那一周我所做的刻度为什么会少了一天？那错误我是几年后才发现的。因为如果我因为睡过了一次本初子午线③，又再睡过了一次，因而出了错，那么，我的刻度差错就不该只有一天。但我在刻度上的遗漏肯定只有一天，而且不知道是怎么错的。

不管是多了还是少了，我醒来时发现自己已经非常清爽了。我精神奕奕，欢欢喜喜，比前一天力气大多了，胃里也好了许多，因为我

---

① 见《圣经·诗篇》第50章15节。
② 见《圣经·诗篇》第78章19节。
③ 睡过了一次本初子午线：睡过了一天。太阳每二十四小时经过本初子午线一次，是为一日。

感到饿了。一句话，第二天我的病没有发作，只觉得越来越好。这天是 29 日。

30 日，我病好了，当然，我拿枪出了门。但是不愿走得太远。我打到一两只水鸟，有点像黑雁，提了回来，但是并不太想吃。因此我又吃了几个乌龟蛋，味道不错。晚上我再吃了一次这种药——我认为昨天那药，糖蜜酒泡烟叶，对我起了作用，只是没有喝昨天那么多，也没有咀嚼烟叶和用烟叶熏鼻子。不过，第三天我又不那么舒服了，那已是 7 月 1 日，不舒服倒在意料之中，因为我又在发寒热，虽然不那么严重。

7 月 2 日：我重新用三种方式进行治疗。酒的制作跟第一回一样，但是喝了两倍的分量。

7 月 3 日：我完全不发寒热了，虽然好几个礼拜后体力才恢复过来。在我像这样积蓄力量的时候，我的思想总是往《圣经》中的话集中："我必搭救你。"可是我不可能被搭救的思想仍然沉甸甸地横压在我心上，不让我抱希望。不过，在我用这种思想阻止自己的时候，却又有了想法。我对自己从主要的痛苦下获得解放的可能性想得太多，因而忽略了自己已经获得的解放。这就让我对自己提出了这类问题：我不是已经从疾病里被搭救了出来吗？而且那么神奇，是从最痛苦的条件下被搭救出来的。那病情对我多么可怕呀！我注意到这一点没有？做了我该做的没有？上帝搭救了我，我却没有奉献给上帝荣耀。就是说，我还没有承认那就是搭救，而且为此感恩。那么，我怎么还能希望更大的搭救呢？

这就深深地触动了我的心。我立即跪了下来，大声向上帝表示感谢，因为他从疾病里搭救了我。

7 月 4 日：早晨我拿起《圣经》，从《新约》读起。读得很认真。我要求自己每天早晨和晚上都读很久。不拘泥于读多少章，注意力能集中多久就读多久。在决定认真读经后不久，我就发现自己更真诚而深刻地意识到往日生活的邪恶了。我那噩梦的印象又回来了，尤其是那句话："可这一切并没有使你忏悔！"我认真地祈求上帝让我忏悔，而就在那一天，出于天意，我在读经时碰见以下的话："尊贵的王和救世主让人忏悔，给人宽恕。"我抛掉了书，带着狂喜，把手和心都伸向上天，高声叫道，"耶稣，您，大卫的儿子呀，耶稣，您尊贵的王和救世主呀，听我忏悔吧！"

可以说，那是我平生第一次发自内心的祷告，真正意义上的祷告。因为我现在确实懂得了自己的处境，受到了上帝的话的鼓舞，产生了《圣经》意义上的真正希望。从现在起我可以说是有了希望，上帝能听见我的话了。

现在，我开始从与过去不同的意义上理解了上面的话："求告我，我必搭救你。"因为我以前除了让自己从奴隶处境被搭救之外，一点也不懂得搭救的意义。因为在这地方我虽然可以自由活动，海岛对我却肯定是个监狱，是个最糟糕的意义上的监狱。但是现在我学会了从另一个意义上看它了。现在我带着严重的恐怖回顾我过去的生活，才发现我的罪孽非常可怕。对上帝，我的灵魂除了从自己的罪孽里得到解救已经别无他求——那罪孽使我无法平静。至于孤独的生活嘛，那倒算不了什么，我并不因为要求从孤独解放出来而祷告，也不考虑孤独。和我的罪孽比较起来，孤独并不值得考虑。我要在这儿向读者提醒，在他们理解到任何事物的真正含义时，他们就会发现：从罪恶之下得救比起从磨难之下得救，要幸福多了。

我勘察全岛

放下这个部分，我还是回到日记来吧。

现在我的环境的痛苦虽然不比生活方式的痛苦小，我心里却舒坦多了。由于经常读《圣经》，向上帝祷告，我的思想在向高品位的事物靠拢。内心里获得了很多安慰，那是我到目前为止还不知道的。而且，由于健康和体力的恢复，我开始自己努力满足自己所需要的一切，让我尽量过着有规律的生活。

从7月4日到14日，我主要的工作就是扛了枪到处走，每一次走得都不远。也就是寒热病初愈，还处于健康恢复期的样子。因为我情绪低落和身体衰弱的程度都很难想象，而我此时采取的又是一种全新的治疗方法，一种也许完全没有治好过寒热病，也不能向任何人推荐的方法。通过这一实验，寒热病倒是不发作了，身体却似乎更衰弱了。因为我的神经和四肢常常出现短时间的抽筋。

我从这事还特别懂得了一点：在雨季里跑来跑去对我的健康最为有害。尤其是在狂风暴雨和伴随飓风的大雨里。因为干旱季节的雨往往有这种风暴伴随。我发现那雨比 9 月和 10 月的雨还危险多了。

现在，我在这个不幸的海岛上已经十多个月。我对从这样的环境获得解救的可能性已经绝望。我坚决相信这地方就一直不曾有过人类的足迹。现在我的住处既然已照我的意思安排妥当，我就产生了一个强烈的欲望：对这海岛进行一次较为全面的探索，看看还能发现它生产别的什么不。对此我还一直不知道。

我是 7 月 15 日开始对这岛子进行较为专门的探索的。我先去的地方是河淀，我前面说过，我的木筏就是从那里上岸的。在我沿河淀往上走了大约两英里后，就发现海潮不再往上升了，那里不过是一条流水潺潺的小溪，水质良好，非常清冽。但现在是旱季，溪里有些地方差不多干涸了，至少水已不再流，看不出是小溪了。

我在小溪岸边发现了几片稀树草原，或叫草地，都是一片片平坦的绿草。在估计水流不至漫溢的靠近陡崖的斜坡上我发现了许多烟草，绿油油的，茎粗叶大。还有各种各样我没有见过的，或不认识的植物，也许各有我所不知道的特性。

我寻找木薯的块根，那是那个地区的印第安人全都用来做面包的东西，但是没有找到。

我见到了大棵大棵的芦荟，但那时并不认识。我还见到几根甘蔗，野生的，因为缺乏栽培，有缺点。这回的调查就到此为止。回来时一路想着我能用什么办法获得我所发现的植物和果实的知识，并加以利用呢？但是没有得到答案。因为简单地说，我在巴西时观察得太少，对于田野里的植物知道得太少，至少是对目前困难中所能利用的东西知道得太少。

第二天，16 日，我又走上了那条路。在来到比头一天更远的地方时，我发现小溪和草原都没有了，树木却多了起来。我在这里发现了不同的果实，尤其在地上发现了大量的西瓜，还在树上发现了葡萄。事实上葡萄藤缠满了枝头，大串大串的葡萄长得正好，非常成熟饱满。这是一个惊人的大发现，我高兴坏了。但是经验警告我，要少吃。我记得在巴巴里海岸时，有几个在那里做奴隶的英格兰人就是吃葡萄死去的。吃了就拉肚子，发高烧。但是我给葡萄找到一个很好的用处，把它们用火烤熟了，或是用太阳晒干了，就像烤葡萄或葡萄干那样保存起来。我认为在找不到葡萄的时候，那很卫生，而且很好吃。

我在那儿过了一夜，没有回住处去。顺带说，那还是我在野外的第一夜。晚上我用的还是岛上第一夜的办法，爬上树去睡，睡得倒很好。第二天早晨我继续探索。从河谷的长度判断，我走了差不多四英里，仍然坚持往正北走去，我的南面或北面老是有一道山梁。

走完这段路，我来到了一片开阔地。那里的地面往西倾斜了下去。有一道清澈的小水泉从我身边山坡后流出，往另一方向流去——就是说，往正东的方向流去。那片田野看去鲜亮异常，绿油油的，青葱翠绿，一切都那么繁荣，那么春意盎然，像个人工培植的大花园。

我顺着那可爱的山谷往下走了一段，怀着一种秘密的欢乐情绪打量着——虽然也夹杂有痛苦的念头。我心想：这一切全是我的。我就是这片土地的无可争议的国王和主人。我有它的所有权，如果能搬走，是可以让子子孙孙继承下去的，像英格兰的庄园主一样。我在那地方看见许多可可、橘子、柠檬和香橼，都是野生的，结的果实不多，至少那时还不多。不过我摘来的莱檬柑不但很好吃，而且有益于健康。以后我就用莱檬柑汁兑水喝，那饮料不但卫生，而且清凉爽口。

现在我发现自己有足够的活干了，我得采摘了带回去。我决定把葡萄、柠檬、莱檬柑和香橼采下来，分别保存，留到雨季里吃——我知道雨季快要到了。

为了这样做，我在一个地方采摘了一大堆葡萄，换个地方又摘了一堆，堆头小些。再换个地方又摘了一包柠檬和香橼。我每样都带了一些回家。我决定再来一次，带上口袋、提包，或我能做出的容器，把剩下的全背回去。

像这样，我在家里（现在我非把我那帐篷或山洞叫作家不可了）

逗留了三天再去。但我回到那里时，葡萄却全毁了。因为葡萄太熟，果汁太重，压破了，已经毁掉，不能吃了，或是用处不大了。莱檬柑倒不错，但能带回的也不多。

第二天是 19 日。我做了两个装收获物的口袋，再次回去。但是我吃了一惊，我来到那堆昨天采摘时还那么饱满漂亮的葡萄前时，却发现它们撒了满地，东扔西甩，乱抛乱踩，有许多还给吃掉了。我断定这附近有野生动物，是给它们破坏的。究竟是什么动物却不知道。

总之，我发现葡萄是无法堆放，也无法用口袋装走的。堆放会被野兽破坏，带走会因为自重被挤破，我用了另一个办法。我采摘了许多葡萄，把它们挂到伸出的树枝上，让它们在阳光里晒干、晒瘪。莱檬柑和柠檬，我能背多少就背回了多少。

这趟旅行回来，我非常高兴地思考着那野谷的果实累累和那欢乐的环境。它处于水的那一面，还可以避免风暴的袭击。那里还有树林。我得出一个结论：我现在所选择的安家地点是岛上最糟糕的地方。总之，我开始考虑搬迁住地，如果可能的话，就去那到处是果实的快乐园，选一个和我现在的地点一样安全的处所安家。

这念头长时间地萦绕在我的脑际，我有好些日子对它非常感兴趣。那地方的欢乐景象诱惑着我，但我又仔细想了想：我现在住在海边，在这里至少还可能出现对我有利的情况，把我送到这儿来的不幸命运也可能把另外的不幸者送到同一处来。虽然这种事几乎不可能，但把家搬到了海岛中心，让自己被山岭和树木包围起来，就只能巩固我的奴隶生涯了。不是使我希冀的事出现的机会不多，而是使它不可能了。因此，我无论如何也不能搬家。

可我还真爱上了那地方，我把 7 月份后来的时间几乎全花到那地点去了。虽然经过反复思考，我决定不搬家了，却在那里修建出了一个凉亭样的东西。我远远地围绕它修了一道结实的栅栏。采用的是双重的围篱，我能爬过的高度。木桩夯得结结实实，当中填满细枝。睡在这儿我很安全。有时我就接连睡上两三个晚上。总是跟以前一样，搭梯子过去。这样我就幻想自己现在除了一套海滨住房，还有了一套乡间别墅。这份工作让我一直做到了 8 月初。

我的篱笆完成了，可我刚开始享受劳动成果时，就下起了雨，我只好坚持住在了第一次的地方。因为在新地方虽像在老住处一样，有风帆做的帐篷，覆盖得很好，却没有山崖为我屏蔽，在风雨特别厉害的时候，无法退进山洞里去。

　　如我所说，我是在 8 月初完成了凉亭，并开始享受它的。8 月 3 日我发现我的葡萄已经晒干了，确实是太阳晒干的最出色的葡萄干。我这样做很幸运，因为随后的大雨一淋，葡萄干就会坏掉，我就会失掉我大部分冬季食物。因为大串大串的葡萄，我有两百多串。我刚把它们全部扯下来，把大部分搬回洞窟，雨就下了起来。从那以后，也就是 8 月 14 日之后，就几乎是天天下雨了，一直下到了 10 月中旬。有时候甚至是狂风暴雨，连续几天出不了门。

　　但是在这个季节，我却很吃了一惊，我的家庭成员增加了。我曾有一只猫不见了，我原很关心，我猜想它是离弃了我，或者死掉了，再也不知道它的下落或消息。可它却让我大吃了一惊，在 8 月底回来了，带回来三只小猫。我觉得特别蹊跷，因为我虽然用枪杀死过一只野猫（我把它叫作猫），却认为它的品种跟我们的欧洲猫很不相同。但是这些小猫却很像老猫，全是家猫。我这两只猫都是母猫呀，这叫我非常纳闷。但这三只猫以后却让我因为猫而烦恼了许久。我不得不把它们尽可能地赶出去，或是杀掉，像杀死害虫或野兽一样。

　　从 8 月 14 日到 26 日，雨连续不断地下，我动弹不了。而且很小心，不敢多淋雨了。像这样出不了门，我开始为食物担心了。冒险出去过两回，有一天打死了一只山羊。最后一天，也就是 26 日，找到一个很大的乌龟，这对我是一份美味佳肴。我的食物是这样规定的：一串葡萄干做早饭，一块羊肉或乌龟肉作午餐（烤熟的，很不幸的是，我没有煮东西用的锅），两三个乌龟蛋作晚餐。

　　在受到雨的阻挡，关在家里的时候，我每天干两三个小时活，扩大我的洞窟。把洞窟一步一步地往一个方向扩展，一直打穿，到了山外，打出了一条路，或是一道门，通到我的栅栏或墙壁之外。从此我就从这道门进出了，但是晚上这样开了门睡觉我仍然不太放心。因为按照我以前对自己的安排，我是完全被包围了的。而现在一躺下来，就觉得自己暴露了，什么东西都可以进来袭击我。虽然我也看不出有什么野兽能叫我害怕，我在这岛上见过的最大的生物也就是山羊而已。

9月30日：今天是我在这里上岸一周年的不幸纪念日。我把我在柱子上刻出的道道加了起来，发现我已经在岛上过了三百六十五天。为了郑重地纪念这日子，我绝食一天，用来进行宗教仪式。我怀着最严肃的卑微情绪，俯伏在地，向上帝忏悔自己的罪孽。承认他对我的惩罚的正义性，乞求他通过耶稣基督对我发下慈悲。在连续十二个小时完全绝食之后，甚至到太阳落山之后，我才吃了一个饼干点心和一串葡萄。然后上了床，这一天就这样虔诚地度过了。

这一年来我就没有遵守过安息日，因为开始时我心里并没有宗教情绪，后来才在一段时间里用更长的刻度表明安息日，把一个个的礼拜分了开来。因此事实上我并不清楚那是一周的哪一天。但是现在，我像上面所说，把日子加了起来，我发现自己已经上岛整整一年了。于是我把日子分成了周，把每一个第七天定为安息日，虽然到账目末了，我却发现算掉了一或两天。

这以后没有几天，我的墨水就不够用了。因此我还得省着点用，只记下生活里最值得注意的事，不再为每一天的其他的事做备忘录。

9 我播种粮食

现在雨季和旱季对我已经有了规律，我学会了把它们区别开来，做不同的准备。但是我获得每一项经验都是付出了代价的。我就要谈一次最叫人泄气的实验。我说过，我精心收藏了好多穗大麦和水稻，都是突然莫名其妙地从地里长出来的——那时我以为是它们自己长出来的。我收获了三十株水稻和大约二十株大麦。现在我觉得雨季过后已是适宜播种的时间。太阳正在南方，逐渐离我而去。

于是我竭尽全力用我那木头砍成的铲子挖掘出一片土地，把它分成了两部分，播下了种子。但在播种时我却偶然想起，第一次还是别全部播掉为好，因为我还不知道什么季节最合适。因此我大体只播下了三分之二，每一种大体留下了一把。

我这做法后来对我倒成了一种极大的安慰，因为这回播下的种子一棵也没有成长。种子种下后便是旱季，连续几个月，因为没有雨，土地没有水分帮助种子，种子根本没有动，是到雨季再来之后才发芽的——那时它才像新播种一样生长。

第一批种子没有成长，我很容易理解，是由于干旱。我又找了一片更潮湿的土地，做了第二次尝试。我在我的新凉亭附近找了一块地，开垦出来，在 2 月份播下了种子，那是春分前几天。因为有雨季的 3 月和 4 月的雨水灌溉，秧苗长得非常喜人，长出很多粮食。但是因为播的是剩余的种子，而且没敢全播，终于到手的粮食并不多，米麦收成各自不到半配克①。

但是通过这次实验我却成了内行。我准确地知道什么季节该播种，而且我每年可以有两季播种，两季收获。

这批种子成长时我还有个小发现，以后对我很有用处。雨季刚过，气候一稳定（那大体是 11 月），我就上坡去到我那凉亭。虽然好几个月没去，我却发现那里的一切还和我刚离开时一样。我修建的围篱，或叫双重栅栏，不但稳固，没出问题，而且从附近的树林砍来的树桩全活了，长出了茂密的长枝条，和剪尖后第一年的杨柳非常相像。我砍来做树桩的树（我不知道怎么叫它们）也从小树长大了一些，叫我吃了一惊，也非常高兴。我为它们修枝剪叶，尽量让它们长得彼此相同。三年后，它们长成的那形象真是美得叫人难以相信。这样，虽然那树篱所形成的圆圈直径大体是二十五码，那些树（我只能笼统叫它"树"了）却很快就把圆圈覆盖了起来，形成了一片完整的树荫，整个旱季都可以到里面居住。

这使我决心再砍些树桩，为自己再造一个类似的半圆形围篱，把我那栅栏（我指的是我第一个住处）包围起来。我如愿以偿了。我把那些树或树桩栽成双行，距离我第一个围篱八码左右。它们全成活了。开始时是对老住处的一种美丽的覆盖，后来也成了一种防御工事。这事我以后还要讲。

现在我发现一年的季节大体可以分为雨季和旱季，而不是像欧洲一样分为夏季和冬季。情况大体是这样的：

2 月下半月，3 月，4 月上半月——雨，太阳处于或靠近春分日点。

4 月下半月，5 月，6 月，7 月，8 月上半月——旱，太阳在赤道以北。

8 月下半月，9 月，10 月上半月——雨，太阳返回。

10 月下半月，11 月，12 月，1 月，2 月上半月——旱，太阳在赤道以南。

雨季有时长一些，有时短一些，按照刮风的情况而定。不过这是

---

① 配克：英格兰容量单位，以谷物重量计，大体相当于一千公斤。但在作者时代估计要小得多。

我的一般观察。在我通过经验发现了雨季出门的恶劣后果后，我总事先为自己准备好食品，那样就用不着非出门不可了。雨季的几个月我都尽可能留在室内。

在这个时期我找到了许多适合那季节的工作干。我有许多东西是不下大功夫坚持自己制作，就不会有的，现在找到了最佳的制作时间。特别是，我想过很多办法给自己做篮子，但是我能找到的枝条都太脆，不能用。我幼年时在爸爸住的城市住，很喜欢站在编篮工的家门口，看他编柳条篮。我跟所有的孩子一样，喜欢管闲事，帮忙。我很专心地观察编制的方法，有时还伸手做一做。这样我就获得了制作的充分知识，只为手上没有柳条遗憾。现在，那对我可是非常有用。我想起了我砍来作了树桩却还能生长的树，它可能跟英格兰的黄花柳、垂杨柳和红皮柳同样柔韧。于是我下定决心试一试。

第二天我就到我那乡间别墅（我就那么叫它）去了。我砍下了一些细小的枝条，发现它们是编篮子的最好的材料。于是下一次带去了短斧，砍了很多。我把它们放到我那圆形栅栏或树篱圈里，在那里放干。等到可用的时候，就背回到洞来。下个雨季到来时，就鼓足了劲在洞里编了起来。我编了很多篮子和筐子，有的用来运泥土，有的在必要时用来储藏东西。虽然样子不太好看，却是非常管用，能达到我的目的。这样，我以后就注意了，一出门总带个篮子什么的。柳条筐破了，又继续编。特别是编了几个很深很结实的大筐，用来装粮食，在粮食多的时候代替口袋。

花了许多时间克服了这些困难之后，我又出门去看看，如果可能，怎么样满足以下的两种需求：我没有可以装液体的容器，只有两个桶和几个玻璃瓶子。而两个桶都几乎装满了糖蜜酒。玻璃瓶有的是普通大小，有的是用来装水和酒精的方瓶，没有能用以烹煮的容器。从船上找出来的一个大水壶太大，不能按我的希望使用——就是说用来烧肉吃。我想要的第二件东西是烟斗，但是我不可能做。不过，我也终于想出办法，做了一个。

我继续努力栽种第二圈树桩，或是栅栏。在栽种这类柳条的整个夏季或旱季，另一件事占用了我认为自己几乎挪不出来的时间。

10　我走遍全岛

我以前说过，我非常想去看看整个岛子。我已经往上面走，去过小溪和以上的地区，来到我修建我那别墅的地方。在那里看见过一片开阔地，可以望见岛子另一面的海。现在我决定跨越它，到那一面的海边去。于是我拿起枪和斧头，带了狗和比平时多的火药和枪砂，在口袋里塞了两个饼干糕和一大串葡萄干备用。我走过了前面说过的我那凉亭所在的峡谷，再往上走，来到了一个可以见到西面的海的地方。那天天气晴朗，我清清楚楚望见了一片土地，我不知道是海岛还是大陆。但是地势很高，从西面一直往西南偏西的辽远处延伸。我估计至少到了十五至二十个里格以外。

我除了知道那肯定是美洲的一部分之外，不知道它是世界上的什么地方。我从我所观察的一切断定，那里一定很靠近西班牙领地，说不定有野蛮人居住。我要是当初在那里上了岸，处境一定比现在还要恶劣。因此，我就遵从了上帝的旨意（我现在承认而且相信上帝发出的是最好的指令了）让自己平静下来，不再想去那里——不再用不会有结果的希望折磨自己了。

而且，因为有了这想法，稍事停顿之后我又想起：如果那地方是西班牙的海岸，我总会在某一天，无论是哪一天，看见船只经过的。上这边来的，往那边去的，都有可能。如果总是看不见，这里就是西班牙领土和巴西领土之间的海岸，住的就是野蛮人，事实上就是最凶残的野蛮人，是吃人肉的蛮族，或叫"食人生番"。谁落到他们手里，都肯定会被杀掉吃肉。

心里想着这些，我还慢条斯理地往前走。却发现此时来到的海岛部分，比我原来的地方还要美好得多。开阔的稀树大草原，鲜花，绿茵，处处馨香，处处有优美的森林。我看见了许多鹦鹉，如果可能，很想捉到一只驯养起来，教它和我说说话。费了点力气之后，我确实捉到了一只。是用棍子打下来的，在它醒来之后，带回家里。但我教会它说话已是好几年以后的事了。不过，我终于教会了它用很亲热的口气叫我的名字。这最后出现的情况，虽然琐碎，却非常有趣。

我觉得这次旅行非常好玩。我在低矮的场地上发现了野兔（我以为是野兔）和狐狸。但是它们和我见过的很不相同，虽然打到了几只，我也没用来填饱肚子，因为我不缺少食物，不用冒险。我的食物还挺好呢，尤其是山羊、鸽子和甲鱼或乌龟。再加上我的葡萄干，一人独享，即使是乐丹荷市场的盛筵也还比不上。我的处境虽然非常可悲，我也有许多理由感谢圣恩。我的食物没有逼我走向极端，相反，我吃的东西分量充足，而且是山珍海味。

这次旅行我没有在一天之内超出过两英里左右。我总是东转西转，来来往往，看看能有什么发现。到我决定坐下来过夜时，已经很疲倦了。那时我就或者到树上休息，或者用一圈扎进地下的桩子，或利用树与树之间的关系，把自己包围起来。总之，不能让野兽没有惊醒我而接近了我。

我来到海岸边，却吃了一惊，我竟然把命运放到了海岛最差的一面了。因为眼前这地方事实上爬满了数不清的乌龟，而在那一面我一年半才发现三个。这儿的鸟也数不清，种类很多，有的我见过，有的就从来没有见过，其中有好些是很好的肉。我都不知道名字，只有企鹅除外。

我要是喜欢，就可以愿意打多少就打多少。但是我不舍得用火药和枪砂。因此，如果可能的话，我更想打到只母山羊，母山羊更好吃。虽然这儿的山羊比我那面多，但是，要接近它们就困难多了。这地方平坦，比在那边山上更容易也更早被羊发现。

我承认这个地区要比我那边快活得多，但是我一点搬家的意思都没有。因为我的住处固定，我很自然就感到，凡是到这里来的时间，都是离家外出旅行。不过，我沿着海岸往东走，估计走了十二英里左右，就在岸上立起一根杆子做记号。那时我断定已经快到家了。那么，我下一回的旅行就应该沿海岛的另一面走，也就是往我家的东面走。这样，我就会从另一面来到杆子。杆子是不会动的。

我换了一条路回家，以为我可以很容易把海岛的全局掌握在视线之内，只要看看全局就能找到我最早的住处，绝对不会错。但是，我发现自己错了。因为走出两三英里之后，我发现自己下到了一个很大的峡谷。那峡谷被树木葱茏的群山环绕，我从哪一个方向都找不到路了。我看得见的只有太阳。可我那时也找不到路，除非我知道太阳在那一天的那个时辰应该在什么地方。

更倒霉的是，我在峡谷里时，天空总是雾蒙蒙的，连续了三四天见不到太阳，我只好非常憋屈地转来转去。最后只好往海岸找，见到我的杆子，才放下心来，往家里走。天气酷热，我的枪支、弹药、斧头和别的东西都异常沉重。

在旅程里我的狗突然袭击了一只小羊羔。我急忙赶上去抓住它，从狗嘴下救出了那小命。只要可能，我非常想带回去。因为我常常思考是否能抓到一两只羊羔，驯养繁殖出一群羊来，到我的火药和枪砂用光的时候还可以为我提供肉食。

我给那小动物做了个项圈，用我总是随身带的麻绳拴住，牵了它走，虽然有些吃力。来到了我的凉亭，把它放在了那里关上。因为迫不及待，我就回家了，那地方我以后一个月也没有再去。

我回到老茅屋里在吊床里躺下时，那种满足之感真是难以形容。我感到这次没有固定睡觉地方的小漫游非常不愉快，因此我才发现，跟那一比，我这叫作家的地方真是个十全十美的住处。它让我觉得一切都那么舒坦惬意。我下定了决心，只要我命定了还要在岛上住，就决不离这里太远。

我在那里停留了一个礼拜。在长途跋涉之后，那就是休息，恢复元气。我把那段时间主要用在了一桩费劲的工作上：为宝儿做间狗舍——现在宝儿已是我的家庭成员，和我非常亲密。那时我才想起我关在小圈子里那头可怜的羊羔。决定去带它回来，或是给它点吃的。我去了，在我留下它的地方找到了它。因为事实上没有法子逃出去，却又没有食物，它几乎快饿死了。我砍了些能找到的树木的细枝嫩叶，扔了进去。我还像以前那样，把它拴住，要牵它走。但是它很饥饿，很驯服，不需要拴，就像狗一样跟着我走。因为我不断地喂它，它对我很亲近，温驯可爱。从那时起它也成了我家的成员，再也不肯离开我了。

现在，秋分期雨季已经开始。我跟以前一样庄重地纪念了我来到这岛上的日子，9月30日。我在这儿已经两年，得救的希望并没有比我上岛的第一天增加。我把那一天全花在了卑微的感恩上，体会着陪伴我孤独生活的许多奇迹般的天恩。没有它们，我真不知会痛苦到什么程度。我衷心地、卑微地感谢上帝，因为他甚至乐意向我展示：我即使获得了自由的社交，处于种种世俗的欢乐之中，我目前这种孤独环境里的生活，也说不定比那更加幸福。上帝有可能以他的存在和他对我的灵魂的慈恩的交流，充分地弥补我这远离人群的孤独。他支持我，安慰我，鼓励我，让我在这儿依靠他的眷顾生活。我期待上帝永远留驻。

直到现在我才清醒地意识到我现在的生活，尽管环境非常不幸，却比我前半辈子那种邪恶的、受到诅咒的、可厌的生活不知道快乐了多少。现在我的欢乐和痛苦都变了。事实上两年来，和我刚上岛时比，我的欲望变了，感情变了，连爱好也都变了。

以前，走在路上的时候，不管是在打猎，或是在观望，我因自己的处境而感到的灵魂的痛苦都可能突然爆发。一想起我周围的森林、山脉和荒原，想起我是个囚禁在为海洋永远闭锁的监牢里的囚徒，想起我居住在一个没人居住的野地上，不可能得到赎救，我的心就死掉了。有时，我正在竭尽全力镇定心灵，这念头也会像风暴一样爆发，我只好绞着自己的手，像孩子一样哀哭。有时在工作中那情绪也可能爆发，我只好立即坐下，呆望着地面叹气，一望一两个小时。那对我反倒不好。要是能大哭一场，或是用语言发泄一下，悲哀就过去了——发泄完了，悲哀也消除了。

可是现在，我却在用新的思想锻炼自己。我每天读上帝的训诲，把其中的安慰全使用到我目前的处境上。有一天早晨，我非常痛苦，翻开《圣经》却见到了这样的话，"我必不撇下你，也不丢弃你。"①我立即觉得这话是对我说的。我正在以一个被上帝和人类遗弃的人的身份为自己的处境忧伤，这话就出现了，它还能有别的意义吗？"好的，那么，"我说，"既然上帝都没有丢弃我，哪怕是全世界都丢弃了我，又能有什么坏的后果呢？又能有什么害处呢？从另外一方面看来，即使我拥有整个世界，却失去了上帝的眷顾和福佑，那损失不也是无法比拟的吗？"

从这时起，我就在心里得出了结论：即使在这种被遗弃的孤独的环境里，我也可能比在世界上任何特定环境更快乐。能够有这个思想，我就得感谢上帝，因为他把我送到了这个地方。

可是我这么一想，心里又冒出了一个莫名其妙的念头，吓了我一大跳，不敢说出口来。"你怎么会这样口是心非呢？"我甚至说出了声，"你一方面为你力求知足的处境表示感恩，一方面又祈祷，从心眼里希望摆脱这处境。是吧？"说到这里我住了嘴。我虽然不能说我因为来到岛上而感谢上帝，却也因为上帝用种种痛苦打开了我的眼睛，让我看清了以前的生活状态，为我的邪恶而悔恨与哀伤，从而衷心地感谢上帝。我每一次翻开或合上《圣经》，都要从灵魂里赞美上帝，因为他指示我在英格兰的朋友，让他虽没有我的要求也在给我送来的东西里带上了《圣经》，也因为他指引我后来从那船的残骸里救出了《圣经》。

---

① 见《圣经·旧约·约书亚记》第 1 章 5 小节。

11　我很少空闲

　　于是，怀着这样的心情，我开始了第三年。虽然我没有具体叙述这一年的工作（像叙述头一年一样）给我的读者添麻烦，可大体上我也可以说，我很少空闲。我只是按照眼前的几项日常工作有规律地分配了时间。比如，第一，对上帝的祷告，读经，都是经常专门安排的。有时一天三次。第二，带了枪出门打猎，找食物。一般都在不下雨的日子，每天上午三个小时。第三，处理我打猎杀死或捉到的东西：晒干、腌制和烹饪。这得花掉全天的大部分时间。还要考虑的是：正午，在日照中天的时候，酷热难当，无法出门。晚上的四个小时左右大体是我室内工作的全部时间。除此之外，有时我也把打猎和干活的时间调换。上午干活，下午带枪出门。

　　为家务活安排的时间很短，此外我还希望加上：工作极为艰苦。因为没有工具、不懂技术、没有帮手，每做一项工作都得花许多时间。比如，我的山洞需要一个长架子。为那架子做一块板子就花了我足足四十二天。而两个人拉锯的话，用锯子在锯坑里拉，半天就可以用同一棵树锯出六块板子来。

　　我的情况是这样的：因为板子必须那么宽，就得用一棵大树。先得砍倒大树，这就花了我三天。再加上两天砍掉枝叶，成为原木或木料。然后就是无法描述的劈呀，砍呀，修呀，把木料两面都变成了无

088

数的碎木屑，减轻了重量，才可以翻动。然后我把它翻过来，把这一面从头到尾砍成平面；再翻过去，把木板砍到大约三英寸厚，两面都光滑。我这双手在这件活儿上的成绩谁都可以评价，但我都是依靠苦干和耐性完成的。我那样完成的活儿很不少。我特别提出了这件活儿，就是为了说明：我为什么花的时间那么多，干出的活儿却那么少。就是说，有了工具和帮手很快就能完成的一点点工作，一个人做，又没有工具，就得花掉许许多多的时间。

但是尽管如此，我仍然依靠劳动和耐性完成了许多活儿。事实上，环境要求我必须做的一切，我都完成了。下面就是例子。

现在我已到了 11 月和 12 月，我在期待着大麦和水稻收获。我为它们开垦和施肥的土地不太宽，因为我观察到，我的两种种子都只有半配克左右——因为我在旱季种了一茬，整个失败了。我现在的庄稼倒是很有希望。不过，我突然发现又出现了全军覆没的危险。敌人有几种，几乎是无法抗拒的。首先是山羊和我叫作兔子的野生动物。它们尝到了叶子的美味，一长出来就白天黑夜地进攻，啃得很净，还来不及长出茎来就被吃掉了。

除了修建一道栅栏包围起来，我找不出解决的办法。我吃了许多苦，把栅栏完成了，而且比平时费劲，因为需要赶进度。不过，由于我耕种的土地不大，只满足我庄稼的需要，我只花了三个礼拜左右就完成了包围圈。我白天打死了几只动物，晚上又放出狗来看家——拴在栅栏门口的桩上，站在那里通夜地叫。这样，敌人在很短的时间里就放弃了这里。粮食长得又壮实又茂盛，很快就开始成熟了。

以前在庄稼刚长叶子时来破坏的是野兽，现在来的大概就全是鸟儿了。庄稼正在出穗，我去那里看长势，却见到我那小小的的庄稼地被数不清的鸟儿包围了，不知道有多少种，它们就站在那里，似乎等候着我离开。我立即对它们开了一枪（我的枪总是随身带的）。枪声一响庄稼地里就扑腾起一片黑压压的鸟儿云。那景象我可是从来没有见过。

这叫我非常着急，因为我估计再过几天它们就会把我的全部希望吃个精光。庄稼根本无法种，我就要饿肚子了，怎么办呢？我说不出。不过，我下定了决心，只要可能，就要保护住庄稼，即使要白天黑夜地守护也得干。首先我到那里去看已经遭到的破坏，发现它们已经糟蹋了许多。不过，现在还是以绿叶为主，损失还不太大。现在这庄稼如果能保住，收成还可能很不错。

我在庄稼地附近往枪里装好子弹，就离开了。我很容易就发现，那些小偷在我周围的树上站满了，似乎就在等候我走掉。事实也确实如此。我想离开，打算走掉。可我刚走出它们的视野，它们就一只只地往庄稼地飞了下来。我气坏了，再也没有耐心等候更多的鸟儿，因为我知道它们现在每吃掉我一粒，其后果就可以说是吃掉了我五百公斤面包。我来到篱笆边又开了一枪，打死了三只鸟。那倒正中了我的下怀。我抓起那三只鸟就像在英格兰处理臭名昭著的惯偷一样，进行了处理。就是说把它们穿成一串，挂了起来，吓唬别的鸟儿。出人意料，这一招竟产生了难以想象的效果。因为鸟儿们不但不去庄稼地了，甚至连海岛的这个地区都不来了。在我那"稻草人"还挂在那里的时候，我在那附近竟然连一只鸟儿也见不到了。

你可以相信，这让我非常高兴。在 12 月底左右，也就是在本年第二个收获季节，我收割了我的粮食。

收割粮食可把我累坏了。没有长镰也没有短镰，唯一的办法是尽量设法，把大刀或砍刀改造成镰刀。这都是我从船上的武器里留下来的。不过，我第一次收割的数量不大，割起来费不了太大事。总之我用自己的办法收割了。因为我别的都不割，只割穗子。用我做的一个筐子装走，然后用手搓下麦子稻子。到收获末了，我发现我靠我那半配克左右粮种，收获了差不多两布什尔①水稻和两布什尔半大麦——我是估计的，因为那时我没有计量工具。

不过，这对我已是很大的鼓励。我还设想着，上帝若是高兴，到时候还可以让我吃到面包呢。但是在这里我又感到困惑了，因为我不知道怎样把粮食变成粉。或者说，不知道怎样收拾干净，把糠壳和粮食分开。有了粉，也不知道怎样做成面包。做成面包，也不知道怎样烤。我本来有个愿望：把大量的粮食收藏起来，保证长期供应。再加

---

① 布什尔：计量单位，相当于四个配克，大体为四千公斤。

上了这些问题，我决定这批粮食一粒都不尝，完全留下来作种子，下个季节用。在这段时间，我把研究和干活儿的时间全花在一件大事上：为自己提供米、麦和面包。

现在我真可以说是在"为面包而工作"了。这事有点奇妙，我相信很少有人想道：为了制造面包，从播种、生产、晾晒、加工、烤制到完成，竟然要做那么一大堆琐碎的陌生的工作。

我，一个被压缩到只剩下自然状态的人，发现那状态每天都在让我泄气，每小时都在让我更泄气。即使在我收获了那第一把粮食种子后也一样。那东西，我说过，是突然冒出来的，事实上让我吃了一惊。

首先，我没有犁耕地，没有锄头或是铲子铲地。好，这个困难我克服了，我前面说过，我做了一把木头铲子。但是用那东西干活很迟钝。虽然花了很多日子，却因为没有钢铁，铲子磨损很快，活也更难做了，做得也更蹩脚了。

不过，我毕竟干了下来。我满足于耐心地做，做得糟糕也就认了。种子播下后，我没有碎土用的耙，只好自己设法，拉了一根带枝丫的沉的重树枝走过，就算是耙过了地，虽然说不上是耙过。

在庄稼生长和出苗时，我已注意到有多少事要做。要修围栏，要保护，要收割，要晾晒，要运回来，要脱粒，要去壳，再保存。然后我还得有磨子磨成面，筛子筛出粉。加上酵母和盐，做成了面包后，还得有炉子烤。这一切我都没有，可我都一一做了出来。这些我还要讲到。可是粮食对我是一种无法评价的安慰和好处。而这一切，我说过，都使我感到非常辛苦和烦琐。不过，没有办法，时间对我倒不是什么损失。因为我作了安排，每天都有一部分时间干这类活。由于我决定在我获得较多的粮食储备之前，决不用粮食做面包，我就有了随后六个月里全心全意的劳动和发明，为自己提供了还能使用的工具，那是加工粮食所必不可少的。

但是我首先得多准备点土地。我现有的种子已经可以播种一个多公顷。播种以前我至少花了一周工夫，做了一把铲子。做成之后样子很蹩脚，而且很重，使用起来要费两倍的力气。好在我还是完成了。我在两大片平整好的土地上播下了种子，那地方我喜欢，离家也尽可能地近，而且有很好的篱笆包围，篱笆桩用的都是我以前用过的那种。我知道它们在一年之内就会成活，因此不到一年我就会有一道迅速生长的活篱笆，用不了什么修补的。这是份不小的工作，花了我差不多三个月时间——因为大部分时间在雨季里，我不能够出门。

下雨的时候我在屋里，不能出门，我就找以下的事干：我在干活时就跟我的鹦鹉说话消遣，也教它讲话。我很快就让它学会了自己的名字，终于大声叫了出来：宝儿。这可是我在岛上听到的第一句不是从我嘴里说出的话。因此这已经不是工作，而是对工作的一种帮助了。因为我手上的工作太多，例如，对于用某种方式制造陶器，我已经研究了很久。我确实非常需要，只是不知道从何入手。但是考虑到天气的炎热，我深信只要能找到合适的黏土，我就可以想出办法，通过太阳暴晒，凑合做出罐子来，结实得可以使用，可以装干东西，进行储存。由于那罐子对准备粮食、面粉之类的东西很需要——我需要的就是这个，我决定尽可能做几个大的，能够像大口瓶一样站定，用来装应该装进罐子里的东西。

要是我一桩一桩地讲述起来，读者是会可怜我的，不，他们是会觉得我好笑的。我用了多少办法寻找这种黏土，做出了多少个奇形怪状的东西；由于黏土不够硬，经受不起自身的重量，有多少个瘪掉了，有多少个塌陷了；由于阳光过分炽热，或是摆出时太匆忙，有多少个裂了口；还有多少个已经晒干，却又在搬动时碰破了。一句话，从费很大的工夫找到黏土，掘出来拌好，运回家里，到做成罐子，我花了大约两个月工夫，做出的也就是两个黏土丑八怪，不能叫作罐子。

但是由于阳光把它们晒得非常干，非常硬，我搬动的时候非常小心，又是放在我专门为它们编的两个大柳条筐里的（为的是不让它破，而且在筐和罐子之间保留了距离，用稻草和麦草塞满），而且永远保持干燥，我认为它们是能装我的干燥粮食的，说不定还能装打成的粗粉。

虽然我做大罐子的设计多次失败，做几个小点的东西却比较成功。如小圆罐子、碟子、带把的水瓶、小水桶。一出手就能做成。太阳一晒，还硬得出奇。

可这一切并没有达到我的目的。那就是：做出一个能够盛上水在火上烧的黏土罐子。我做的那些都不管用。不久以后，我用大火烧肉，火用过了，灭火的时候，却在火里找到一个黏土制品的破片。已经烧得和石头一样硬，瓦片一样红。我一见吃了一惊，却很高兴。我对自己说，那破东西既然能烧成，完整的也肯定能烧成。

这就让我开始研究对火的安排，想让它给我烧出几个锅来。对于窑工使用的窑，和用铅为陶器上釉，我都一无所知，虽然我还有铅可用。但是我把三个泥塑的水桶和两三个罐子叠在一起，用很大一堆炭火围在下面，用一大堆劈柴包围，再从四方和上面堆上燃料，一直烧到我看见里面的罐子都红透了，还发现并没有裂口、熔化，也没有变色。我见它们红亮之后，就让它们在那温度里留了五六个小时。直到我发现其中一个虽然没有裂口，却已经熔化了，变色了为止——因为混在泥土里的沙已被高温熔化了。如果继续烧下去，还有可能烧出玻璃来。于是我逐渐减小了火力，直到罐子的红色减弱。为了不让火力减弱太快，我观察了一个通宵。到了早晨，我得到了三个不能说漂亮但已经很不错的水桶和两个罐子，坚硬到了理想的程度。其中有一个还因为沙子熔化，全体傅上了一层釉彩。

这一次实验之后，我再也不用说缺了哪种陶罐用了。但是我还得说，它们那样子确实不高明，那是谁都估计得到的。我不懂得做法，只有像小娃娃玩泥饼一样做，或是像连发面都没学过的女人做蛋糕一样做。

为这么低级的成就而高兴，看来是谁也比不上我了。在我发现自己做出了一个可以在炉子上烧的黏土罐子时，我已经几乎来不及等它冷却，就取了一个罐子，装了点水，放到火上给自己煮了点肉。的确不错，羊羔肉烧成的羊肉汤，很好吃。虽然少了点燕麦片和其他作料，没有做成我喜欢的味道。

下面，我关心的是给自己做一个石碓窝，用来捣碎或是舂细粮食。因为要想只凭一双手就得到粗粉，达到那么完美的技术水平，我是想也不敢想的。我感到无从下手，无法满足这需要。因为在世界上所有的行当里，我完全没有资格作的就是石匠——虽然作别的也不行，而且没有石匠工具。我花了好几天，想找个正好能挖成碓窝的大石头，却根本找不到。长在岩石上的例外，可我挖不动，掰不下来。何况这岛上的石头全是松软的沙石，不够坚硬，经不起沉重的石杵春，而且会连沙春下，跟面粉混到一起。在花了很多时间寻找石头而终于失败之后，我不再找了。我决心用一块大的硬木料代替。事实上我发现那倒容易得多。我找到了一块能搬得动的大木料，用斧头砍成了圆形，然后用火和无穷的劳动挖出窝来，就像巴西的印第安人制造独木舟一样。再用一种叫作铁木的木料作了杵。完成之后就收拾了起来，准备下一个收割季用。那时我就可以把粮食捣成（或是春成）粗粉，做面包吃了。

我的下一个困难是做一个用来加工面粉或筛掉糠秕的筛子，没有筛子我是无法指望吃到面包的。凭空想来，那东西非常困难。因为做筛子所需要的东西我肯定没有——我指的是筛粗粉的细纱布。我一连几个月完全无法下手，也不真正知道怎样做。细纱布我一点都没有剩下的，有的只是破布。我有山羊毛，却不会纺线，也不会织布。即使会，这里也没有工具。唯一的补救办法是：我终于回忆起，在我从破船上找回来的海员衣服里，有一些白棉布或细纱围巾。我用了几条围巾做了三个还可以对付的小筛子。就这样凑合了好几年。以后怎么办就只好到时候再说了。

下面要考虑的就是：有了粮食怎么烤面包了。因为首先，我没有酵母。这东西没有法子供应，我也就不太考究了。可是要做烤炉却叫我痛苦。我终于想出了一个办法，做了个实验。我是这样做的：我做了几个很宽但是不深的陶质容器。就是说，直径差不多两英尺，深度却不到九英寸。跟我做别的东西一样，用火煅烧好，放到一边。到要烤面包时，我就在这炉子上铺上我早就烧成的方砖——虽然不能说是真正的方形——烧起一大堆火。

等到柴火烧到差不多只剩下余烬（还在燃烧的炭火）时，就把余烬铺到炉子上，完全覆盖了，放在那里。炉子烤烫之后，再把余烬全部拨开，把面包放进去，压住，用余烬包围起来，增加温度烤。这样，我简直就像在全世界最好的烤炉上一样，烤出了我的大麦面包。不久我也成了个地道的面包师，我还给自己烤了些米粉面包和布丁。对，我没有做馅饼，即使要做，除了羊肉和鸟肉，也没有东西作馅。

这些工作占据了我在这里的第三年的大部分时间，这也不奇怪。我还得说明，在这类工作的间隙，我还必须照顾我的新庄稼和家务。我按照季节收获了粮食，尽可能把穗子运回家来，装进大筐，有空的时候再搓揉脱粒——我没有打麦场，也没有打麦的工具。

粮食储备确实增加了，我真需要大一点的囤子装粮食了，因为现在粮食大量增加，我差不多有了二十布什尔大麦和同样分量或更多的稻子。这样，我就决定了，放开肚皮吃饱——我的面包已经吃光很久了。我还想知道自己一年得多少粮食才够吃，因此我也只种一季庄稼了。

总而言之我发现，四十布什尔的大麦和水稻已经大大超过了我全年的消费量。因此我决定，每年播种的分量只跟上年一样。希望这分量已能为我提供足够的面包之类。

在我做这些事的时候，你可以肯定，我曾多次向往我所见过的海岛那一面的风光。我心里并非没有一些秘密想法，希望到那里的海岸去。我幻想着能在那里见到大陆，见到有人居住的土地，能想出办法去到更远的地方，说不定还终于能找出逃脱的办法。

但是在那整个时期里，我都没有容许自己考虑那种环境下的危险：我有什么样的危险落到野蛮人手里？我说不定有理由相信，那比我在非洲见到过的狮子、老虎还可怕得多。一旦落到他们手里，就会有被杀死，甚至被吃掉的危险，逃脱的机会还不到千分之一。因为我听说过，加勒比海海岸的人是吃人肉的，或者叫食人生番。而我从纬度知道我距离那海岸并不远。而且，即使不是食人生番，他们也可能杀死我。许多落到他们手上的欧洲人都遭到过那样的命运，即使他们人数多达一二十个，比我多得多了。我只有一个，所能做出的抵抗非常微弱，甚至做不出。这一切，我说，我都应该认真考虑。以后也确实考虑过。起初我倒并没有害怕，脑子里只有一个很强烈的念头：到那边的海岸去。

现在我非常想念我的小跟班祖瑞，也想念那艘挂羊肩胛帆的长艇——我就是驾着那长艇沿着非洲海岸航行了一千多英里的。但是，想也白想。然后，我又很想去看看破船上那只小艇。我说过，它在风暴里被冲到了岸上很远——那还是我们第一次遭难的时候。现在它大体依然躺在当初的地点，只是因为海浪和风的作用，略微转了点方向，差不多是底朝天靠在起伏不平的沙滩的高起的山梁上。还和以前一样，周围没有水。

如果我有助手和我一起把它修好，送到水里，那小艇倒是很可以用的，我还可能相当轻松地回到巴西。我估计，我要是能有力气把它翻了过来，大概也就连岛子都能搬走了。不过，我还是去森林里砍来了杠杆和滚木，弄到小艇旁边。我决心努力试试。我心想，只要能把它翻过来，修补它所受到的损害就容易了。修补好就是一艘很好的小艇，坐了它下海并不费事。

我确实没有怕吃苦，我狠狠地苦干了一番，却都是白费力气。我大体白花了三四周时间，最后仍然发现：凭我那点小小的力气我是无法翻动它的。我又使劲挖掘它下面的沙土，想在掏空之后，让它掉下来——同时用木料伸在它下面引导。

我全都做了，它依然纹丝不动，杠杆插不到它下面去，更无法往前推它下水。这样，我只好再一次放弃了。不过，我虽然放弃了对小艇的希望，去陆地冒险的欲望却不但没有减少，反而增加了，虽然似乎不可能找到工具。

12　我给自己造了一只独木舟

　　这问题终于让我思考起一个办法来：我能不能给自己造一只独木舟呢？（或叫"匹拉呱"，也就是那一带的原住民虽然没有工具，甚至可以说没有人手，而用大树的树干剜成的东西。）我认为这不但可能，而且容易。我甚至沾沾自喜，因为能想出这办法；因为我的有利条件比任何黑人或印第安人都要多得多。但是我根本没有考虑到我所面对的特殊不利，那可是远远超过了印第安人的。就是说：即使船做成了，我也缺乏人手把它推到海里去。这困难可是比他们缺少工具更难克服得多的。就是说，即使我在树林里找到一棵大树，费了很大的力气把它砍倒，用我的工具剔掉外面的枝丫，砍成船的形状，然后用火或刀掏空内部，剜成了船，即使这一切我都做了，我也还只好把它留在那里，无法送进海里去。那么，这东西对我又有什么用呢？

　　人们可能以为，在我做这独木舟时，心里完全没有思考过自己的环境。我本是应该立即考虑到怎样把船送到海里去的，但是我的思想太集中到坐船下海的航行了，完全没有想怎样让它离开陆地。从本性上看，我更容易考虑的确实是划了它在海上走四十五英里，而不是在陆上让它从躺着的地方走四十五英寻①下到海上，漂浮起来。

---

① 英寻：长度单位，等于六英尺。

我就像这样开始做起了独木舟，像一个有史以来的最大的傻瓜。我的一切感觉都迷糊了，只为自己的设计得意，从没有考虑过是否能办到。下水的问题倒是常在我脑子里出现，可我却用一个自作聪明的愚蠢回答挡住了对这问题的探索："先做了再说，做成之后，我保证能想出办法弄走它。"

这是个最荒唐的做法，但是我迫切的幻想占了上风，于是我就干了起来。我砍倒了一株雪松。我有个大问题：所罗门在耶路撒冷修建神庙的时候有没有雪松可以用？那雪松在树干下半靠近树根的地方直径是五英尺十英寸；到二十二英尺的顶端，直径是四英尺十一英寸。那以后缩小了一段，然后分出枝丫。我是花了极大的劳动才砍倒它的。又花了二十天在底部砍劈加工。再花了十四天，砍光了撒开的大树冠上的大小枝条。我用的是大斧和短斧和无法描述的苦干。然后再花了一个月时间砍出了模样，让它比例适当，差不多像船底，可以端端正正地浮在水上，像应该的那样。清理掉它的内部又差不多花了我三个月工夫，把它挖成了一只地道的船。我办这事只用了木槌、錾子和艰苦的努力，没有用火。我终于做成了一艘很漂亮的"匹拉呱"，很大，可以坐上二十六个人，因此也可以装下我和我所有的货品。

工程结束了，我真是欢天喜地，那船确实比我平生所见过的用一棵树做成的独木舟或"匹拉呱"都大了不少。你可以肯定，它花去了我许许多多的艰辛的劳作。现在只剩下了一个问题了：送进水里去。对此，我并不怀疑，但是我打算的船行很可能是历史上最没有头脑、最难办到的。

我所有的送船下水的办法都失败了，虽然花了我无穷的劳动。它离开水面大约一百码，不会更远。第一个麻烦是：从它通向河淀是上坡。为了对付这扫兴的麻烦，我决定在地面上挖个斜沟。于是动起工来，花了非常艰苦的劳动。那倒无所谓，眼看解放就到眼前，谁还会怕艰苦呢？可是，困难克服了，沟挖成了，问题还是问题：这个独木舟也和我那只小艇一样，动弹不了。

然后我量了量地面的距离，决心修建一道船坞，或是运河。既然无法把船放下水去，我就设法把水引上船来。行，我就干了起来。我算了算我需要挖多深、多宽、多长，挖掉多少土方。这才发现：凭我一个人手上这点力气，没有十至十二年工夫，这活是完不成的——河岸高，那一头至少就得挖二十英尺深。这计划我也只好放弃了。

我非常丧气。现在我才看出：没有事先计算好花费，估计好自己的干活儿能力，就贸然动工，会是多么愚蠢——虽然觉悟已经太迟。

在进行这项工程的日子里，我度过了上岛后的第四年。我也用和过去同样的虔诚和同样的自我安慰纪念了这个日子。因为通过经常地学习上帝的指示，认真实行，加上上帝恩情的帮助，我有了和过去不同的体会。现在我把世界看成了一个辽远的东西，与我已经无关，我对它不再期待，事实上已经不抱希望。一句话，事实上世界跟现在的我已经没有了关系，看来以后也不会有。于是我认为它就是我们以后可能认为的样子，就是说，一个我曾经居住过，但是已经离开的地方。我很有理由使用我的祖先亚伯拉罕对财主说过的话说："在你我之间有深渊限定。"①

首先，我在这里就离开了世界上的一切罪恶。我既没有肉体的贪欲，没有视觉的贪欲，也没有生活里的骄傲。我没有贪求对象，因为我能享受的我都有了。我是整个庄园的主人，或者说，只要我高兴，就可以让自己成为我所占有的土地的国王或皇帝。我没有对手，没有竞争者，没有人挑战我的权威和号令。我有可能生产出一船船的粮食，但是我拿它没用，因此只生产很少一点，只要够我用就行。我有足够的乌龟或甲鱼，但我要用掉的也只是偶然的一只。我的树木足够让我建造一支船队，船队建成，我还有葡萄为它酿造出足够的美酒，晒制成足够的葡萄干。

但是我能使用的东西也才是有价值的东西。我已经有了足够的东西吃，满足我的需要，其他的东西对我还能有什么意义呢？如果我杀生得来肉我吃不了，也就是给狗吃，给虫子吃了。如果我种植的粮食自己吃不完，也就只好坏掉了。我砍倒的树只好躺在那里腐朽，除了当作燃料，我拿它再也没有用处。而当燃料也就是做做饭菜而已。

① 见《圣经·新约·路加福音》第 16 章 26 节。

一句话，经过公正的思考之后，天性和经验向我宣布：世界上一切好东西，在供使用之外，对我们已经不再有好处。我们能够积累起来给别人的，我们也都自己尽量享用了。情况就是这样。世界上最悭吝最贪婪的守财奴，到了我的处境，他那病就可以治好。因为我有的东西比我不知道如何消耗的东西多得太多。我没有容纳欲望的空间，除非是我没有的东西。而我欲望的也全是些小东西，虽然事实上对我非常有用。我已经提过，我有一口袋钱，还有黄金和白银，大体值三十六个金镑。天呀！那可厌的可叹的没有用的东西就躺在那里，和我没有任何关系。我常常自己想，我就很愿意为买一篓①烟斗或一个手磨而花去一大把钱。不，为了买值六个便士的英格兰白萝卜和胡萝卜种子，为了一把豌豆胡豆和一瓶墨水，我也愿意花一大把钱。事实上那些钱对我就没有丝毫的方便和好处。它们就躺在那里，躺在一个抽屉里，到了雨季因为洞里潮湿而长霉。即使我那抽屉里塞满的是钻石，情况也一样。对我都没有用，因此也就没有价值。

　　现在我已使生活比开始时轻松多了，在心灵上和身体上都如此。我常常怀着感恩的心情坐下来吃肉，并礼拜上帝的神恩的手，因为它在荒野里为我摆开了盛筵。我学会了只看生活的光明的一面，而不看黑暗的一面；我只考虑我享受到的，而不考虑想得到的。这有时给我很多无法表达的秘密安慰。这种安慰我在这儿也注意到了。我希望那些心怀不满的人也注意到。他们不能愉快地享用上帝已经给他们的恩赐，是因为他们还眼望着、觊觎着上帝没有给他们的东西。在我看来，我们因为自己所缺少的而感到的不满，都是因为对已经获得的东西缺少了感恩之情。

　　还有一个反思对我很有用处，对其他有可能落入同样的困境里的人，也无疑会很有用处。那就是：把现在的处境和我原来担心可能的处境做个比较。不，是跟完全可能出现的处境做个比较——如果上帝没有发出神奇的命令，让那船被冲到更靠近岸边的地方，使我不但可以上去，而且可以把那么多东西搬上岸来，救济我，给我安慰，我就

---

① 一篓：十二打，即144个。

会缺少了劳动的工具，自卫的武器，和获得食物的火药和枪砂。

我花去一个一个的小时，不，可以说是整天整天的日子，用最鲜明的色彩为自己描述，如果我没有得到船上那些东西，将会怎么样。我甚至有可能除了鱼和鳖得不到任何食物。而且由于我找到鱼和鳖都是很久以后的事，我肯定是早就死去了。即使没有死，也就成了个野蛮人；即使我用什么办法打到了一只山羊，或是一只鸟，我也没有办法切开，把皮和肉分开，和内脏分开，切成小块。只能像野兽一样用爪子撕，用牙啃。

这一类反思使我意识到了上帝对我的种种恩惠。我为自己目前的处境而衷心地感谢上帝，虽然受过许多痛苦和折磨。在这一部分我还得建议在苦难里埋怨"我为什么这么苦"的人想一想比他们痛苦得多的人。想一想如果上帝认为恰当，他们可能痛苦到什么程度。

我还有个想法。这想法以希望安慰了我的心灵，把我目前的处境和我应有的处境，也就是上帝之手有理由给我安排的处境，进行了比较。我曾过过一种可怕的生活，完全缺少对上帝的理解和敬畏。父母原给了我很好的教育，从小就培养了我对上帝的虔诚的敬畏和责任感，让我知道了我生命的本质和目的对我的要求。可是，天呀！我很早就陷入了航海生活，在一切生活里那是最不敬畏上帝的生活，虽然上帝的恐怖老在他们面前展现。我陷入了航海生涯，落入了航海的人群。我本来就不多的一点点宗教情绪都被和我一起吃饭的人嘲笑掉了。那种对危险的顽固的蔑视和死亡观在我身上已成积习。因为除了和跟我一样的人来往，我长期就接触不到别的人，没有别的交谈机会，听不到善意的言谈或带有善意倾向的话。

一切善良的东西我都太少，对于自己已经是什么样，以后会怎么样，也都浑然不觉。在我获得最大的解救时，比如从撒利人手下跑掉，被葡萄牙船长从海里救起，在巴西获得了那么好的安排，接到了从英格兰送来的东西的时候，我都没说过一句"感谢上帝"的话——没有想过，更没有说过。即使遭遇了最大的痛苦，我也没有想起过说一声"主呀，怜悯我吧"。没有，甚至连上帝的名字也没有提起过，只有在咒骂和亵渎神灵时例外。

连续好几个月，我都在心里进行着可怕的反省。这是我在前面讲过的，在我生活在邪恶和顽固里时就讲过的。我看看周围，考虑到在我来到这里之后，上帝对我的种种特殊照顾，给了我那么丰富的赐予。不但没有对我的邪恶给予足够的惩罚，反倒给了我充裕的财富。这就使我有了巨大的希望，认为自己的忏悔已经被接受，上帝还储备了慈悲等待着我。

怀着这种反思我下定了决心，不但要为我目前处境的管理服从上帝的旨意，甚至要衷心感谢上帝。就因为我至今还活着，我就不应该抱怨。我看见了，我并没有因为自己的罪孽而受到应得的处分，却享有了上帝那么多在我的处境里没有理由希冀的眷顾。我再也不该为自己的处境忧伤了，相反，我倒是应该欢欣，为每天的面包感谢天恩。那是只有通过一系列奇迹才能带来的。我应该认为自己是被奇迹养活着。那奇迹跟用乌鸦养活了先知以利亚①的奇迹同样伟大。不，我本身就是一长串奇迹。在世界上我可能被扔进的没有人居住的荒地里，就提不出一个对我更有利的处所。在这里，我没有人来往。从这方面看，那是痛苦，可我也因此没有遇见馋嘴的动物、凶残的豺虎，威胁我的生命；也没有有毒的食物让我吃了受到伤害；也没有野蛮人来杀掉我，吃我的肉。

一句话，我的生活一方面是悲惨的，另一方面也受到了怜悯。我不缺任何东西就可以过舒适的生活，只要我理解上帝对我的善意，有他在这环境里照顾我，每天安慰我就行。在我正确地改进了这一切之后，我就摆脱了灾难，再也没有悲伤过。

现在我在这儿时间已经很长，我弄上岸来的东西，有的已经用掉，有的已经用去了许多，差不多快没有了。

我说过的，我的墨水就用了相当久了。只剩下一点点，我又兑了点水用，又再兑了水，直到太淡，在纸上几乎就看不见黑影了。只要

---

① 用乌鸦养活了先知以利亚：见《圣经·旧约·列王纪（上）》第17章4~6节。"于是以利亚照着耶和华的话，去住在约旦河东的基立溪旁。乌鸦早晚给他叼饼和肉来，他也喝溪里的水。"

还能写，我就要记下时间，某月某日我遇见了什么值得注意的情况。首先，在回忆过去的时候，我发现在我获得的天恩之间有一种奇怪的日期上的巧合。如果我有迷信倾向，把日子分作不幸和幸运两类的话，我就很可能有理由怀着巨大的好奇看待它们。

首先，我观察到，我为了到海上去而离开父母和亲友去赫尔的日子，跟我后来被撒利人的军舰抓去做了奴隶的日子相同。

我从雅尔茅斯的近岸锚地遭到海难的破船里逃出的日子，和多年后开了小船逃离撒利的日子也是在一年之中的同一天。

我是 9 月 30 日出生的。二十六年后我的生命在同一天神奇地获救，被扔到这个海岛上。因此，我这邪恶的生命和我这孤独的生命都是在同月同日开始的。

仅次于我墨水的消耗的，是我面包的消耗。我指的是我从船上弄到的饼干。我对它管理得非常细致。一年多来，每天只吃一片，可到我自己种出粮食之前，也已经差不多一年没有吃到面包。我有很充分的理由为还能得到面包感激上帝。我已经说过，那差不多就是个奇迹。

我的衣服开始严重地破败。至于衬衫嘛，我已经很久没有了——我在别的海员箱子里找出的几件格子花衬衫例外。我把它们小心地保存了起来——我已经很多次除了衬衫没有别的东西穿了。我从船上的男人服装里，找到了几乎三打衬衫。事实上还留下几件海员穿的厚守望服。可是天太热，不能穿。虽然事实上天气热得厉害，并不需要穿衣服，我仍不能光着身子过日子。不行，虽然很想，却办不到，也受不了那想法。虽然我只有一个人。

我不能完全光着身子，原因是不太能赤身裸体地承受太阳的酷热。那跟穿了衣服就是不同，我受不了，高温常常晒得我起泡。穿上衬衫，空气有点流动，就比光了身子凉快了一倍。我也没有法子不戴帽子顶着酷热的太阳出门。这地方阳光的酷热直接照到我没帽子的头上，我马上就会头痛，吃不消。但是，一戴上帽子，头就不痛了。

鉴于这些，我又开始考虑整理我那几件破烂了——那破烂我还叫衣服。我的背心全穿坏了。现在，我的任务是使用现有的材料，把我身边的守望服改成背心。于是我开始当起了裁缝，事实上是补起了破烂。我的活做得太蹩脚，可我还是凑凑合合做了两三件新背心，希望能穿较长的时间。至于裤子嘛，后来我也确实做成了几条能凑合着穿的。

我说过，我把打到的四条腿动物的毛皮保留了起来，用杆子撑开，放到太阳下晒干了。这一晒，有好些已经太干太硬，能做东西的很少。也有一些却似乎非常非常有用。我用毛皮做的头一件东西是一顶用来遮蔽阳光的翻毛大帽子，做得很不错。随后我又为全身作了毛皮衣服，也就是一件背心和一条长到膝盖的裤子。两样都很宽松，因为都不是为了保温，而是为了保凉。我不得不承认我做得非常难看。因为，如果说我是个蹩脚的木匠的话，那么我就是个更蹩脚的裁缝。可我毕竟做了出来，可以凑合着穿了。出门时遇见雨，我的背心和帽子的毛翻在外面，就能保持身上不湿。

这以后我又花了很长的时间和精力，给自己做了一把伞。我确实极为需要伞，非常想做一把。我在巴西见过做伞。在那里的酷热里非常需要。我觉得这儿的酷热跟那里完全一样，甚至因为更接近春分线，还要热些，何况我还必须经常出门。伞对我是非常有用的，晴天和雨天都有用。为做伞我受了不知道多少苦，做一个可以捏住的把手就费了我很长的时间。不，就在我自以为想出了主意之后，也还做坏了两三根，才终于做成了一根大体上可以用的。我发现的主要问题是：放不下来。我可以做得能撑开，但如果能撑开却收不起来，就不能带了出门了——只好撑开在头顶，那当然不行。不过，正如我所说，我做了一把管用的。外面铺上兽皮，毛向上，像屋檐，既能挡住雨，又能有效地挡住阳光。这样，我在最炎热的季节也就可以出门了，比以前在最凉爽的日子出门还要方便。不需要的时候，就收起来，夹在腋下带走。

这样，我过起了非常舒服的日子。我的心完全服从上帝的旨意，我的身体完全匍匐在上帝的安排面前。我的生活胜过了有社交的生活。在我为没有说话的机会感到遗憾时，我就问我自己：像这样跟自己的思想彼此问答（我希望可以这么说），像这种跟上帝对话（做真情的祷告），这种最高的享受，难道不胜于人世间最好的交往吗？

那以后的五年，我不能说出有过什么不寻常的事。我只照那条路在同样的地点以同样的方式像以前那样过日子。除了每年种植大麦、稻米和晾晒葡萄干的劳动，和每天带枪出门之外（两件事我都只做到足够储备一年的吃食为止），我的主要工作就是造一艘独木舟，而且终于做了出来。这样，我挖了一条六英尺宽四英尺深的运河，差不多半英里长，通到了那里，把独木舟划进了河淀。我那第一艘独木舟过于庞大，我应该事先考虑清楚的，却没有，贸然做了出来。我怎么能把它送进海里呢？于是，因为无法送它下水，也无法引水到它那里去，我只好让它躺在我做成的地方，作为备忘录，教育我下一次要放聪明点。事实上，这一次我虽然找不到合适的树木，引水到达那里也至少有半英里远，却终于觉得有可能做成。我是个从不放弃的人，于是，花了两年工夫做了出来——在我终于有希望有一艘船让我出海时，我是不会吝惜劳动的。

不过，我的小"匹拉呱"虽然做成了，大小却和我在制造第一艘独木舟时的意图完全不同。我原是想冒险到那边的陆地去的，去那里大约有四十英里。因此，独木舟太小也就帮助否定了那计划。现在我已经不再想了。但是，我既然有了船，我下一步的计划就是环绕海岛转上一圈。因为我曾经到过那一面的一个地方（我前面说过，是横跨海岛去的），那次小小的旅行在那里的发现，使我非常想看看另一面的海岸。现在有了船，我就只想一件事：绕海岛环行一周。

为了这一目的，也为了谨慎周到地办好每一件事，我就在船上竖立起一根小桅杆，在我所保存的船上的许多帆布里选了一张作帆。

桅杆和船帆都安装好，试了试船，觉得它可以航行得很好。于是我又在船的两头各做了一个箱子或柜子，用来放食物、必需品和火药器械之类，不让它们被雨或海浪弄湿。我还在船里剜出一个小空处，再做了张帘子挂下来，保持干燥。

我还把我的伞像桅杆一样插在船头一级上，遮住我的头，像遮阳篷一样，挡住太阳的高温。这样我就不时地到海里转上一会儿。但是我从不远行，不离开小河淀太远。但是最后，我急迫地想看看我的小王国的范围，就决心跑上一趟。于是我准备好了食物，就上了路。我放了两打面包（我叫它大麦饼），一陶罐烘烤大米（那是我吃得很多的一种食物），一小瓶糖蜜酒，半只羊。还有火药和枪砂，准备再打点食物。还带了两件守望服（我在前面谈到过的，是从海员箱子里救出来的），一件垫着，好躺下，一件在晚上睡觉时盖。

我登上王位（或是当上俘虏，听您的便）的第六年，11 月 6 日，我的这次航行就出发了。我发现航行时间比我估计的要长得多。因为岛子虽然不是很大，但是船开到东面时，却出现了很长一道暗礁。它伸进海里约有两里格长，有的露出水面，有的淹没在水下，再外面还有一道没有水的浅滩，增加了半个里格的路。为了绕过这个海角，我不得不往大海远处开。

刚发现暗礁的时候，我曾经打算放弃努力回家，于是下了碇——我用一个从船上找到的破抓钩做了个锚。

船固定之后，我拿起枪，上了岸，爬上了一座似乎可以鸟瞰那海角的小山。我在那里看到了那海角的全局。却又决心冒一冒险。

在我从自己所站的山顶俯瞰大海时，我看见了一道湍急的，事实上是汹涌澎湃的海流，往东面流去，直接流到了海角边。我更仔细地观察了它，因为我看到那里可能有某种危险。我的船如果进入了那急流，我就有可能被它的水势卷进大海，再也无法回岛。事实上，我如果不是先爬上山去看了看，我相信后果就会如此。因为那一面的水流也同样湍急，只是往更远的距离外流了去。而我在海岸下又还见到了一个强大的涡流。因此，我是什么事都不能做了。因为我躲开第一道急流，就会马上卷入涡流。

可是，我在那里一待就是两天，因为那风，带了相当大的劲往东南偏东的方向吹，跟我所说的那水流方向相反，在海角上引起了碰撞激荡。因为有那急流，我就既不能靠海岸太近，也不能离它太远了。

第三天早晨。由于头天晚上风力已经减弱，海面平静，我开始了冒险。但是我再一次成了那些无知的航海冒失鬼的前车之鉴。因为我刚到那海角，离海岸还不到一个船的距离，就发现自己进入了深水区，急流就像磨坊里的水槽，用湍急的水势把我的船带走了。我的全部本领也就是把船控制在急流边上。可我却发现它带着我离我左手的涡流越来越远。没有一丝有助于我的风，我用桨所能做的已经没有意义。

现在我觉得自己已经完了。因为海岛两面都有急流，我知道几个里格距离之后它们就会汇合。到时候我就无可救药地完了。我看不到避开的可能性。我眼前除了毁灭，已没有希望。不是因为海，海倒是平静的，而是因为饿，会饿死。我在岸上确实见到过一个乌龟，大得我差不多抱不起，我把它扔到了船上。我还有一大罐淡水——就是我烧的那种陶罐。可这些，在被冲进汪洋大海的危险面前，又有什么意义呢？一到那儿就至少是几千个里格没有海岸，没有陆地，也没有海岛。

现在我看见上帝要把最让人痛苦的环境变得更痛苦是多么容易了。我回忆起我那荒凉的孤岛，简直就觉得那是人世间最幸福的地方。我的心能期待的全部快乐只是回到那里去。我怀着迫切的愿望向它伸出双手，"啊，幸福的荒原呀！"我说，"我再也见不到你了！""啊，可怜的人呀，"我说，"我会去到什么地方呀！"然后，我就深深地责备起了自己，因为我那不知道感恩的脾气，因为我对那孤独的环境的抱怨。而现在，只要我能够上岸，回到那里，我是无论什么东西都愿放弃的！我们就是这样，在见到反方面的教训之前，从来看不清自己的真正处境。在失掉享受着的东西之前，从来就不知道珍惜。这时候我那深沉的惊讶之感确实是难以想象。我从我深爱的海岛上被赶了出来（这似乎是我当时的感觉），来到差不多两个里格之外的茫茫大海里，完全没有了重新得到它的希望。不过，我还在拼命努力，尽量把船往北开，走向靠近涡流的海流，事实上已经被弄得筋疲力尽。可就在接近正午，阳光经过天顶的时候，我脸上却感到了一丝微风，是从西南偏南方向吹来的，这让我心里快活了一点儿。尤其在又过了半小时左右后，竟然刮起了飓风，虽然不算强烈。这时候我已离开海岛一段可怕的距离。没有云，没有丝毫雾霭阻挡视线。可我又从另一方面失去了希望。因为我船上没有罗盘，只要我望不见海岛，就完全不可能知道怎样往海岛行驶。但是天气仍然晴朗，我努力拉起桅杆，扬起风帆，尽可能避免北行，卷进那道海流。

正当我竖起桅杆、扬起风帆催船前进的时候，我却从水流的清澈看见了海流的一种变化在往我靠近。海流湍急的地方水是浑的，但是我看见水变清了，海流缓和了下来。很快，我又在东面大约一英里的地方看见大海被一些礁石分隔了开来。我发现那些礁石把水流分成了两股。主要的一股力量更往南去，把岩石留在了东北方向。而另外一股受到礁石的激荡，形成了一个巨大的涡流，倒回来往西北流去，非常湍急。

有过已经踏上绞刑架的楼梯却获得了赦免的经验的人，有过快要被强盗杀死却得到了营救的经验的人，有过这种极端的体验的人，是可以猜想到我那时那意外的狂欢达到了什么程度的。在我把船开进那个涡流里时，我心里是多么快活呀。风力在加剧，风帆迎风展开，风送着船欢乐地行驶，脚下还有巨大的海潮和涡流助威。

这个涡流在直接送我回海岛的路上推我走了大约一个里格，往北又送我到了比当初水流带我所到之处更北了两里格的地方。到靠近海岛时，我发现自己面对的却是海岛北岸。就是说，到了海岛的另一头，和我离开海岛的地点方向相反。

在我借助这道海潮或涡流的力量又走了大约一里格时，我发现它的作用消失了，不能再推我前进了。可我仍然发现，处于那两道巨大的海流之间，就是说在送我匆匆南去的海流和大约一里格以北的另一道海流之间，在这两者之间，在海岛后面，我发现海水至少还是平静的，没有流动，而且有些对我有利的微风，我坚持往海岛方面驶去，虽然不像以前那样寻找新路。

下午4点左右，我来到了靠近海岸约一里格的地方，发现了造成我这次灾难的那串礁石的顶尖。如我描写过的，往南方伸出，逼得海流更往南走，当然就在北面形成了涡流。我发现这涡流很湍急，但是并不完全走我要走的路。我要往西去，它却几乎流向正北。不过，有了一场有力的飓风，我就穿过了这道涡流，往西北斜行。大约一个小时后来到了海岸附近一里格左右。那里的水势平稳，我很快就上了岸。

我一来到岸上就跪倒在地，感谢上帝解救了我。我决心把依靠小船获得解救的思想放到一边，吃了些带来的东西，清爽清爽，再把船开到岸边我在树下发现的一个小湾里。然后，我躺下来就睡着了。这次航行的紧张和辛苦早已使我筋疲力尽。

现在我却非常茫然了，不知道靠我这小船走哪条路回家。我已经冒了太多的风险，情况也知道得太多，不敢再考虑原路而回，也不敢想那一面（我指的是西面）会是什么情况。我不知道，也没有再冒险的心思。因此我在早上就决定沿着海岸往西走，看看我是否能找到一个河淀，安全存放我的小帆船，到我需要时再来取。我沿着海岸航行了大约三英里，进入了一条很好的小河，或小湾。我在那里为我的小船找到一个很方便的港口，它躺到那里就会像躺在专门为它修筑的小码头上一样。我开了进去，把船非常安全地处理好后，再上岸去看了看周围，看看我到了什么地方。

我很快就发现，我刚过了曾到过的一个地点——我在步行时曾到过那海岸——不远的地方。于是我除了枪和伞，没有从船里拿任何东西就走掉了。因为天气特别热。经过了那样的航行之后，那一趟步行可是够轻松的。晚上，我到达了老凉亭，在那里发现一切都跟我离开时完全一样——我总是把东西放得整整齐齐，因为我前面说过，那是我的乡间别墅。

我翻过栅栏，在树荫里一躺下就睡着了——我太疲倦了。但是，读到我这故事的人，请你们判断一下（如果可能的话），在一个声音连续几次喊叫我的名字，把我从梦中惊醒时，我会惊讶成什么样子？"鲁滨，鲁滨，鲁滨·克鲁索，可怜的鲁滨·克鲁索，你在哪儿呀，鲁滨·克鲁索？你在哪儿呀？你到哪儿去呀？"

起初我睡得非常死，因为那一天上半天划船（也叫用桨吧），下半天又走路，我并没有完全清醒过来。只是半睡半醒地蒙眬着，还以为是梦见谁在对我说话呢。但是，那声音还不断地叫，"鲁滨·克鲁索，鲁滨·克鲁索"。我终于更清醒了些。开始时我还吓了一大跳，然后才心惊胆战地翻身爬起。但是，眼睛一睁开，我就看见我那宝儿站在树篱顶上，也就马上明白了过来：原来是它在对我叽叽喳喳。因为只有我才常常用那种莫名其妙的语言对它说话，也教它说话。它学得那么地道，可以站到我的手指上，用嘴甲对着我的脸大叫，"可怜的鲁滨·克鲁索，你在哪儿呀？你到哪儿去了呀？你怎么又回来了呀？"和我教过它的这一类话。

不过，虽然我知道那是鹦鹉，不可能是别的，我也是好一会儿才回过神儿来的。首先，我很惊讶，它怎么会飞到那儿来了？其次，它怎么还停留在那附近，没有飞到别的地方去？不过，因为那不可能是别的，而是我那诚实的宝儿，我仍然很满意。我平静了下来。宝儿，那善于交际的家伙，飞到了我面前，按照老习惯，站到我拇指上，继续跟我说话："可怜的鲁滨·克鲁索！你到哪儿去了呀？你怎么又回来了呀？"仿佛又见到了我，有几分喜出望外似的。于是我带了它跟我一起回到了家里。

13 我改进技术

我已经在海上的漫游里花了一些时间，现在有的是事情做，足够我安静地坐下来好多天，反思我经历过的危险。要是能把我的船弄到海岛这一面来，我会很高兴。但是我知道，要办那事并不现实。至于我曾绕过一趟的海岛东面的危险，我也明白并不是好冒的。一想起来，我的心就紧缩，血也变凉。而海岛的另一面呢，我也不知道可能是什么样子。但是，假定那边的海流经过时也用同样的力量冲击东边的海岸，我也可能遇见同样的危险，和上回一样，被海流沿着海岸卷走，冲到远处。这样一想，我就只好满足于没有我那船了。虽然为了做它，我花了好多个月的劳动，为了把它送到海里，花了更多的工夫。

我就像这样管住了自己的脾气，过了差不多一年，过着一种非常平静的、退隐的生活。这你很可以估计到。由于服从上帝圣恩的安排，我的思想极为稳定，对我的环境感到充分的安慰，我觉得自己确实一切都非常幸福，虽然没有亲友。

这一回我在所有的技术上都有了改进，那是现实的需要逼迫我学习的。我相信我到时候就可以成为一个优秀的木匠了——尤其是考虑到我多么缺少工具。

此外，我的陶器也做到了尽善尽美，很出我的意外。我使用了轮子，做了很好的设计。这一来我就发现，轻松了不知道多少，也好了

111

不知道多少。因为我做出了很好看的圆形的东西——以前做出的看来可真寒碜。但是我觉得，在我的一切成绩里，最令我高兴，甚至得意的是：做出了烟斗。虽然刚出来时样子难看，很笨，而且跟别的陶器一样，只能烧成红色。但是它硬邦邦的，很结实，很好抽，让我舒服极了——我一直就有抽烟的习惯，那船上的烟斗也有的是，可那时我忘了取来，因为不知道岛上有烟叶。那以后我再上船去找，却是一个也找不到了。

我的柳条筐也改进了许多。我做了许多必要的篮子筐子，按我的发明编。虽然不是那么漂亮，但是用来放东西或拿东西回家却很方便，很管用。比如，我在外面打到一只山羊，就可以把它挂到树上，剥下皮，去掉内脏，再切割成若干块，用篮子拿回来。乌龟也一样，取出蛋，割下一两片肉，用篮子背回来，剩下的就扔掉。深而大的筐子是装粮食的东西，粮食一干，我就搓下来晾好，用大筐子装起来。

现在我注意到我的火药消耗已经相当严重，这种缺口可是无法弥补的。我开始严肃地思考起没有了火药怎么办的问题，就是说我要用什么办法打到山羊。在我到来之后的第三年我说过，我养过一只小羊羔，养大后我曾希望找到只公羊，但是没办法弄到。后来羊羔就变成了老羊，我也不忍心杀它，就让它老死了。

但是现在，我在这儿已经十一年了。我说过，我的火药越来越少了，我就考虑用夹子或网套的技术，看看能不能抓住个活的。我特别希望能捉到一只怀孕的母羊。

为了这个目的，我做了网套。我相信它们曾经不止一次被网住，但是我的网套不结实，因为没有铁丝。我总是发现网套给挣破了，诱饵却给吃了。

最后，我决心试一试陷阱。我找到我经常发现山羊吃草的地点，在地上挖了几个大坑。在坑上摆好自己做的树枝架，压上重物。好几次，我放上了大麦穗和稻穗，却没有安装机关。我很容易就发现山羊掉进过坑里，吃掉了粮食——因为我在坑里见到了羊蹄印。最后，我在一个晚上安装了三个陷阱，第二天早晨去看，却见机关都没有动，都是吃掉诱饵跑掉了。这事很叫我泄气。不过，我还是换了陷阱和办法——细节就不讲了。有天早晨去看时，有一个陷坑里有只老山羊，另一个坑里有三只羊羔，一公两母。

对老山羊我不知道怎么办。那东西很凶猛，我不敢到坑里去捉，就是说，不敢活捉它——我要的是活羊。我可以杀掉它，但那不是我想做的事，也达不到我的目的。于是我把它放出来，让它跑掉了，它也仿佛吓糊涂了。当时我没有想起一个后来才想起的道理：狮子挨饿也听话。如果我让它在坑里待上两三天，没有吃的，然后送点水去给它喝，再给它点粮食，它也得像小羊羔一样听话。因为只要处理得体，它们都是非常明智、容易收拾的动物。

不过，我那时就让它跑了，我还不知道更好的办法。那时我就来到三只羊羔面前，一只只地捉了出来，用绳拴到了一起，牵回了家。

它们好几天都没有吃东西。但是我给它们扔了点美味的粮食，那东西能够引诱它们。它们开始听话了。这时候我发现，到了没有了火药和枪砂的时候，如果还想吃羊肉，唯一的路子就是自己驯养羊羔。那时候我说不定可以把它们养在自己家附近，就像绵羊。

但是我马上想起必须把驯养的羊和野生的羊分开，否则它们一长大就会跑掉。唯一的办法就是弄一片土地，用围篱或栅栏把它们有效地包围起来，不让里面的溜出去，也不让外面的闯进来。

对于一双手来说，这可是一件大工程。但是我明白那是绝对必要的措施。我的第一项任务就是找到一片适当的场地，那里得有牧草给羊吃，有水给羊喝，还有阴凉处所为它们挡住太阳。

我找到了一片非常好的地方，能满足这些要求，可懂得这种围场的人却明白我太缺乏头脑。我选的是一片开阔的平坦的草地，或者叫稀树草原（那是西方殖民地的叫法）。那里有两三条清澈的小溪，另一头还有葱茏的树木。我说，如果我告诉人们，我估计用这种办法圈地至少得有两英里长的树篱或栅栏时，他们一定会笑的。我这想法并不疯狂，因为即使十英里长，我也似乎有足够的时间完成。可我没想到的是：范围那么大，我的羊就会成为野羊，仿佛能在整个海岛上乱跑。我想要追上它们可就永远也办不到了。

我开始栽树篱了，栽了大约五十码，我突然想起一个问题，立即停了工。我决定第一次只建造一个长一百五十码、宽一百码的围场。这地方在一定的时间里就可以饲养适当数目的羊。等羊群扩大之后，再给围场增加面积不迟。

这倒是谨慎行事。我鼓起勇气干了起来，我在第一块地上栽了大约三个月树篱。在完成之前我已经把三只羊羔拴在最好的草地上，让它们尽量在我身边吃草，和我处熟。我还常常带些大麦穗或是抓一把谷子，让它们在我手上吃。因此，在我的围场完工之后，把它们放掉，它们也总跟着我跑来跑去，咩咩地叫，讨谷子吃。

这就达到了我的目的。大约一年半之后，我得到了一群羊，大大小小约有十二只。再过了两年，我已经有了四十三只——选出来杀死吃掉的还没算。那以后我就分头圈了五片地来养羊，带有小羊栏，需要时就可以赶进羊栏去捉。还有大门，使围场之间彼此相通。

这还不够。我现在不但有了羊肉，而且有了羊奶。在开始时这倒是我没有想过的，而等到我想起来的时候，那可真是个愉快的惊喜。现在我已经建立起了奶场，有时候一天就能挤到一两加仑羊奶。而赐予每个生灵食物的大自然甚至顺理成章地命令我学会了怎样利用。因此，我这个从来没有挤过牛奶，更不用说挤羊奶，也没有见过做奶油奶酪的人，终于很干脆很方便地学会了奶油和奶酪的制作技术。以后，这类东西就再也没缺少过了。

伟大的造物主对待他的生灵多么仁慈！即使在那样的情况之下，在他们觉得自己已被毁灭压倒的时候，他又是怎样在最苦味的安排里赋上了甜蜜的呀！他让我们有理由因为地牢和监狱而赞美他。在这个我除了毁灭什么都看不见的荒原里，他为我准备的是什么样的盛宴呀！

一个斯多葛派[①]学者若是看见了我和我的小家庭坐下来进餐，怕是会哑然失笑的。这里有国王陛下，全岛的主人，他掌握了对全岛臣民的绝对权利。可以杀，可以挤，可以关，可以放。我的臣民里就没有叛逆。

---

① 斯多葛派：希腊哲学学派，公元前 380 年芝诺创立。认为人不应为情感所动，应把一切看作神意或自然法则，坦然接受。大体即为禁欲主义者。

然后再看看我是怎么样像国王一样独自用餐的吧。我周围有臣仆服侍。有宝儿，它似乎是我的亲信，唯一准许和我讲话的人。有我的狗，现在很老了，古怪了，没有找到对象繁衍种族，总坐在我右手边。还有两只猫，桌子两边，一边一只，守候着给它们扔点吃的，那是特别恩宠的表示。

可这已经不是我当初弄上岸来的那两只了。那两只早就死了，是我亲手埋葬在我这住处附近的。其中有一只不知道和什么样的东西交配了。这两只就是我保存下来的后代，再驯养的。别的，都野生在树林里，后来终于给我带来了麻烦。因为它们有时会跑进我屋里来打家劫舍，直到我终于开枪，杀了好多只。最后，它们走光了，只留下这两只伺候我。我就这样过着养尊处优的日子，除了伙伴，什么都不缺。而即使伙伴，不久以后我也觉得似乎太多。

我说过，我有点急躁，很想使用我那独木舟，虽然我非常不愿意再冒险。于是我有时就坐在那儿想办法，想把它弄到海岛的这一边来。有时候又老坐着，满足于没有它。但是我心里有一种奇怪的不安，很想到那海角去。我说过，我上次漫游时曾在那里爬到山顶观察过海岸的布局和水流的方向，为的是看看我该怎么办。这种欲望在我身上一天天地增加了。最后，我做出了决定，从陆路步行去那里。我就沿着海岸走了起来。如果在英格兰有人遇见我这样的人，即使没有吓一大跳，怕也会大笑个没完。由于我常常站下来望望自己，我就想：如果我就像这样一身穿着，全副武装，在约克郡招摇过市地走，我一定会忍不住笑的。请看看鄙人这副尊容：

戴了顶不成形象的高帽子，是用山羊皮做的，后脑勺还耷拉下一片，既是为了遮住阳光，也是为了不让雨水流到脖子上。在这样的地区，没有比雨水流进衣服浸湿身子更有害健康的了。

穿一件山羊皮短褂，下摆垂到大腿的一半。一条山羊皮裤子，露膝盖的。是用一张老山羊皮做的，毛很长，垂到腿弯两边，就像马裤。没有袜子，也没有鞋，可我为自己做了一双半高筒靴一样的东西，我几乎不知道该怎么叫它，像防泥绑腿一样拴在腿上。样子非常野蛮——我身上的服装全都如此。

115

系一条山羊皮的宽皮带，没有皮带箍，用两条带子拴紧，吊在两面，像刀环，挂的却不是匕首或剑，而是一把小锯子和一把短斧，一边挂一样。我还有一条皮带，没有那么宽，拴法相同，挎在肩膀上，下面吊两个口袋，也是山羊皮做的，一个挂火药，一个挂枪砂。背上背了个背篓，肩上挎的是枪。枪上面是我随身带的仅次于枪的最重要的东西，一把又丑又累赘的山羊皮雨伞。至于我的脸嘛，不太像人们估计的样子，颜色事实上不像白黑混血儿——因为我住在靠近春分点九到十度的地区，又不注意外表。我曾经听任胡子生长，长到了四分之一码长，我的剪刀和剃刀都很多，就把它剪短了。嘴唇上的例外，我把它剪得像回教徒的大八字胡，就像我在撒利见过的某些土耳其人蓄的那种——土耳其人蓄，摩尔人不蓄。我倒不说我那大胡子长到可以挂帽子，但是那样子和长度也够呛的，到了英格兰准能吓坏人。

　　不过这都是题外的话。因为关于我的形象，观察我的人太少，不会有什么影响，我就不多说了。我就是凭这一副模样重新走上旅行的路的，一出门就是五六天。开头，我是沿着海边往我最初停靠过船的地方去，想到那些岩石上去。现在我不必担心船了，走了一条近一些的路，上到了我去过的山顶。在那里向那伸展出去的礁石海角望去——我不能不从那里折回来的。我吃了一惊，发现那里的海上风平浪静，并不比别的地方多一点风浪、波涛或急流。

　　我奇怪了，不明白是怎么回事。我决心花一点时间观察，看是否是潮汐影响的结果。但是，我立即明白过来：那道急流是从西边过来的退潮与岸上的某条大河的急流交汇而成的，再被从西面或北面来的风一猛刮，就更往岸边靠近，或离岸更远了。我在那里一直等到黄昏，再爬上了那岩石。那时退潮正开始，我清清楚楚望见了那道急流，跟以前一样滚滚奔腾，只是因为离开海岸近了半里格，便往更远的地方冲去了。而我当初的情况是：急流更靠近海岸，把我和我的独木舟一起卷走了。时间不同了，情况就变了。

　　这次的观察使我深信，我没有别的事可做，只能服从潮水涨退的活动，那样我才有可能把我的船轻轻松松地带回岛去。但是我刚开始想到动手，一种严重的恐怖却袭击了我的情绪。我想起了曾经遭到过

116

的危险，却是再也无法忍受了。于是我做出了一个相反的决定，一个虽然辛苦得多，却更为安全的决定：我倒不如重新制作，或者修建一艘"匹拉呱"，或独木舟。在海岛的这一面有一艘，另一面还有一艘。

你应该明白，我现在在海岛上已有了两个种植园（我可以这么叫它们）。一个是我的小城堡，或者帐篷，在岩石下，墙壁环绕，身后还有个石窟。这时那石窟已经扩大成了几个分部，或叫分窟。窟中有窟。其中一个，也是最干燥最大的，还有一道门不经过城堡墙壁就通向外面。里面放满了我讲过的大瓮大罐，每一个可以装到五六布什尔粮食。我的食物就是放在那里面的，尤其是粮食。有的是从麦秆上割下的穗子，有的是我用手搓下的谷粒。

至于我的墙壁嘛，我说过，是用长树桩，或栅栏组成的，都长活了，像树一样，这时已经长大，撒开了枝叶，谁也看不出背后还有人居住。

在我的住处附近，略远处较低下的地方，有我的两块粮食地。我一直耕耘得不错，按时播种，到了季节总会给我收获。我需要更多的粮食的时候，我也在附近照样搞点土地。

除了这里，我还有我的乡间别墅，那里也是我相当不错的庄园。因为第一，我有我那小凉亭（我是那么叫它的），我总好好地修葺着它。就是说，把围绕它的树篱保持在一定的高度。梯子总放在树篱里。那些树最初只有我的树桩高，现在已经长得很壮很高了。我对它们总是细心修剪，想让它们撒开生长，长得枝叶茂密，野气森森，成为更加宜人的绿荫。它们果然按我的想法长成了。我的帐篷永远在绿荫正中——帐篷是在几根杆子上搭了风帆构成的，从来不需要修葺或重建。我做了一个便床，或叫卧榻，放在帐篷底下，铺上我打到的野兽毛皮和其他柔软东西，盖上我抢救回来的海上舱位的毛毯，还有一件厚重的守望服可以盖。有时我离开了主要住处，就到乡间别墅来玩。

靠近乡间别墅就是我的牲口（也就是山羊）牧场，我花了难以想象的辛苦才把这片土地用篱笆包围了起来。为了保持它的完整我还常常放心不下，怕的是山羊会闯破篱笆。因此我一直不肯罢手，直到我花了无穷的精力在树篱外打了一圈密密匝匝的小桩为止。那些小桩与其说是树篱不如说是栅栏，几乎连手都插不进去。等到树桩成活（下一个雨季它们全都会成活的），就会让围篱结实得像墙壁。事实上比墙壁还更结实。

这就证明了我并没有空闲，只要是支持我过舒适生活所需要的，我都要办到，不怕艰苦。因为我认为，在手边养一种驯顺的家畜，就是养了一个活仓库。只要我还住在这里，它们就可以为我提供肉、奶、奶油和奶酪。哪怕我再活四十年也如此。但是要养到我能随手拿到，就必须把栅栏建造得很完美，保证把羊群养在一起。而事实上我用现在这个办法已经做到了。这些栽得密密匝匝的小树桩，已经成活，有时还得拔掉几根。

我还在这个地方种上了葡萄，我存放到冬季的葡萄干主要就依靠它。我总是把它精心保存起来，那是我整个食谱里最好吃的美味。事实上不但是美味，而且很营养，有益于健康，何况还是头等的清爽提神。

由于这个地点大体就在我的另一个住处和我存放独木舟的地点之间的正中，我去我那小船时一般就在这里停留和睡觉。因为我常去看我的船，把放在船上的和船上本身的东西整理得井井有条。有时候我也开了船出去消遣消遣，但是不再做冒险的航行，离开海岸不会到扔两次石头的距离。我吓坏了，怕海流、海风或是其他意外又把我带到我不知道的地方去。可是现在，我又来到了一种新的生活场景。

14　我发现了人的脚印

有一天快正午时，我往我的独木舟走去，却大吃了一惊，在海岸上发现了一个人的赤脚脚印。地点在沙滩上，看得清清楚楚。我惊呆了，像挨了雷打，像见了鬼。我仔细地听，往四面八方看，什么也没看见，也没听见。我爬到一个坡上往更远处望。我跑上海岸，又跑下海岸，可都一样，除了那个脚印，什么迹象都没见到。我又去到脚印面前，看还有没有脚印。又观察会不会是我的幻想。但是，那种可能性是没有的。因为那确确实实是一个人的脚印。拇指、后跟和脚板的每个部分都有。我不知道它是怎样到了那里的，而且根本无法想象。我急躁，紧张，做了无数个设想，却只好迷迷糊糊地往碉堡走去，跟失去了理智的人一样。我感觉不到脚下的土地，但是害怕得要命。我每走两三步就回头望一望，把每棵灌木每棵树都看作一个人，把远处的每根树桩都看作一个人。在我的想象里出现了多少离奇古怪的恐怖形象，每一瞬间在我的头脑里都闪出许多荒诞念头、许多无法解释的形象。那感觉简直无法描述。

我一回到了我的城堡，就急忙往里面钻，像有人追赶一样——那以后我似乎就一直叫它城堡了。我是按当初的设想用梯子爬过去的，还是从石窟那个我叫作门的洞跑进去的，我都不记得了。不记得了，连第二天早上的情况都不记得了。我逃进这个隐居处时那种惊惶恐怖，即使是受惊后往窝里蹿的兔子或狐狸都比不上。

那天晚上我没有睡觉，距离恐惧来源越远，我越害怕。这表现和这类问题的性质刚好相反，尤其违背了一般生物在恐惧时的正常反应。但是，我对那东西的恐怖反应使我非常狼狈。除了恐怖的幻想，我脑子里并没有构成任何念头，虽然我现在离它已经很远。有时候我认为那一定是魔鬼，这想法还受到我的理智的支持，因为，人形的东西怎么会到了那里呢？送他去那里的船又在哪儿呢？那里还有别的脚印吗？那里怎么可能有人呢？但是再一想，撒旦化作人形，到那地方去（它没有道理去的），除了在身后留下脚印，没有别的目的（因为他可以肯定我能见到它），也是没有道理的。这是魔鬼要吓唬我的另一种方式，我以为魔鬼要吓唬我的方式可以很多，用不着用这样一个孤零零的脚印。还有，我住在岛子的另一面很远，他决不会那么简单，在一个地方留下个脚印，而我能见到它的机会只有万分之一。何况还留在沙上，大风刮来，第一次海浪就会把它全抹掉。这一切，从道理上既说不过去，跟我们对魔鬼的阴险狡猾的一般印象也不一致。

这一类的道理非常多，也说服了我，不让我害怕那是魔鬼了。于是我立即得到结论：那一定是什么更危险的生物，就是说，是从我对面的大陆来的野蛮人。是驾了独木舟到海上转悠，闯到那儿来的——是被海流卷来的，或是被逆风吹来的。他们上了岛，来到海岸，又回海上去了，不愿在这荒凉的海滩上逗留——我要是他们，大概也同样会走掉的。

这些念头在我心里翻腾时，我产生了一种非常感恩的思想，很高兴我那时没在那里，或者是他们没看见我的船。否则他们就会断定那地方有人住，也许会更进一步来搜查我。然后，可怕的念头又袭击了我的想象：他们可能发现我的船，认为那里有人。那样的话，我肯定会把他们招惹了来，而且人数更多，想来吃我。要是他们没找到我，却找到了我的围栏屋子，他们就会毁坏我的粮食，抢走我养驯了的羊群。到末了我就得饿死。

我的恐惧就像这样赶走了我的宗教希望，赶走了我对上帝的信心——那信心是我从神奇的经验里获得的，是以上帝的善心为基础的。

现在，我失去了信心，仿佛一直用奇迹养活着我的上帝已是无力维护他给我提供的一切了似的。我谴责自己只图轻松，种的粮食只打算够一年吃用，好像就不会遇见意外，让我吃不到地里收获的粮食似的。我把这看作一种自责，决心以后先种出两三年的粮食再说。那样，无论出了什么情况，我也不会因为没面包吃而饿死。

人的生活是上帝的什么样的奇迹呀，它黑白交错！那随着环境的变化而冲带着我们的感情匆匆前进的，是什么样的秘密流泉呀？我们今天心爱的明天就成了仇恨的东西；今天追求的明天就成了回避的东西；今天渴望的明天就成了害怕的东西，对，甚至是害怕得发抖的东西。这就是此时此刻在我身上体现的感觉，那感觉难以想象的生动。我的唯一痛苦就是从人类社会被赶了出来，孤苦伶仃，与世隔绝，周围是无边的海洋，过着我所说的无声无息的生活。我是个似乎被上天认为不配算活人的人，一个不配在上帝的子民之间露面的人。让我看见我的同类就像把我从死人提级成为活人，是上天可能赐予我的最高祝福，仅次于灵魂的超度。我说，我现在看见了人就应该恐惧得发抖！我随时都有可能因为有个人，或人影，默默地踏上了这海岛而吓得往地里钻。

人的生命的不平衡状态就是这样。在我从最初的惊讶回过神来以后，它让我进行了许许多多离奇的反思。我认为这是有无穷的智慧与善心的上帝为我决定的生活状态。由于我不能够预见神圣的智慧做这一切安排的最终目的，也就无法和他的权威争辩。我是他的生灵，他天生就有按照他认为恰当的方式绝对地统治我和处理我的无可怀疑的权力。而由于我是个开罪于他的可怜的生灵，他就同样有天然的权力按照他认为合适的方式惩罚我。而我的责任就是接受他的憎恶，因为我对他犯下了罪孽。

然后我又想，上帝不但是公正的，而且是全能的，既然他认为应该这样惩罚我和折磨我，他也就有可能解救我；既然他认为不应该解救我，我的无可怀疑的任务就是让自己在他的意志面前绝对地完全地俯首认命。而在另一方面，我还有个义务：对他怀着希望，向他祷告，平静地接受他的圣意对每一天的命令和指示。

这些思索占去了我很多个小时，很多天，不，我可以说是占去了我很多个礼拜，很多个月。这个时期我的沉思默想还产生了一个我不能忽略不谈的特殊效果。那就是，有一天早上很早，我躺在床上满肚子狐疑，想着有野蛮人出现的危险——我发现那叫我非常心烦意乱。这时《圣经》上的一句话进入了我的思想："在患难之日求告我，我必搭救你，你也要荣耀我。①"

　　于是我欢欢喜喜地下了床，心里不但得到了安慰，而且受到指引和鼓励。我真诚地祷告上帝，求他搭救我。我做完祷告拿起了《圣经》，翻开来读，在我眼前呈现的第一句话就是："要等候耶和华，当壮胆，坚固你的心，我再说，要等候耶和华。②"这句话所给我的安慰是无法描述的。我怀着感恩的心情放下了书，再也不难过了，至少那时不再难过了。

　　有一天在我沉思、忧虑和反省的时候，忽然想起：那一切都有可能只是我自己的一种狂想。那脚印有可能是我自己的，是我自己离开独木舟上岸时留下的。这也叫我快活了一些，我开始让我自己相信那只是一种幻觉。我既然可以从那里去独木舟，为什么不可以从那里回来呢？我还考虑，我不能确切地说明我踩过或没有踩过什么地方，万一那终于是我自己的脚印，我就扮演了一个傻瓜的角色，用妖魔鬼怪的故事吓唬人，却弄得自己比别人更害怕了。

　　现在我鼓起了勇气，再次看向了外面的世界，因为我已经三天三夜没有敢离开我的城堡，开始没有东西吃，挨饿了。因为我屋子里除了大麦饼和水，食物很少。那时我还知道我的羊需要挤奶了。挤奶常常是我黄昏时的消遣。我那可怜的宝贝因为没有挤奶已经很痛苦，很难受。事实上那几乎伤害了几只羊，它们的奶几乎干了。

　　我相信那不是别的，而只是我自己一个脚印。因此，我确实可以说是被自己的影子吓坏了。这样，我就让自己快活了起来。又开始出门，去到我的乡间别墅挤羊奶了。但是，如果有人见到我那一步一回

① 见《圣经·旧约·诗篇》第 50 章 15 节。
② 见《圣经·旧约·诗篇》第 27 章 14 节。

头，老打算扔下背篼逃命的畏缩样子，谁也会觉得我是在受良心追捕的。要不就是最近被什么东西吓得魂不附体了。事实也果然如此。

不过，我像这样下去过两三天，什么都没有看见之后，胆子也大了一点，觉得事实上没有事，一切都是我的想象。可是，在我下到海边去看过那脚印，用脚比过，看像不像、合不合，肯定是自己的脚印之前，我也还不能完全让自己相信。可在我到了那里之后，我首先就明显地觉得，在我存放独木舟时，我怎么样也不会去到海滩的那个方向。其次，我用自己的脚量了量那脚印，发现我的脚远远没有那脚印大。两个问题又让我的脑子里充满了新的想象，让我脑子混乱得不可开交了。于是我又像发疟疾一样冷得发抖。回到家里，我完全相信了有一个人或是一群人去过那里。简单说：岛上有人住，我可能受到突然袭击，我不知道用什么办法保证自己的安全。

一个人被恐惧攫住时，会做出多么可笑的决定呀！那会使他忘记了理智给予他的可以拯救他的东西。我第一个想到的是：把围栏拆掉，把羊群赶到旷野和树林里去，不让敌人在发现之后，再到岛上各地去搜寻类似的东西。然后，我想到一个简单问题：把粮食地挖掉，不让他们在这儿发现这类粮食，引起兴趣，然后不断来骚扰。再就是毁掉我那凉亭和帐篷，不让他们发现有人居住的迹象，进一步来搜寻，找出居住的人。

这就是我回到家里后的第一夜的冥思苦想的主题。蹂躏过我思想的旧的恐惧重新出现了，我的脑子又像以前一样糊涂了。在我看来，对危险的畏惧甚至比危险本身要可怕一万倍。我们发现，忧虑的压力比我们所忧虑的问题的压力大了许多。而比那更可怕的却是：我在这里得不到我在服从命运时常常得到的解脱——解脱才是我所希望的。我就像不但抱怨非利士人攻击了他而且抱怨上帝离开了他的扫罗一样[1]，没有用适当的办法镇定自己的情绪，在痛苦中向上帝呼喊。我没有和以前一样，依靠上帝的眷顾，来保卫自己，寻求解放。如果我那样做

---

[1] 见《圣经·旧约·撒母耳记上》第28章15节：撒母耳对扫罗说："你为什么搅扰我，招我上来呢？"扫罗回答说："我甚窘急，因为非利士人攻击我，神也离开我。"

了的话，我在这新的意外面前，至少是能得到更愉快的支持，更坚定地坚持下去的。

这种思想上的混乱使我通夜无法入睡，但是我在早晨却睡着了。由于心灵的疲倦，意志的安慰，精力的枯竭，我睡得非常熟。醒来时，我比以前平静了许多。现在我开始冷静地思考，跟自己进行了最后的辩论。结论是：这个海岛是个果实繁茂、欢乐愉快的地方，距离大陆并没有我所见到的那么远，也不是我所想象的不会有人到来的地方。虽然没有明确的居民居住，有时也会有船只从海外到来。他们或者是专门来的，或者是并不想来，却被逆风刮了来的。

现在我在这儿已经住了十五年，却连最依稀的人影也没有见到过一个。即使有时有人被风浪刮到这里，也很可能是一有机会就走掉了。到目前为止还没有人认为这地点适宜于长居。

我能设想的最大的危险，是大陆上的人偶尔在海岸边挣扎着上了岸。他们很可能是被违背了意志送到这里来的，因此也就以最快的速度走掉了，没有停留。因为怕错过了涨潮和白天的机会，很少在岸上过夜。因此我也就用不着做别的，只需要考虑一个安全的隐蔽地点就行了。看见有野蛮人在那里登陆，就到那隐蔽地点躲起来。

现在我开始懊悔把我的洞挖得太大了，还开了一道门——那门，我说过，是从城堡和山崖连接处以外穿过的。因此，经过了深思熟虑，我决定再加上一道同样是半圆形的围栏。它和我的墙壁有一定的距离，就在我十二年前栽种过双排树篱的地方。那时那树栽得很密，只需再打进些桩子，就更厚更结实了。这墙壁很快就可以完成。

现在我有了一道双层的墙壁。外墙还是用木料、旧缆绳和我能想到的东西加厚过，加固过的。上面有七个大体能伸出手臂的小洞，我在那里面把墙壁加厚到十英尺左右。办法是不断把泥土从洞里运出来，堆到它脚下，在上面踩踏实了。我的设想是在七个洞里放上步枪。我注意到从大船上弄回来的步枪共是七支。我把它们像大炮一样放进框子里，固定起来，像车架一样。这样我就可以在两分钟之内就发射七枪。这墙壁我花了好几个月辛苦的劳动完成了，在完成之前一直都觉得提心吊胆。

这工作完成，我又在我那墙壁外的土地上栽满了树桩、树枝或柳条一样的树（我发现它很能生长，而且结实），四面八方栽得很远，我相信很可以栽到两万株。在它们和我的墙壁之间留下很宽的空间，让我能够望见敌人。如果他们想靠近我，也不能够靠小树隐蔽自己。

这样，我在两年之间就在我的城堡之外蓄成了一圈密密的丛林，又结实又粗壮，确实是无法通过，无论是谁也想象不出那丛林之外还会有什么东西，更不用说住房了。没有了通道，我给自己安排的进出道路是两架梯子。一架靠在一块低矮的岩石上，另一面还有一架。这样，两架梯子撤掉之后，就没有一个活着的人能落到我身边而不受罪了。而且，即使落了下来，也还在外墙外面。

我就像这样采取了人类可能采取的措施，把自己保护了起来。以后我们还终于可以见到，这一切并不是完全没有道理的。虽然那时我除了恐惧逼我做的事之外，什么也没有预见到。

我在办这些事的时候，也没有完全忽略别的工作。因为我很关心我那一小群羊。不但目前在需要时不用消耗弹药就有越来越充分的肉和奶的供应，而且不必为猎取野物奔波劳累。这些好处我都很不舍得放弃，更不愿重新开始养羊。

我经过长时间考虑，只想出了两个办法保护羊群。一个是另找个方便的地方，挖个地洞，每天晚上把羊关进去。另一个是再围出两三小片土地，彼此距离很远，尽可能地隐蔽。每一处养六七只。这样，即使大群出了问题，我也还可以不费多少工夫和时间就养出新的羊群。这个办法虽然费事，却还是最合理的，我觉得。

于是我花了一点时间，在岛上最偏远的地区选定了一个最中意的地方。那里非常隐蔽，是密林环绕中的一片低洼湿地。我前面说过，我从东部找路回来时，在那里几乎迷过路。我在那儿发现了一片平地，差不多有三英亩，森林环绕，几乎就是一个天然围场。至少用不着再花我在其他围场上所花的苦功培植。

我立即在这片土地上干了起来。不到一个月，我就把它用围栏围住了，我那现在已经不像以前那么野性的牲口（或者羊群，不管你怎么叫都行）在里面已经够安全的。因此我不再耽误，就把十只母羊和

125

两只公羊关到了里面。它们进了围栏以后，我还继续改进围栏，让它跟另外的围栏同样安全。不过，我做得更从容一些，费的时间也多得多了。

　　所有这些工作我都是因为看见了一个人的脚印，感到畏惧，才做的。因为直到那时为止，我还没有见到过一个人影靠近过海岸。现在，我已经这样日夜不安地过了两年。这让我的日子远远不如以前轻松愉快了。这情况，理解长期生活在对人的畏惧里的滋味里的人，是很容易想象的。而且，我还要痛苦地指出：我这种心灵的不安对我的宗教思想产生了巨大的影响。因为对于落到野人或食人生番手里的恐惧对我的情绪影响太大，我发现自己很少产生向造物主求救的心情了。至少灵魂里已没有过去常有的那种心平气和听凭命运主宰的感觉。我只在为危险包围，每天晚上都担心天亮前就会被杀死、吃掉，感到巨大的心理压力和痛苦时才向上帝祈祷。根据我的体验，我必须指出：平静、感恩、挚爱、真情的心境要比恐怖、不安、烦乱的心境更适宜做祷告得多。有了害怕灾难降临的提心吊胆的情绪，人是更宜于在病床上忏悔，而不宜于向上帝祈祷、寻求安慰的。因为烦乱不安所影响的是心灵，而其他情绪所影响的却是肉体。而心灵的不安也肯定摧残着肉体，而且更加严重。向上帝的祈祷正好是心灵的行为，而不是肉体的行为。

15 我在海岸上看见森森白骨

再继续说吧。在我像这样隐藏好我的一部分羊群之后，我又到全岛去游逛，想另外再找些秘密地点，再隐藏一部分羊群。和以前不同的是，我这一回是往岛子西面的尽头走。我往海里望时，觉得在很远的地方看见了一只船。从我在船上捡回来的海员箱子里，我找到过一两架望远镜，可惜都没有带在身边。而那船又似乎太远，我不知道该怎么估计，虽然我盯着它望，望得眼睛都几乎吃不消了，仍然不知道它是不是船。但是，我从山上下来时，它已经看不见了。我也只好放弃了。却决定下次在出门时，口袋里一定要塞进望远镜。

我来到海岛尽头，下了山坡，那地方我以前确实没有到过。我立即相信在海岛上发现人的脚印也并不如我想象的那么稀罕。我被抛弃到海岛上野蛮人从来不光顾的东头，倒是上帝的特别眷顾。我应该很容易知道，从大陆来的独木舟，在来到离开海岸稍远的地区时，急忙往海岛的这一面开来，寻找海港，原是寻常不过的事。同样，因为他们常常彼此相遇，因而在船上对打，胜利者抓到俘虏，就带到这里的海岸边来，也是常事。而他们都是食人生番，于是按照可怕的习俗把俘虏杀死了，吃掉了。这也是寻常不过的事。这个，我们以后还要讲到。

我走下山坡来到海边时（我上面说过，这里是西南尽头），我可是大吃了一惊，吓了个魂不附体，心理上那个恐怖呀，简直就无法形容。我看见岸上堆满了骷髅头、手骨、腿骨和人类的其他部分的白骨。我尤其是注意到一个烧过火的地方，地下挖了个圆形的坑，像个斗鸡场。估计那些凶狠的野蛮人就是坐在那里拿同类的肉摆开了没有人性的筵席的。

　　这一片景象令我大惊失色，很久都没有意识到它可能给我带来的危险。我的全部恐惧都被这种地狱般的凶残和关于人的天性的堕落思想埋葬掉了。那种凶残我虽听说过，却从没有这样逼近地见过。一句话，我转开了脸，不敢看那恐怖景象，胃里直翻腾，几乎晕了过去。这时，大自然解除了我胃里的难受。一番剧烈的呕吐之后，我才好过了一点。但是，我在这里一秒钟也待不下去了。我以我最大的速度爬上山坡，往我的住处走去。

　　在我离开了海岛的那个部分稍远之后，我才站定了一会儿。等到惊魂稍定，我才以最深沉的发自灵魂的真诚抬起头来，满面流泪地感谢上帝。感谢他当初把我放在了世界的这个地区，却把我跟这些可怕的动物分开了。使我觉得虽然我目前的处境很悲惨，却还能在悲惨中获得许多安慰，使我有更多的理由感恩而不是抱怨。尤其是，即使在这样的悲惨的环境里，还让我知道上帝，也知道还有得到上帝保佑的希望，从而获得安慰。这是一种欢乐，不但足以抵消我所遭受到的，或能够忍受的一切痛苦，而且绰绰有余。

　　带着这种感恩的心情，我回到了我的堡垒。现在我觉得在安全问题上比以前轻松多了。因为我观察到，这些野蛮人从来不到这岛上来寻找他们可能得到的东西。说不定是没有寻找，是因为并不缺少，也不以为能在这里找到什么。毫无疑问，他们到过密林覆盖的地区，却没有找到过想找的东西。我在这儿已经差不多十八年，一点人类的迹象也没有发现过。我知道只要我不对他们暴露自己，我还可能再待上十八年，仍然和现在一样完全隐蔽。我也没有理由暴露自己。我唯一要做的，就是把自己的住处对他们彻底地隐蔽起来，只有在发现了比食人生番高等的人类时，才向他们暴露自己。

　　但是我非常憎恶我谈到的那些恶劣的食人生番，也憎恶他们那恶劣的自相残杀同类相食的风俗。我继续深思，感到难过。那以后我几乎有两年都把自己关闭在圈子里（也就是我的城堡和森林里那乡下别墅里——我也叫它凉亭）和森林中的圈地里。我照顾那些地方，不是作其他的用途，而是作为羊圈。因为上帝给了我对那些恶魔般的野蛮人的强烈的憎恶，我非常害怕见到他们，就像害怕见到魔鬼本身一样。在这整个的时间里，我就没有去看过我那独木舟。我反倒有了一个想法：另外做一只。因为我再也不敢有把另外那只独木舟绕过海岛弄回来的打算，怕的是在海上遇见那些家伙，落到他们手里。我知道那命运将是什么样子。

不过，时间和自满情绪（因为我没有被他们发现的危险）开始消磨起我对野蛮人的不安。我又以原来的沉静方式过起了日子，只是有了一点不同：比以前更谨慎了，眼睛老往四面八方打量，怕的是被他们看见。对开枪也特别小心了，怕的是他们有人上岸听见。因此，我深感自己繁殖了一群温驯的羊是上帝对我的最大恩典，因为我用不着再到森林里去打猎，去对羊开枪了。那以后我即使也捉到过羊，使用的也是以前的办法：设陷阱或下网套。因此我相信，在那以后两年我一次枪也没有开过，虽然出门时总带着它。还有，我从船上拿回来三支手枪，我往往是三支都带着，至少带两支，插在羊皮腰带里。另外，我还把我从船上拿来的一把短弯刀收拾好了，做了根皮带，挂在身上。现在我出门时，看上去已是个威风凛凛的家伙了——如果你看了我刚才描述的两支手枪，再加上我用皮带挂在身边的没有刀鞘的大刀的话。

如我所说，日子就这样过了下去，过了一段时间。除采取了这些预防措施以外，我回到了以前的平静安稳的生活。这一切都似乎越来越让我明白：和别人比，我的条件离悲惨已经很远。不，在很多生活细节上，上帝为我的安排原是有可能更痛苦的。这又使我深思：无论在什么情况下，为了感谢圣恩，人人都愿和处境不如自己的人比较。这样，人类也就不会有多少悔恨了——和超过自己的人比，总会促使人嘟哝和抱怨的。

在目前情况下，我并不缺少什么。事实上我认为我对那些野蛮人的恐惧和自我保护的关心，已使我失掉了搞改进生活的发明的热情。

我放下了一个已经琢磨了很久的设计。那就是：看看能不能把大麦做成麦芽，为自己酿出啤酒来。事实上这是个异想天开的念头。我常常因为头脑简单而责备自己。我立即看出，我缺少了好几样东西，那都是制造啤酒必不可少，而我又无法提供的。比如首先：装酒的酒桶。我已经说过，那东西我做不出来，虽然我曾花过好些日子做，不，是好几个礼拜，好几个月，而终于失败。其次，我没有啤酒花防止细菌，没有酵母发酵，也没有铜缸铜壶让它沸腾。不过，即使在那时，我也肯定相信，只要不受干扰（我指的是对于野蛮人的担心和恐惧），我早就干起来了，说不定还完成了。因为我只要脑子里有了干一件事的念头，都是不肯罢休的。

但我现在的发明走的是一条完全不同的路。我日日夜夜想的都是怎么样摧毁几个在残酷的血腥宴会上的魔鬼，如果可能，还救出被带到那里去吃掉的人。或者至少使那些家伙不再到这里来。我设计过的种种办法（更准确的是，出现过的思想）若是都写下来，怕会写成好大一本书，比我现在这书还大。可这一切都流产了。什么计划都不会有效果，除非我亲自到那里去办。他们可能来上二三十个人，还带上标枪或弓箭，而且投与射都很准，跟我用枪一样。我一个人单枪匹马，能有什么作为呢？

有时候我还设想，在他们烧火的地点下面挖一个坑，放进五六磅火药。他们一点火，就把附近的一切全炸毁。可首先，我很不愿为他们花费那么多火药，我现在的火药储存量已经不到一桶。而且没有把握火药能在某个使他们意外的时刻爆炸。而我最担心的是，爆炸的作用太小，火焰只从他们耳朵边飘过，吓他们一跳，并不能让他们放弃这地点。于是，我放弃了这念头，又设想到某个方便的地方去埋伏起来。三支枪里都放上两倍的火药，等他们那血腥的仪式进行到中途，有把握能一枪打死打伤一两个时，就对他们开枪，然后拿起三支手枪和一把战刀对他们直冲下去。我认为没有问题，即使他们有二十个，我也能杀个精光。这幻想好几个礼拜都叫我得意，满脑子都是它，做梦也常梦见，有时候还在梦里对他们开枪。

我在想象里走得很极端。我花了好几天时间为自己寻找合适的埋伏地点，正如我所说去进行了观察。我多次去到那地点，对那里已熟悉多了。我满脑子都是这样的复仇念头，如我所说，一把刀子一场血战，砍死他二三十个。我在现场所见到的恐怖和野蛮人彼此相食的惨象，降低了我的蓄意谋杀感。

好了，我终于在一个山坡边找到了一个满意的地点，我可以在那里安全地等候，直到望见他们的船只到来了。那时候，还不等他们上岸，我就悄悄地钻进矮树丛——那里有一片小洼地，刚好把我隐蔽得严严实实。我可以坐在那里观察他们的血腥活动，等到他们距离很近，我的射击几乎不可能失误时，就瞄准他们的脑袋开枪，第一枪准能杀伤他们三四个。

我决定在这儿实行我的计划。我为两支步枪和那支常用的鸟枪做了准备。我在步枪里上了两枚大子弹，还放了四五枚小子弹（手枪子弹大小）；我在鸟枪里灌了差不多一把枪砂（接近最大号，用来打天鹅的），每把手枪里也上了四颗子弹。我就以这种姿态为我的出征做好了准备。

在我像这样为计划做准备，在想象里实行的时候，我每天早上都老远爬到那山顶上去。那里离我的城堡（那是我的叫法）大约三英里，也许更多。我到那里去观察，看是否能在海上见到船只往海岸靠拢，或是在附近碇泊。但是，我连续观察了两三个月，完全无所发现，我不禁厌倦于这麻烦的任务了。在那整个时间里，只要是我的望远镜能望见的方向，不但在海岸上和海岸附近，而且连整个海上，也都完全没有发现过船只。

在我坚持每天去那边海岸观察的时间里，我一直保持了我的设想的活力。对于赤身裸体的野蛮人的罪行我完全没有思考过，我只想杀死他们二三十个，而我的精神状态也似乎很适应那类凶残的行为。那只是因为那恐怖的场面使我的情绪燃烧，让我想象着那里的人那违背自然的风俗而已。上帝在以他的智慧安排世界的时候，似乎认为那些人除了自己的令人憎恶的堕落的情绪之外，再也没有别的指导力量，于是放任他们进行那种可怕的勾当，接受那恐怖的习俗，而且说不定已让他们多少个世代如此——那是只有上天完全放弃的天性和地狱般堕落的行为才能导致的后果。可是现在，正如我所说，在我厌倦了那种长期的徒劳的奔波（每天早上白跑那么多路）之后，我开始改变了对自己这行动的看法。我开始用冷静平和的思想考虑自己打算做的这事的意义。我是凭什么权威的委托或号召去扮演法官和行刑人的角色的？我又是凭什么把那些人当作罪犯处理的？那些人可是连上帝都认为正常，过了无数个世代，并没有受到过处分的呀。他们还对彼此做着上帝旨意的执行人。这些人对我有过多大的伤害？我有什么权利去参加他们之间的血淋淋的斗争？我常常跟自己这样辩论："上帝对他们那些个别事例是怎样判断的，我怎么能知道？这些人肯定不是把那当作犯罪的。那并不使他们的良心感到不安，也没有让他们受到理智的谴责。他们并不觉得那是犯罪，是违背了神圣的正义。他们跟我们不同。我们几乎是一杀人就意识到那是犯罪的，他们却不觉得杀战俘比杀牛是更大的罪过；并不觉得吃人肉比吃羊肉是更大的罪过。"

这问题我考虑了一段时间之后，得出了必然会得出的结论：我肯定错了。这些人并不是我思想里所谴责的那种杀人犯，他们并不比常常处死战场上的俘虏的基督徒更像杀人犯。而更常见的是：基督徒把整支整支的部队都一律砍了脑袋，并不宽贷，虽然那些人已经缴械投降。

其次，我还想起，尽管野蛮人彼此对待的方式像野兽一样，很不人道，可那事实上跟我没有关系，他们并没有伤害我。如果他们企图伤害过我，或者我认为有必要直接进行自卫还击，那也还有点道理。可我并没有落到他们手里；事实上他们并不认识我，因此不会对我有什么意图。那么，我向他们进攻就不可能是公正的了。我的这种行为只会为西班牙人在整个美洲大陆的种种野蛮活动辩护，他们在那里毁灭的这类人数以百万计。不错，那些人是偶像崇拜者，风俗里有一些血腥的野蛮的仪式，比如拿人的身体作为牺牲，向偶像献祭。可他们在西班牙人面前是无辜的。把他们从他们的土地上绝灭的事，即使现在的西班牙人自己谈起来，也不免怀着最强烈的鄙弃和憎恶。欧洲其他的基督教国家也都认为那是地道的屠杀，是在上帝和人的面前都无法辩解的、血腥的、违背自然的残忍活动。为此，就连"西班牙人"这个名字，在各国人民和基督教徒的同情心面前也都成了恐怖与狰狞的代号。仿佛西班牙王国在培养出一个没有温情原则，对苦难民族全无同情心的民族方面，做出了特别突出的成就。而同情心是被普遍看作宽厚心灵的标志的。

这种种想法确实停止了我的活动，可以说完全停止了我的活动。我开始一点一点地放弃了我的计划。我得出结论：我做出的进攻野蛮人的决定是错误的。只要他们没有先进攻我，我干涉他们的事就是多管闲事。我的工作应该是：只要可能，制止他们。但是如果我被发现了，受到了攻击，我就知道我的责任了。

我也在另一方面跟自己争辩：这办法事实上不是解救我自己，而完全是破坏和毁灭我自己。因为除非我有把握把他们每个人，包括那时在岸上的和以后来到岸上的，全都杀个精光，我都会给自己带来无法避免的毁灭——我现在并没有必要惹火烧身。因为他们只要有一个人逃掉了，就可以把发生的情况告诉家里人，就会有成千上万的人到这里来为死者报仇。

总之，我下了结论，无论从原则上或是从策略上看，我都不能以任何方式卷入这件事。我的工作就是以一切的办法把自己隐藏起来，不让他们发现，不留下任何蛛丝马迹引起他们猜测，怀疑岛上有生灵居住——我的意思是：有人形的生灵居住。

宗教与谨慎结合了。现在我从很多个角度相信，我在做出那些毁灭无辜的生灵（我是说跟我一样无辜）的血腥计划时，我所做的完全是责任以外的事。至于他们在彼此之间所犯下的罪行，都跟我没有关系。他们既然都属于民族，我也就把他们都留给上帝的正义。上帝是各个民族的领袖，他知道用什么样的民族惩罚给予民族犯罪以公正的报应，也以公众的方式对公众的犯罪给予报应。那都是上帝最喜欢的方式。

这道理我现在看来已经很清楚。对于我来说，没有比制止我犯下这桩罪行更令我满意的了。那罪行（如果我犯下的话）我现在有很多理由相信已不亚于蓄意谋杀，现在我跪在地上向上帝表示我最恭顺的谢意。是上帝救了我，使我免于犯下血腥的罪行。我也乞求上帝赐予我圣恩的保护，不让我落到野蛮人手里，也不让我抓到野蛮人——除非为了保护自己的生命，得到过上天更明确的召唤。

16 我很少离开我的蜗居

那以后我还怀着这样的心情过了差不多一年。我非常不愿意出现让我扑向那些可怜虫的机会，因此在那段时间里，我从来没有再爬到那山上去过。我没有去看他们是否出现，是否来过那海岸。这样我就不至于受到诱惑，恢复我那些进攻他们的计划，或是在受到偶然出现的某种有利条件的刺激，而向他们扑了过去。我倒是做了一件事：把我留在海岛那一面的船弄走了，开到了整个海岛的东尽头，开进了我在几个高岩石下找到的一个小海湾里。我根据海流的情况知道，那地方野蛮人无论有什么理由都是不敢把船开进去的，至少是不会愿意。

我用我的小船把我留在那上面的东西全带走了，虽然有些是不必要带走的。比如去那里时所必需的东西，比如我为它制造的桅杆和帆，比如还有个像是船锚一样的东西——事实上不能叫船锚或爪钩，虽然那是我所做过的那类东西里最好的。我把这一切都弄走了，没有留下丝毫可能被发现的迹象，或是岛上有船只或人类居住的迹象。

此外我还尽可能地比以前隐藏得更深了。我很少离开我那蜗居，只有必要的日常活动里例外，比如给我的母羊挤奶，处理树林里我那些小群的羊。可那都是在岛上很远的地方，没有危险。偶然来到这海岛的野蛮人是不会觉得能在那里找到什么东西的，因此不会离开海岸到那里闲逛。

我不怀疑在我对他们的畏惧使我变得谨慎之前和以后，他们还来过岛上几次。事实上我回忆起来，想到可能发生的情况，还真有些后怕——如果我在那以前就光着身子撞上了他们，真不知会吓成什么样子！我除了一支枪，没有别的武器，枪里装的还是小子弹。那时我满岛子转悠，东看西瞧，想弄到点东西。要是那时我发现了人的脚印——不是发现了一个人，而是十五二十个人，追赶着我。从他们那速度看，我是绝对逃不掉的。

这种思想有时弄得我情绪非常低落，思想非常痛苦，很久摆脱不了。我想到自己该怎么办，我不但不能和他们对抗，甚至可能因为心慌意乱，连可以做到的事都做不到。更远远谈不上现在经过深思熟虑和准备可能做到的这一套了。事实上对这一切做了认真的思考以后，我很可能非常忧郁。那有时要占去我很多时间。但是我终于决定了感谢上帝的圣恩，是他把我从那么多看不见的危险里，从那些我无法靠自己摆脱的灾难里，拯救了出来。因为我对那样的危险的出现还一点观念都没有。

这又让过去常在我心里出现的一些想法重新出现了。那时我首先看见，当我们在生活里遇见危险时，上天总是慈悲为怀。而那时我们对自己得到神奇解救的过程也总是懵懂无知。我们在犹豫（那叫作"进退两难"）的时候，在怀疑或踌躇的时候，在考虑该这么办还是那么办的时候，在我们打算走那条路的时候，不，在常识，或自己的倾向，说不定是事业要求，都召唤我们走那条路时，心里的某个奇怪印象却不知道从什么地方跳了出来，也不知道由于什么力量，裁定了要我们走这条路。而事后我们却发现，要是走了我们那时觉得该走的路，甚至只是在想象里觉得该走的路，我就会遭到毁灭，就会完蛋。由于这个，再加上很多类似的思考，后来我找出了某种规律：如果我在面临做不做某件事的抉择时，感觉到了那秘密的提示，或是心里有所触动，我就总是按照那秘密的指示做。虽然我除了挂在心上的这种压力或暗示，找不出任何理由来。这种例子我可以在我的生活过程里举出许多，特别是在居住到这不幸的荒岛后的下半段时间里。我很可能注意到了一些情况——如果我那时就能用现在的眼睛观看的话。但是，聪明不嫌太迟。我只能劝告一切思考者，如果在他们的生活里也和在我的生活里一样，出现过许多不寻常的事件（或者，并非太不寻常的事件），我也要劝他们，不要轻视神恩的这种秘密提醒。那提醒来自什么看不见的神意，我不讨论，也许我无法解释。但它们肯定是神灵之间的秘密对话，也是有实体和没有实体的神灵之间的秘密交流的证据。这样的证据是无法对抗的。到我这个凄凉的环境里孤独生活的后半段，如果有了机会，我还可以举出些很惊人的例子。

生活中的种种焦虑，经常出现的危险，我对自己的担心，这一切都影响了我为改善未来的生活所做的发明和设计。我相信我承认了这一点，本书的读者是不会觉得奇怪的。现在我手上的工作是保证安全，那比寻找食物更重要。我对钉钉子和砍木料已经没有兴趣，我怕那声音会有人听见。怕开枪就更不用说了，因为同样的道理。最重要的是，我现在对于生火感到了一种无法忍受的不安。我怕炊烟会暴露自己，因为炊烟在白天很远就可以望见。因此，我就把需要用火的工作（比如烧制陶器和烟斗之类的）搬进了树林里的新居。我在那里住过一段时间后，一个发现给了我无法描述的安慰：那是地下一个能通向远处的天然洞窟。我敢说，即使有野蛮人来到洞口，也没有胆量冒险进去。其他的人也不敢，只有像我这样的人例外。因为我最需要的就是安全的隐蔽地。

这个洞窟的出口在一块巨大的岩石底下。我是由于偶然的机会到那里去砍树时发现的——我要说，我有许许多多理由把那看作是上帝的安排。我打算从树上砍些大树枝，准备烧制木炭。不过，在讲下去之前，我得先谈谈为什么要烧木炭。

我刚才说过，我害怕在我的住处附近烧火。可是我不烤面包不煮肉什么的，又无法在那里生活。于是我设法像我在英格兰所见的那样，在这里的草根土下焙烧一些木头，焙成焦炭，或叫干木炭。然后灭掉火，把木炭保存好，以后再拿回家去。在家里干需要烧火的家务，就没有冒烟的危险了。

不过，这就回到了本题。我在那儿砍树时，却在一根很粗的灌木枝（或叫矮树枝）后面看见了一个像岩洞的处所。我很好奇，想看看里面，于是费了点功夫钻了进去。我发现那洞相当高，就是说，里面有足够的空间让人直立，也许还能再站个人，跟我在一起。但是，我必须向你承认，我跑出来比钻进去还匆忙，因为我再往里面望时（里面一团漆黑），却望见有什么动物的两只大眼睛发出荧光，不知道是魔鬼还是人。大眼睛闪着光，像星星。洞口的暗淡的光直接射进去，反射出来。

不过，稍停之后，我回过神来，骂了自己一千声傻瓜，还告诉自己，害怕见到魔鬼的人就不配在海岛上孤独生活二十年。我敢相信，那洞里就没有比我自己更可怕的东西。这样一想，我又鼓起了勇气，抓起一根燃烧的木柴，钻进洞去，木棍在我的手上燃烧。我进洞才三步，又几乎和刚才一样吓了一大跳，因为我听见了一声高声的呻吟，像是出自痛苦的人。随后又是破嗓门的闹声，像是表达不清的话语，然后还有一声低沉的叹息。我倒退了一步，又大吃了一惊，吓出了一身冷汗。如果我头上有帽子，我可不敢保证帽子不被竖起的头发掀掉。但是，我仍然尽量鼓起了一点勇气，心想，上帝无所不在，他和他的神力可以保护我。我用这念头为自己打气，又向前走了一步。借助于我举在头顶的燃烧的柴火的微弱的光，我看见了一只可怕的公山羊，躺在地上挣扎着喘气，如人们所说，在"立遗嘱"，正要老死。

我捅了捅它，想看看能不能把它赶出去。它挣扎着想站起来，却失败了。我心里想，可以让它在那里躺下去。它既然能吓我这么一大跳，也就能吓野蛮人一大跳——如果有野蛮人那么大胆，敢于在它还活着时到它洞里来的话。

现在我已经平静下来，不再惊讶了。我往四面望了望。这才发现山洞确实很小，就是说，它可能有十二英尺深，却没有形状可言，说圆也圆，说方也方。没有经人工开凿，而是大自然的作品。我还注意到，山洞那头还在继续延伸，但是低矮了。这就逼得我手脚并用，往里面爬。可是，我不知道它通向哪里，因此，由于没有蜡烛，我停下了脚步。我决定明天带上蜡烛和引火盒再来。引火盒是我用步枪里引爆火药的枪机做的，盘子里还得带些磷火。

于是，我第二天来了，带了六支自己做的大蜡烛，因为我现在能用山羊脂肪做成很好的蜡烛。进了那低矮地方，我只好如我所说，手脚并用了。我爬了差不多十码——考虑到我不知道它能通向多远，再后面又是什么东西，我觉得那已经是很大胆的冒险。我穿过了那狭窄地带，却发现洞顶升高了，我相信差不多达到了二十英尺。这岛上从来没有过这么堂皇的山洞，我敢说。我看了看这洞子或石窟的四面和穹顶。两支蜡烛的光照到四周的石壁上，反映出十万种光影，落进我的眼帘。岩石里是些什么，我不知道，可我宁可相信是钻石、宝石或是黄金——我颇有些相信。

我到达了一个非常令人愉快的山洞，或者可以估计该叫石窟，虽然一片漆黑。地面干燥平坦，铺了层松散的小砾石，因此看不见任何有毒或恶心的动物。墙顶和四壁完全没有潮湿和水迹，这个洞的唯一困难在进口。但是，正因为它是我所要求的隐蔽的、安全的地方，那困难就成了一种方便，我觉得。这发现叫我非常高兴。我决定毫不耽误，把我不放心的东西都放到这里来，特别是我的火药储备和多出来的武器，也就是两支鸟枪（我一共有三支）和三支步枪（我一共有八支，我在堡垒里留下了五支，全都像大炮一样安装在最外层的篱笆上），准备好带在身上远行。

在我准备运走我的军火武器时，我把自己想象成了古代的巨人。据说他们就是住在岩洞或是石窟里的，那地方没有人能够靠近。我让我自己相信，即使有五百个野蛮人想捉拿我，他们也找不到我。就算他们找到了，也不敢冒险到这里来抓我。

我发现的那只快要死去的老山羊，在我发现洞窟的第二天就在洞口死去了。我在那里挖一个大坑，把它扔进去，用泥土掩埋掉，比把它拽出来容易多了。于是我就在那里把它埋掉了，以免闻到臭味儿。

现在我在这个海岛上已经住了二十三年，对这地方和这种生活方式都已经很适应了。如果我能有把握野蛮人不会来这里骚扰我，从而感到愉快的话，我倒可以服从命运，在这海岛上心满意足地度过余年，即使到最后的一刻，就像那老山羊一样，在这洞里躺下，然后死去。我还找出了一些消遣娱乐的小花样，让日子过得比以前快活多了。例如，第一，我已经说过，我教会了我的鹦鹉宝儿说话。它和我说起话来很亲热，说得那么准确干脆，我感到非常愉快。它和我一起生活了足足二十六年。它还能够活多久我不知道，虽然我知道巴西有个说法，说鹦鹉可以活一百岁。也许可怜的宝儿直到现在还在那里呼唤着鲁滨·克鲁索的名字呢。我希望不会有英格兰人那么倒霉，在那里听见它的叫喊。但是，如果他听见了，他也肯定会相信那是魔鬼。我的狗也是我足足十六年的伙伴，非常亲近，非常愉快，然后就老死了。至于我的猫嘛，我说过，繁殖得太快，我只好杀死了好几只。起初是制止它们把我和我的一切吃掉，但是到最后，我弄回来的那两只最老的走掉了，我又不断地把它们从我这里赶走，不给它们东西吃，它们也全都到树林里过野生日子去了。只有两三只我喜欢的例外，我驯养了起来，生了幼崽一律淹死。这些就是我的家庭成员。除此之外，我总在家里养两三只小羊，我训练它们从我手上吃东西。我还有两只鹦鹉，很能够说话，都会叫"鲁滨·克鲁索"，可又都不像我那第一只鹦鹉。我也没有在它们身上花那么多心血，就不和它们来往了。我还养了两三只海鸟，我不知道叫什么名字，是我在海岸上捉到的，我剪短了它们的翅膀。我在堡垒前栽下的小树桩现在长成了个茂密的小树林，那些海鸟就住在那矮树林里，在那里产下小鸟，我觉得那很对我的胃口。这样，就像我前面说过的，我开始对我的生活感到非常满足——若是能够保证它不受到野蛮人的威胁的话。

但是事实的走向刚好相反。读到我这故事的人一定不会错，一定会从这里做出公正的判断。就是说，在我们的生活过程中，我们尽力想躲避的灾祸，我们万一陷入了就会是最可怕的灾祸，往往正是我们获得解救的大门和手段。我们就是只凭了它们，才能摆脱自己所陷入的痛苦。我可以从我这无法解释的生活里举出许多例子来。但是，特别惊人的例子就出在我这海岛上的孤独生活的最后几年。

我在上面说过，现在已经是 12 月，我在这儿已经二十三年了。现在正好是冬至，我不能叫它作冬季，因为它是我的特别的收获季节①，要求我在外面干活的时间相当多。那一天我很早就出了门，天还没全

① 本书故事发生在巴西附近，属于南半球，所以冬季是庄稼的收获季节。

亮，我吃了一惊，看见海岸上有火光，距离我大约有两英里，靠近海岛的尽头。在我以前见过野蛮人的地方，却不是在另一面，而是在我这一面，这令我非常着急。

我一看，确实是吓了一大跳。在我的树林里站住了，不敢出去，怕的是遭到袭击。可是我心里还是安静不下来。我担心，如果野蛮人在海岛上乱跑，发现了我的粮食长在那里，或是已经收割，或是其他的工作和改进。就会立即断定那地方有人。那么，在他们找到我之前是不会放手的。我无可奈何，急忙回到了堡垒里，把梯子在身后抽掉。尽可能把外面的一切弄得像荒野，像自然。

然后我在里面为自己做好了准备，摆出防御的架势。把我的大炮全上了子弹——我是那么叫的，指的就是我架在新枪眼里的步枪。手枪也上了子弹，我决心保卫自己直到最后一口气。我也没有忘记把自己严肃地交给上帝保护，我真诚地祷告，乞求上帝从野蛮人手下解救我。我一直乞求了两个小时左右。但是我也非常急，想知道外面的情况。因为我派不出探子去打听。

我又坐了好一会儿，思考自己在这种情况下该怎么办。可再这样不了解情况地坐着我是受不了，于是我把梯子靠到岩石一侧。我以前注意到，那里有个平坦的地方。然后把梯子抽了上去，爬到小山顶上。我取出了特意带的望远镜，趴到地上，开始寻找火光的地点。我很快就发现，那里的赤身露体的野蛮人有九个之多，围绕着他们燃起的火堆坐着。不是为了取暖，因为用不着，天气热得要命。而是为了，据我估计，而为了准备他们那野蛮的人肉筵席。那人他们已经带来了，是死是活，我就不知道了。

他们带来的两只独木舟已经拉上了岸。那时正是退潮期，我觉得他们是在等候潮水上涨后走掉。那情景让我陷入了什么样的混乱，很难设想——尤其是看见他们来到的是岛子上的我这一头，而且离我这么近。但是我后来注意到，他们的到来永远只能在退潮期，这就让我放心多了。我满意了，只要他们没有在涨潮期上岸，我就可以安全地出门。明白了这一点，我就更加安心地收获粮食去了。

事实上情况正是我估计的那样。因为潮水往西面一上涨，我就看见他们全都上了船，使起了桡片——或者叫划了起来，全部走掉了。我应该观察到，在他们离开之前的一个多小时里，他们跳了舞。我用望远镜很容易地看见他们的动作和舞姿，可是我非常仔细地观察也只能够看见他们都是全身赤裸，一丝不挂。但是他们是男是女我就分辨不出来了。

他们上船一走掉，我就拿了两支步枪挎在肩上，两支手枪插进皮带，不带鞘的大刀吊在腰间，以最高速度跑上了那里的小山——我第一次看见他们就在那里。我跑了两个多小时才赶到，因为身上的武器太多，跑不快。我看见那地方多出了三小船人，我望向海上更远的地方，见他们全都在海上，向海外走掉了。

我眼里满是恐怖。特别是我下坡来到海岸边时，见到他们那凶残的活动所留下的种种迹象时。那鲜血，那白骨，那残破的人体上的肉，那些坏蛋寻欢作乐大嚼大啃之后留下的。见了那景象我不禁义愤填膺，现在又开始考虑下一次见到时他们时怎么样消灭他们了，不管他们是谁，有多少人。

我觉得似乎很清楚，他们是极偶然才像这样来这个岛上的，因为他们再次来到时已是十五个月之后。就是说，在那整个期间，我就没有见到过他们，也没有见到他们的脚印或蛛丝马迹。雨季他们当然是不出门的，至少不会跑那么远。可是，在这整个时期里我却过得很不愉快，因为老是提心吊胆，怕遭到他们突然袭击。从那时起我才注意到，对于灾祸的担心比遭到灾祸还要痛苦。尤其是在无法摆脱那担心或恐惧的时候。

那一段时间我憋了一肚子杀人的情绪，那感觉占据了我大部分时间——原是该用来办更好的事情的时间。我设计着下一次见到他们就怎样向他们扑过去，以智取胜。尤其是在他们分散到来的时候——上一次他们就分成了两拨。但是，有个问题我却完全没有考虑：即使我杀掉了一拨，比如十个或十来个，可明天或下周，下个月，我还得杀另外一拨，又得杀再来的一拨，甚至老杀个没有完，直杀到我自己变成了不亚于食人生番的杀人犯，说不定还更加血腥。

现在，我总是在严重的烦恼与焦虑中度日，担心自己某一天会落到那些凶残的家伙手里。非出门不可时我也总以能想象出的最大谨慎与小心东张张西望望。现在我才非常高兴地发现：我驯养了一群羊是多么愉快的事。因为我无论如何也不敢开枪了，尤其是在靠近海岛那一面他们常到的地区，我怕惊动了野蛮人。即使他们被吓跑了，下一回也肯定会来。说不定在几天之内就会驾了两三百只独木舟来。那时候我就知道我的下场了。

不过，我再次见到野蛮人已是一年另三个月之后的事了。这事我马上就讲。不错，他们也许到过那里两三次，不过，可能是他们没有停留，也可能是我没听见他们的响动。但是，就在我的第二十四年的 5 月份（我尽可能地计算准确），我和他们非常离奇地碰上了。到时候我再讲吧。

"一、谈人物"（答案）

1. 鲁滨孙　《鲁滨孙漂流记》

2. 星期五

3. 21　星期五的父亲

4. 土耳其海盗

142

17　我看见一艘船的残骸

在这十五六个月里，我感到严重的心神不宁。觉睡不好，老做噩梦，有时还半夜惊醒。白天严重的思虑压在心上，夜晚常常梦见杀死野蛮人。为什么，我可以辩解，但是先放一放。那是在 5 月中旬，是16 日吧，我觉得——我的木刻日历也可以作证。因为我还一直在木柱上刻记号。我说那是 5 月 16 日，因为那天整天都是狂风暴雨，雷电交加，晚上情况也恶劣。我不知道是为了什么特别的缘故。但在我读《圣经》，沉浸于对我目前处境的严肃思考中时，我大吃了一惊，竟然觉得已听见了一声枪响从海上传来。

当然，这是个和我以前的经历大不相同的意外。因为那枪声在我心里引起的思想完全是另一种类型。我急忙以最大的速度跳了起来，转瞬间已把我的梯子搭到山崖的半腰上，又把梯子抽了上去，第二次往上爬。刚来到山顶，又是一道闪光，逼我细听枪响。大约半分钟后就听见了。我从声音知道，那是从独木舟带我走过的那部分海面来的。

我立即认为枪声一定来自遭难的船只，他们还有伙伴，也许是一只同行的船。开枪是作为灾难的求救信号。那时我很镇定，我想，我虽然无法帮助他们，他们却能帮助我。于是我搜集了能够到手的干柴，堆成了很大的柴堆，在山上点燃了。柴很干燥，火燃得很好，虽然风很猛，火势仍然旺盛。因此我有把握，只要真是有船，他们一定会看见火光。他们无疑是看见了，因为我的火光一亮，就又听见了一声枪响，然后又是几声，都来自同一个地点。我通夜都燃着火，直到天亮。等到天色大亮，天空也明朗了。我看见很远处的海上有个大东西，正在海岛的东方。可能是帆，也可能是船身，我看不清楚。对，看不清，用望远镜也看不清。距离太远，天色还带点薄雾，至少在海上如此。

我一整天都往那里望，很快就注意到那东西并没有动，我立即断定那是一艘碇泊的船。你可以肯定我很想明白个究竟。于是抓起枪就往海岛的东南边跑，跑向我曾经被海流带去过的地方。我跑到那里的山上，天已完全晴朗。令我非常沉痛的是，我清楚地看见了一只船的残骸。晚上被抛掷到了淹没在水里的大礁石上——我划船出去时早就看见过的。凶猛的海流在石头上一激荡，形成了一道汹涌澎湃的回流或旋涡，那就是我平生所见过的最绝望最悲惨的情景的根源。

这样，此人的安全就成了彼人的毁灭。因为，礁石全在水下，这些人（不管他们是谁）迷失了方向，在夜里被摔在了礁石上——风暴是向东和东偏东北刮的。我只能估计他们并没见到我这个岛子——如果他们看见了，就会驾船往海边靠岸，而他们却在开枪求救。我可以想象他们看见我的火堆时的情况。我有许多想法。首先，他们可能在见到我的火光时就进了小艇，努力往岸上靠近，但是波涛汹涌，小艇被摔坏在了礁石上。其次，我也想象，由于种种原因，他们的小艇已经丢失。特别是在狂风暴雨里，大船被海浪击破时，多次逼得人摔坏小艇，有时甚至用自己的手把它掀翻。我也想象，他们有一只或两只船做伴，后者听到他们的遇难信号，已经把他们救走。有时我又想象，他们全都在小艇里，被当年把我卷走的那道海流卷进了汪洋大海。那里可是除了痛苦和灭亡一无所有。说不定他们此时正在思考着饥饿和落到人吃人的境地的问题。

这一切最多也只是猜测。按照我当时的处境，我也只好想象着他们的痛苦，寄予他们一点同情。但那对我却有好处，它给了我越来越多的理由感谢上帝，因为上帝在我这种绝望的环境里还给了我这么舒适愉快的生活，还因为我和先后两只船里的伙伴都被扔到世界上的这个地区，除了我，一条活命也没有留下。我在这儿再次学会了知足，上帝是很少把我们扔进这样低贱的环境中，这样严重的痛苦中的，但是我们也还可以在某些问题上看出应该感谢上帝的地方，也看见境遇还不如我们的人。

这肯定就是这些人的处境。我根本看不出他们中有人已经获救，我没有理由相信。即使是设想或希望他们并没有全死在海里，也成问题。唯一的可能性是被同行的另一只船救走了。可事实上那也只是一种可能性，因为我一点也没有看见它的迹象或表现。

看见了这种景象，我无法用任何语言的力量表达出我灵魂里那强烈的渴求与希望。我那情绪大体是爆发成了这样："啊，但愿这船里还有一两个人活了下来，逃到了我的身边，对，就是一个人吧，让我有个伙伴，有个朋友，和我说一句话，聊一句天！那会有多么好呀！"在我整个的孤独生活里，我还从来没有过这么迫切、这么强烈的希望有朋友做伴的愿望。也还不曾因为没有朋友而感到过更为强烈的遗憾。

人类的感情里都有某种秘密流淌的泉水，只要受到眼前某个事物的触动，不，甚至不在眼前流动，只因为想象力的作用而看见的某个事物的触动，会对灵魂产生强烈的冲击，使之渴望拥抱那对象，也使之感到那对象的缺失难以忍受。

我的这种愿望就是那么真诚，哪怕只有一个人能够得救也好呀！"哪怕是一个也好呀！"我相信我把这话重复了一千遍，"哪怕是一个也好呀！"我这想法如此强烈地刺激了我的欲望，说话时不禁捏紧了双手，指尖戳进了掌心。如果我手里有什么柔软的东西，也都会被不自觉地捏破了。牙关也会咬得极紧，好一会儿都张不开。

这些现象的道理和情况，就让自然科学家去解释吧！我能对他们说的就是：描写事实。那事实是即使在我自己发现时也都感到惊讶的。我虽然不知道它的原因何在，却肯定是迫切的愿望和我心里所构成的强烈欲求的结果。它带来了能够有个基督徒和我说话聊天所能给我的安慰。

可我的愿望并没有实现。他们的命运，我的命运，或者我们双方的命运，都没有允许那样。因为直到我在这海岛上的最后一年，我也不知道那船上的人有没有得救的。我得到的只有一个痛苦发现：海难后的某一天，我在海岛尽头的海滩上看见了一个被淹死的男孩的尸体，距离海难的地方不远。孩子身上没有外衣，只穿了一件海员背心，一条露膝盖的亚麻布内裤和一件蓝色的亚麻布衬衫。但是没有可以让我猜出他的国籍的东西，他的口袋里也只有两个八瑞尔金比索和一个烟斗。烟斗的价值对我可是有金比索的十倍。

现在风平浪静，我非常想坐了我的小船去冒冒险，看看那遭难的船。我毫不怀疑能在船上找到对我有用的东西。但是那对我的动力并不如一种可能性：船上还有活着的人。我不但可以救他的命，而且通过救那条命给我自己带来最大的安慰。这个念头紧紧地抓住了我的心，让我日夜不宁。我必须驾了船冒险出海，到破船上去。别的就听凭上帝眷顾了。我觉得那压力在我的心上太强烈，我无法抗拒。它一定来自某种看不见的指示。我要是没有去，一定会是一种遗憾。

受到这种压力对我的影响，我急忙回到了我的堡垒，做好了出海的一切准备。我拿了一大块面包，一大罐子淡水，一个航海用的罗盘，一瓶糖蜜酒（我还剩下很多糖蜜酒呢），一大篮子葡萄干。我就像这样携带了一切必需的东西，往我的小船走去。我把船里的水全戽了出来，让船浮出水面，把我的东西放了进去。然后再回家取东西。我的第二批东西是一大口袋大米、撑在头顶挡太阳的雨伞、另一大罐淡水、大约两打小面包（或是大麦饼，比上次多）、一瓶羊奶、一块奶酪。我费了很大的劲，流了许多的汗，把这些东西送上了船。我出发了，驾着独木舟沿海岸划着，终于来到海岛那边的尽头，也就是东北面的尽头。现在我要往大海开出去了。也许会冒险，也许不会冒险。我望着远处那沿着海岛两面日夜奔腾的急流，想起了以前所遭到的危险，那急流对我非常可怕，我开始胆怯了。因为我预见到，只要我被卷入了那两道急流之一，我就会被送进茫茫大海，说不定再也回不了我的海岛，也看不见它了。那时候，只要稍微刮起一点飓风，我的船又那么小，我就是无可救药地没命了。

这些念头沉重地压到了我的心上，我又有了放弃的打算。我把独木舟划进岸上一个小河浜。下了船，走上一个小坡，坐了下来，开始苦苦地思索，非常为难。我很想出海，却又害怕。我正在沉思，却看见海潮回过头来，正往上涨。这一来，我出海的想法也得好几个小时无法实现了。这时我突然想起，我应该爬到尽可能高的地点去，看看海潮升起时海流（也就是那急流）的上涨情况，然后判断，如果我在这一面被急流带了出去，是否可能被同样速度的急流从另一面送回来。这念头一进入我脑子，我的目光就落到一座小山上。从那里可以见到两面的海。我爬到了山顶，看见了两道急流，或是我就要沿那路回去的海潮。我在那里发现，退潮紧靠海岛南尽头回流的时候，紧靠海岛北尽头的海潮也在回流。因此我在回去时，什么事都可以不做，只需紧靠北走，就会可以够顺心的。

受到这个观察的鼓舞，我决定明天早上趁最初的潮水出发。我在独木舟里盖上前面说过的守望服，休息了一夜。我出发了。开始时往正北走，然后我就感觉到海潮的推动。那潮水正往东流，以很大的速度卷了我走，却跟当年那南面的急流不一样，并不太急，并不干扰我对船的驾驶。但是我使用的是舵，控制力很强，于是就以高速前进，对直向遭到海难的船开去。不到两小时就已经到了。

那真是一片惨痛景象。从建造看，那是一艘西班牙船。紧紧地插在了两块礁石之间，船尾上半部被风浪和海涛砸破了。前甲板是以剧烈的冲撞闯进礁石之间的。前桅杆和主桅杆都倒在了船上，就是说，撞断了。但是船首斜桅还正常，船头和船尾看来也还结实。我靠近那船的时候，一只狗在船上出现了。一见我靠近，它就汪汪地呜呜地叫。我一招呼它，它就跳到海里，向我游来。我把它弄上了船，但是发现它又渴又饿，几乎要死了。我给了它一块面包，它那狼吞虎咽的样子，可真像在雪地里饿了半个月的狼。我又给了那可怜的东西一点淡水。如果我没有制止它的话，它可能会喝得胀破了肚子的。

然后我就上了船。但是我首先见到的东西是两个人，淹死了，在船头的船楼里，彼此扣紧了手臂。我断定，也很有可能，那船是在风暴中触礁的，风急浪高，连续不断地撞击，两个人都承受不住，被反复的浪涛呛死了，跟在水里淹死的一样。除了那狗，船上已没有活着的东西。我也没有看见什么不曾被海水破坏的货物。有几箱饮料，在货舱里，是果酒还是白兰地，我不知道。是潮水退去后我才看见的，但是堆头太大，我搬不动。我看见几个箱子，我相信属于某些海员，便提了两只，放进了独木舟。也没有看看里面是什么东西。

如果船尾还能修好，再把前面部分扔掉，我相信我还能驾了它出海航行。从我在那两个箱子里发现的东西看，我有相当的理由认为，那船上还有大量财富。如果我可以从它航行的路线推测的话，它一定是布宜诺斯艾利斯或是拉普拉塔河离开巴西来的，要离开南美洲去哈瓦那或墨西哥湾，然后再去西班牙。毫无疑问船上有大量财宝，但那时对谁都没有用处了。船上的人怎样了，那时我还不知道。

除了几个箱子，我还发现了一个小柜子，里面装满饮料，大约有二十加仑。我费了不少力气把它搬上了小船。一个船舱里还有几支步枪和一个大羊角火药。枪我用不着了，只拿走了火药羊角，里面有大约四磅火药。我还拿了一把火铲和一把火钳，这两个东西我太需要了。还有两把小铜壶、一个做巧克力用的铜锅和一个炉架，也都很需要。我拿了这些东西，带了狗就走掉了。海潮又开始回流，就在同一天晚上黄昏后大约一小时，我又到达了海岛。疲劳和厌倦到了极点。

那天晚上我就在船上休息。早上我决定把弄到的东西放到新洞窟里，不背回城堡。吃完早餐，我把船上的一切都搬上了岸，开始检查特别的东西。我发现那箱饮料是一种糖蜜酒，但跟我们在巴西喝的不同。一句话，不那么好吃。但是我打开箱子时，却发现了好几样对我很有用的东西。比如，我在一个箱子里发现了一个精美的盒子，里面是很特殊的瓶子，装的是提神的饮料，很漂亮也很美味。每一瓶大约装三品脱，银质瓶盖。我还找到两罐很好的"苏咖德"，就是蜜饯，也是银盖密封，海水破坏不了。我找到几件很好的衬衫，很受我欢迎。还有一打半麻纱白手巾和几条彩色领带，前者我也很欢迎，大热天擦脸非常清爽。我翻箱子里的钱柜时，发现里面有三大袋八瑞尔金比索，一共有三百多个。在一个口袋里还有六个金都布隆①和一些金条和金楔子，用纸包着。估计总共差不多有一磅重。

在另一个箱子里我发现了一些衣服，但是没有什么价值，可从情

---

① 都布隆：西班牙及其原美洲殖民地的旧金币名。

148

况看来，它应该属于副炮手，里面虽然没有火药，却有两磅左右枪砂，装在三个长颈小瓶里，估计是必要时在鸟枪上用的。总之，我这一趟海上之行，得到的管用的东西不多，因为钱对我没有用，跟脚下的泥土一样。我愿意用它们的全部换取三四双英格兰鞋袜，那才是我的最大需要，我这两只脚已经多年没有穿过鞋袜了。事实上，我找到过两双鞋，是从在破船里见到的两个淹死的人脚上脱下的，我在一个箱子里也找到一双鞋。鞋是我最欢迎的东西，可它不像我们英格兰的鞋，既不舒适，也不好走路，我们就把它叫作轻舞鞋吧，并不叫鞋。我在这个海员的箱子里还发现了大约五十个八瑞尔金比索，却是纸币，不是金币。我估计那纸币属于一个贫穷一点的人，一个军官什么的。

不过，我还是把这些财富带回了家，放到洞里，藏了起来——我从自己船上弄来的财富也都放在那里——这我已经说过。非常遗憾的是，船上其他的东西我都没有拿。我已经满意了。那些财富我用我的独木舟运，还得来回运几趟。好在让它躺在这儿也很安全，如果我有机会逃回英格兰，还可以回头来取。

我的东西都运到了岸上藏了起来。我又上船沿海岸划回了它的老港湾，在那里把船存放好了，然后尽快地回到了老住处。我发现那里一切都平静、安宁。于是开始了休息，恢复了原来的生活，也处理家务。我一段时间过得很轻松，只是比以前提高了警惕性，常常往外面张望。出门也少了。即使有时随意走走，也一定是去岛子东部。我倒很满意，野蛮人从来没有去过那里，不必采取太多的预防措施，也不必像我去另一头时带那么多武器弹药。

18 我第一次听见了人的声音

我在这样的条件下又过了两年。但是我这倒霉脑袋总在向我表明：它天生就是让我的身子受罪的。这两年它总在计划着，设想着，如果可能的话，我该怎样离开这海岛。我有时还想再到破船上去一趟，虽然理智告诉我，那里已不剩下什么，不值得再到海上冒险。我有时这边走走，那边逛逛。我确实相信，我如果有我离开撒利时驾驶的那艘船，我早就冒险出海了。去哪儿都行，我不管。

我在一切情况下都可以给关心人类普遍苦难的人留下一个教训。在我看来，人们的苦难有一半就是从那里来的。我的意思是，不满足于上帝和大自然给他们安排的地位。我早年的环境和父亲对我的出色劝告都不用再回顾了，我的原罪就是跟那一切对立——我可以这样说。而让我落到现在这凄凉境地的正是我随后所犯的同样性质的错误。因为上天已经把我送到了愉快的巴西，让我做了种植园主，在有限的欲望的范围内给了我幸福。我已经可以心满意足地过下去了。那么到现在，我指的是我在岛上的这几十年里，我很可能已成了巴西一个有相当分量的种植园主。对，我完全相信，如果我没有离开的话，就凭我在那里那短时间的改进和我以后很可能获得的赢利，我大有可能已经拥有十万墨依朵^①的

---

① 墨依朵：葡萄牙金币名。

家产。可我干的是什么呢？我离开了稳定的财富，离开了我资金充实的、正在赢利的种植园，到商船上做押运员，到几内亚买黑人去了。要是我留在家里，耐心和时间就可以让财富大量地增加，黑人是在家门口就可以买到的，有做黑人生意的人送来。虽然价钱贵一些，但为了节省那点差价去冒那么大的风险，并不值得。

但是，由于这一切都是年轻的头脑的寻常命运，因此思考它的愚蠢，思考用时间的高价所换来的经验，往往是我多年来的寻常活动。我现在就在这样思考。但错误在我脾气里扎根太深，我现在的处境不能满足我的要求。我只好不断思索：是否可能逃离这里？用什么办法逃离？但是为了更愉快地向读者讲述我的故事的下面的部分，先谈谈我对逃亡的最初的愚蠢设想，和我是以什么方式在什么基础上行动的，大概不会有什么不合适。

现在我可以认为自己是退隐到堡垒里的隐士。在我最近一次去那破船的航行之后，我把我的"战舰"沉到了水下，跟平时一样隐藏好，又恢复了以前的处境。我的财富确实比以前增加了，可我丝毫也不比以前富有。因为我拿那财富没有用，并不比西班牙人到达之前巴西的印第安人的黄金对他们更有用。

那是我的脚第一次踏上这个孤立的海岛后的第二十四年，是雨季里的一个3月的晚上。我躺在床（吊床）上，睁着眼。身体非常健康，没有病痛，没有脾气，身上没有不舒服，心里也不比平时多了不安，却是怎么样也合不上眼。就是说，睡不着了。我通夜没有合眼，有的是以下的感受：

无数组念头在我头脑里那记忆的大道上飞旋，难以描述，也不用描述。我回忆了我这一辈子。我在转瞬之间回顾了整个的一生。可以说都是些压缩的画面：我来到岛上时的情况，来了之后的部分生活。在思考自己上岛之后的情况时，我把刚来时在我那"住处"里的几年的快乐的心情和在沙滩上发现脚印后那忧虑、担心和恐惧的生活，做了比较。倒不是我不相信野蛮人那段时间也在往海岛来，甚至是好几百人来，而是因为我不知道。不知道也就不会害怕。我完全心满意足，虽然面临着同样的危险，似乎就不曾有过真正的危险。这种情况给了我许多有利的思想。尤其是：上帝的仁慈多么深远，他在管理世人时，只给了他们狭窄的眼界和有限的知识，因而，虽然在万千危险中行走，却能一直宁静安详，对事物的真相视而不见，对周围的危险浑然不知。而那一切如果展示在他面前，是会分散他的注意力，使他心灰意懒的。

这些思想有时我倒觉得有趣。我开始认真思考这么多年海岛生活里的真正危险。我想起自己是怎么样在最大安全里，怀着最高的平静心情走来走去的，而即使是一座小山包，一棵大树，或是一个偶然降临的黄昏，也都可能给我带来最严重的毁灭，就是说：让我落到食人生番或野蛮人的手里。他们都可能带着我在杀死山羊和捉拿乌龟时的思想，把我抓了去。他们杀死我和吃掉我时，也就和我吃掉鸽子或勺鹬时一样，并不觉得是罪恶。如果我说自己并没有衷心感谢我伟大的维护者，我就是在不公正地诽谤自己。我以最大的卑微承认上帝那奇特的保护。这一切解救都得归功于他，虽然所有的人都不知道。要是没有他，我早就无可挽救地落到了野蛮人凶残的手里了。

这些想法过去之后，我又思考了那些恶劣的人的天性——我指的是那些野蛮人。君临万物的智慧的领袖怎么会让他的生灵堕落到这种非人的境地？是的，堕落到比残忍还严重的地步，竟然吃起同类来。但我这些思考都是以猜测告终的，没有得到答案。我又想问：这些恶劣的人住在这世界上的什么地方？从他们那儿到我这海岸有多远？他们为什么要离家外出冒险？他们划的是什么船？我为什么就不能安排好自己的事去看看他们，就像他们到我这里来一样呢？

我从来就没有让自己思考过：我如果去到了他们那里，我能怎么办？如果我落到了野蛮人手里，我会怎么样？或者，如果他们进攻我，我又能怎么逃跑？对，我是就连海边也跑不到的。他们会来追我，我也无法逃掉。即使逃掉了，我又吃什么呢？我又怎么办呢？但这些问题我根本就没想过。我心里只有一个念头：坐上我的小船绕到大陆去。我回顾自己的处境，只觉得已达到了最为悲惨的程度。比这更坏的就只有死了。如果我去到大陆的海岸，我说不定还可能遇救，我也可以沿着海岸航行，就像当年沿着非洲海岸航行一样，终于找到有人居住的地方，在那里得到援救。说不定还会遇见基督徒的船，让我上去。

即使落到最坏的程度，左右也就是个死，死了，一切磨难也就结束了。请注意，这都是烦乱恼怒，思潮起伏的后果，长期的困苦和失望的后果，都是上次去破船失望而归的后果。我迫切希望在那里遇见一个人，可以和他说说话，听见点儿有关我当年知道的地方的消息，听见点儿得到解救的机会。我离那一切曾经那么近，却终于失望而归了。我说，种种思想令我激动。我全部的平静心情都来自对上帝的安排的俯首听从和对上天旨意的静候。可它们却迟迟不肯出现。我没有力量寻求其他的道路，只有一个计划：航行到大陆去。那念头突然非常强烈地攫住了我，我无法抵抗。

这思想令我激动了两个多小时，非常激烈。我热血沸腾，因为心里对那问题的特殊狂热，心跳得像发了高烧。可是大自然好像因为我思考问题已弄得筋疲力尽，又让我昏睡了过去。您可能认为我还会梦见那些东西，可我没有，连有关的东西都没梦见。但我梦见自己早上照常离开堡垒，看见海岸边有两只独木舟，有十一个野蛮人正在往陆地上走，带着另一个野蛮人，是准备杀死吃掉的。但是，他们要吃的人突然往旁边一闪，逃掉了。我在朦胧中觉得，他跑进了我堡垒前的小密林，想躲起来。我见他是单独一人，没有人往这方向跟来，就对他露了面，对他笑，鼓励他。他对我跪下，似乎在求我帮助。于是我拿出梯子，让他爬了上去，领他进了我的山洞。他成了我的奴隶。我得到了这人后就对自己说："现在我肯定可以冒险去大陆了。因为他可以为我领路，告诉我怎么办，到哪里找东西吃，哪里有给吃掉的危险，哪里不能去。哪里可以冒险进去，从哪里逃走。"这个念头让我惊醒了过来。睡梦里那逃走的希望所带来的无法描述的欢乐给了我非常深刻的印象，醒来时发现那只是个梦时所感到的失望也同样无法描述。我感到严重的精神沮丧。

对此，我得到一个结论：我要想逃走，唯一的办法就是到手一个野蛮人，如果可能的话，最好就是他们的俘虏，决定带到这儿来杀死、吃掉的。但是，这些思想仍然带来困难：因为不向一大群野蛮人发起进攻，把他们全部杀死，我就无法达到目的。那显然是严重的铤而走险，极有可能失败。可从另一面看，我又在法律上顾虑太多。一想到要流那么多血，我的心就怦怦地跳，虽然是为了解救自己。我心里出现的种种反对理由，我就不用重复了。仍然是已讲过的那些，虽然现在又增加了几条。那些人威胁到我的生命，如果可能，就会吃掉我；这是最严重的自卫行动，是解救自己的生命，是自我保卫，跟他们来进攻我的情况完全相同。我说，这些话虽然都有道理，但是为了解救自己而流人类的血仍然叫我非常害怕，我无论如何都无法接受，很久很久接受不了。

不过，在经过了长期的自我斗争和巨大的折磨之后（这些争论，该是东，还是西，长期地纠缠着我的脑袋），争取解放的迫切要求终于压倒了其他的思想。我下定了决心，只要有可能，就把那样一个野蛮人弄到手里，不惜一切代价。下一步就是计划怎么办，而这个决心确实很难下。由于我想不出更有把握的办法，于是决定守望。他们一来到岸上就望着他们，剩下的就是凭命闯了。相机行事，灵活处理，能怎么办就怎么办。

思想里有了这个决定，我就开始了尽可能长时间的侦察。事实上次数太多，我已经打心眼里感到厌倦了。因为我已经等候了一年半还多。大部分时间都是去岛子的西尽头和西南角。我每天都去看独木舟，却是一只也没出现。很叫人灰心丧气，不愉快。不过我还不能说现在的情况跟过去一样，消磨掉我这点热劲。没有，机会越是迟迟不出现，我的愿望反倒越是迫切了。一句话，开始我还小心翼翼，怕见到野蛮人，后来却连叫野蛮人看见也不怕了，甚至很想碰见他们了。

何况我还幻想自己可以对付一个，不，两三个野蛮人，如果遇见了的话。我就让他们都做我的奴隶。我叫他们干什么他们就得干什么，任何时候都不容许他们伤害我。我很长一段时间都陶醉在这个设想里。可是完全没有结果，我的一切设想和计划都落了空，因为野蛮人很久很久没有在我附近出现过了。

我耽溺于这种想法大约一年半之后，经过长期思考，我又把它们打消了，因为没有实现的机会。可是，有天一大早，我却大吃了一惊，在海岛的我这边的岸上发现了五只独木舟，聚集在一起。船上的人都上了岸，我看不见了。他们的人数破坏了我的一切措施。我见到了那么多人，也知道他们通常是四个、六个或更多的人划一条船。我不知道怎么办了。我能采取什么措施单枪匹马进攻二三十个人呢？不过，我仍然按照以前的准备，摆出了一切进攻的姿态，准备好一有机会就行动。我等了很久，听着他们会发出什么声响。然后，我等得不耐烦了，把两支枪放在梯子脚边，用老办法爬了两层，来到了山顶上。我站了起来，却不让脑袋露出山顶，他们怎么样也看不见。我在那里用望远镜观察，我看见足足有三十个人，已经点燃了火。肉也做好了——是怎么做的我看不见，也看不见烹调的是什么。但是他们都在跳舞，不知道按照他们那一套围着火堆做了多少野蛮的动作和舞姿。

在我像这样观察他们时，我从望远镜里看见了两个痛苦的可怜人从船里被带了出来。他们好像是关在那里的，现在被带出来宰杀。我看见其中的一个马上就倒下了。我估计是用棒子或木刀击倒的，那是他们的一贯做法。两三个人立即动起手来，开膛破肚，准备烧烤。另一个受害者就站立在旁边，等别人下手。可就在这时，那可怜的倒霉蛋发现自己有点自由，受到大自然求生欲望的刺激，突然一跳，就离开了他们，以令人难以相信的速度沿着沙滩向我跑来——我是说向我住处的方向跑来。

我看见他向我跑来可是吓了一大跳（我必须承认），尤其是发现有一大群人在追他的时候。可那时我竟然抱起了实现起我那一部分梦想的希望。他一定会往我这树林里跑，寻求躲避的。但是对我梦想的其余部分我是无法实现的。就是说，那些人并不到这里来找他。不过，我还站在那里，情绪又好了起来。追他的人只有三个。使我更受鼓舞的是：我发现逃跑的人比那三个人跑得快了许多，把他们甩到了后面很远。这样，在我看来，只要他能坚持上半个小时，他就一定能把他们甩掉。

在他们和我的堡垒之间有一道河浜，这是我在故事的第一部分讲到我用独木舟从大船上运东西时提起过的。现在我看得清清楚楚，那可怜虫必须游过那河浜，否则一定会被抓了回去。但是，那逃走的野蛮人跑到那儿时并不在乎，虽然那正是涨潮时间。他跳进水里，大约游了三十把就已游到对岸，爬了上去，又那么精力旺盛地跑了起来，仍然极快。那三个人追到了河浜边。我发现有两个人会游泳，第三个却不行。他站在河浜边望了望那两个，立即停止了前进，掉回了头。事实上，那对他倒是最好不过。

我观察到，那两个人用了那逃跑人两倍的时间才终于游过了河浜。我的思想热了起来，我认为目前正是我弄到奴隶的大好时机，说不定他就是我的伙伴和助手。事实上我那决心已是无法抗拒的了。很清楚，上天正在召唤我救下这个可怜虫的性命。我立即以最大的速度下了梯子，抓起我的两支枪（我说过，两支枪都立在梯子下），又以同样的速度爬上了山顶，向大海跑去。我知道一条捷径，很近。我冲下了坡，插到追赶的人和被追的人之间。我对被追赶的人大叫，那人回头一看，大约跟害怕那些人一样，也害怕我。我对他做手势，让他回来，同时对追他的两个人慢慢走去。随即扑向了前面那人，一枪托把他打倒在地。我不愿开枪，因为不愿让后面的人听见，虽然距离很远，不容易听见声音，也不大看得见枪烟——他们很不容易理解那意思。我打倒了那家伙，另一个追赶的人似乎怕了，停下了脚步。我急忙向他跑去，但是略微靠近些时，却发现他带着弓箭，而且正拈弓搭箭，要想射我。我只好先发制人，开枪打死了他。那逃走的可怜人已经站住，虽然眼见两个敌人都已倒下和死去，仍然叫我的枪声和火光吓坏了，呆住了，既没有往前走，也没有向后退。虽然很有逃跑的意思，不愿过来。我再次招呼了他，做手势叫他过来。他很容易就明白了，向前走了几步，又站住了，再向前走了几步，又站住了。那时我才看出，他在发抖，仿佛被抓了俘虏之后，也和他的两个敌人一样，要被杀死。我又向他做手势，让他过来，向他做了许多我所能想出的鼓励手势。他越来越靠近了。每走上十来步就跪倒在地，表示承认我救了他的命。我对他微笑，表示高兴，做手势让他再往前走。他终于来到了我的面前，再次跪倒在地，亲吻地面，并抓住我的一只脚，往他的头顶上放，似乎是向我宣誓永远做我的奴隶。我扶他站了起来，尽量对他表示尊重和鼓励。但是我还有别的事要做，因为我发现被打倒的人并没有死，只是打昏了而已，现在已经开始苏醒。我指了指他，又指了指那野蛮人，表示他还没死。这时他对我说了几句话，我虽然听不懂，听来却很愉快，因为那是我二十五年多来所听见的第一声人类的话语（我自己的除外）。但是我现在却没有时间做这一类思索，因为被打昏在地的野蛮人醒了，翻身坐了起来。我发现我那野蛮人害怕了。我一见那情况就举起了另一支枪对准那人，做出要开枪的样子。这时我的野蛮人（我现在就这么叫他）向我做了个手势，要我把吊在腰间的没有鞘的刀借给他。我给了他。他接过手就向敌人跑去，一刀就把他的脑袋砍掉了，刀法巧妙，就连德国的刽子手也不及他动作利落。这叫我很奇怪，因为我有理由相信他一辈子也没有见过刀——他们那木头刀例外。不过，我后来发现，他们似乎把木头刀也弄得很锋利，很沉重。那木头很硬，他们能用它砍下脑袋，对，还砍断手臂，而且是一刀就断。他砍掉了脑袋，向我哈哈地笑着走了过来，表示胜利，还做了许多我不懂的手势，把砍下的脑袋和刀一起放在了我面前。

可是最令他感到惊讶的是，他不明白我怎么能离开这么远就把那人杀死。他指着那人，向我做手势，要我同意他去那人的地点。我尽可能地表示同意他去。他去到那人面前站住，望着他，似乎很惊讶。他把他翻了过来，又翻了过去，望着子弹打出的伤口——似乎就在胸膛上，一个小洞，并没有流多少血——是内出血，因为他已经死掉。他取下那人的弓和箭，走了回来。于是我转身走掉，而且向他做手势，叫他跟上来，我表示还会有更多的人来找他们。

然后他向我做手势，他要把那两个人用沙埋掉，有人跟了来也就看不见了。我做手势让他做。他很快就用手在沙里扒开一个洞，大小可以埋掉一个人，然后把那人拖进洞里，掩埋好。再把另一个人也同样埋掉了。我相信他埋掉两个人，只花了不到一刻钟。然后，我就把他叫走了。不是带到我的堡垒，而是走了很远，去了我海岛那一面的洞窟。因此，我的梦想并不是在我的那一个地点实现的。我没有让他躲到我的树林里去。

在那儿，我给了他面包和一嘟噜葡萄干吃，还给了他水喝。我发现他因为逃跑，确实已经非常饥渴。我让他吃完喝过，又做手势让他躺下睡觉——我向他指出了一个铺了一大包稻草和毛毯的地点——我有时就是在那里睡的。那可怜的人躺了下来就睡着了。

19　我叫他星期五

　　他是个清秀漂亮的家伙，个子健壮。笔直的结实的手脚，并不太大。颀长。匀称。我估计是二十六岁左右，态度温文尔雅，全没有暴戾桀骜之气。面部很带男子汉气派，却也带欧洲式的和蔼文雅，尤其是在微笑的时候。一头黑色的长发，不是像羊毛那样卷曲。前额高而大，双目灵动闪耀，炯炯有神。皮肤不太黑，棕褐色，却不是难看的黄色，不是巴西人、弗琴尼亚人和其他的美洲原住民那种叫人恶心的茶褐色，而是一种明亮的暗橄榄色，很讨人欢喜，虽然很难描述。脸圆圆的，胖胖的，鼻子小小的，但不是黑人那种塌鼻子。很好的嘴，薄薄的嘴唇，整齐的牙，和象牙一样白。他睡（应该说是酣睡）了大约半个小时，就醒了过来，出洞来到我面前。我那时在挤羊奶，羊就养在附近的围场里。他一看见我，就跑了过来，再次匍匐在地，尽可能地表示出恭顺、感恩的样子，做了许多古怪的动作。最后，他又把脑袋放到地上，跟上次一样，把我的另一只脚放到他头上。然后向我做出种种表示服从、恭敬、卑微的表情，要我知道，只要他还活着就要为我干活。我在很多的问题上都理解了他的意思，也让他知道我很喜欢他。我在很短的时间里就已和他谈起话来，也教他和我说话。第一，我让他知道他的名字应该叫星期五。我是在星期五救了他的命的。我这样叫他就是为了纪念那一天。我也教他说"主人"这个字，让他知道那就是我的名字。也教他说"是"和"不"，让他知道这两个字的意义。我用一个瓦罐给了他一点奶，让他看我当他面前喝了下去，又把我的面包泡在奶里，我又给了他一块面包，让他照样做。他很快就学会了，做出手势表示觉得很好。

那天晚上我整夜都和他在一起。但是天一亮，我就向他做手势，让他跟我来。我告诉他我要给他几件衣服穿，他听了似乎很高兴。我们经过他埋葬了那两个人的地点时，他向我准确地指出了地点，告诉了我他所做的记号，以便以后寻找。做手势说，我们应该把他们挖出来吃掉。我一听很生气，表示厌恶，做出我一想到那事就要呕吐的样子，打招呼要他离开。他立即非常驯服地照办了。然后我就带他爬上了山顶，去看他的敌人是否已经走掉。我取出望远镜，把他们原来那地方看了个清清楚楚。既没有人，也没有独木舟。很显然，他们已经走了，把他们的两个伙伴扔掉了，没有来寻找。

但是我对这个发现还是不满意。现在我有了更多的勇气，也就有了更大的好奇心，我带了我的仆人星期五一起走。我就把他手里的刀给了他，让他背上了弓箭（后来我发现他的射箭技术很高），还让他为我背了一支枪。我自己背了两支。我俩就向那些家伙的地方走了去，因为现在我想更全面地了解他们。我来到了那地方，那景象之恐怖使我的血液凝固了，我的心往腔子里直沉，那场面确实令人心惊胆战。至少我是那样，虽然星期五没有什么感觉。那地方到处是人骨，地面上血迹斑斑，大块大块的肉，撕扯过的，烧烤过的，吃了一半的，四处乱扔。一句话，战胜敌人后的人肉庆功宴留下的一片狼藉。我看见三个头骨，三四条腿骨和脚，还有身体上的许多其他部分。我通过星期五的手势理解，他们为宴会带来了四个人。三个人已经吃掉。第四个就是他——他指着自己。他们和对手下一任的国王之间打过一场大战，他似乎就是现任国王的部下。他们也抓到过许多俘虏，也都由在战争里抓住他们的人带到几个地方去了。也是去开庆功宴的，跟他们带到这儿来的人一样吃掉。

我让星期五把所有的头骨、骨头、肉和一切的残余都收了起来，堆到一起，燃起一大堆火烧成了灰烬。我发现星期五对有些肉还露出了一点馋相，可见他本性上还是个食人生番。但是我一想到它，一见到那一点点表现，就露出了极为厌恶的表情，他也就不敢露出丝毫意思了，因为我已用某种方式向他透露，只要他提出那要求，我就要他的命。

这事办完，我就回到了我的堡垒，在那里为我的仆人星期五干起活来。我首先给了他一条细麻布内裤，那是我从那可怜的炮手的箱子里找来的，我说过。稍微修改一下，倒还合身。然后我用羊皮给他做了一件短上衣，我尽力做到最好——现在我已成了一个相当不错的裁缝。我还给了他一顶帽子，是我用野兔皮做的。很方便，也很漂亮。现在他像这样穿起来，倒挺不错。他见到自己的穿着几乎跟主人一样漂亮，也非常高兴。不错，开始时，他走路还显得拘束，短上衣袖子也摩擦得肩膀和手臂内侧生疼。可是在他说不舒服的地方我放松了一点，他再适应了一下，终于也就很不错了。

我带他回到我的茅屋后的第二天，就开始考虑他的住处。为了让他方便，也让我完全放心，我在我的两处堡垒之间正中的空地上为他搭了一个帐篷。在前一个堡垒以外，后一个堡垒以内。由于有一道门（或是入口）通向我的洞窟，我做了个正式的门框，加上一道木板门，固定在通道上，在入口后一点，让门向里关，晚上闩好，再把梯子收进来。我住在墙壁后的深处，星期五晚上要翻过来，就不能不弄出很大的声响，把我惊醒。因为我的第一道墙壁有长杆搭成的完整的房顶，靠在山坡上，把全部帐篷覆盖了起来。帐篷用短树枝而不是用木条横压，上面苫了很厚的稻草。那稻草跟芦苇一样结实。我还在为搭梯子上下和进出而开的洞门上，修了一种活板门。要想从外面进来不但打不开，而且会摔下去，发出很大的声音。至于武器嘛，我每天晚上都拿进来放在自己身边。

但是这种预防措施其实并不需要。要讲身边的仆人之忠心、贴心、真心，无论是谁都比不上我的星期五。他不冲动，不郁闷，不要心计，一直忠心耿耿，全心全意。把全部的热情都放在了我的身上，就像孩子对爸爸一样。我相信他在必要时可以为了救我而牺牲自己的生命。例子很多，不容置疑，我很快就相信用不着对他采取任何预防措施了。

160

这一事实常常使我深思，惊奇地深思。君临人世的上帝在安排他一手创造的人类时，为什么对世界上那么多人给予的机会那么少，不让他们充分发挥自己的聪明才智和灵魂力量呢？虽然他也给了他们同样的体魄、智慧、感情、仁爱心和责任感，同样的激情和对丑恶的厌憎，同样的感激、真挚和忠诚，还有种种乐于行善，领会上帝的慈悲的才能。而且，在上帝给他们机会做到这一切的时候，他们也同样高兴，不，比我们还高兴，正确地施展上帝赋予他们的才能。这叫我有时很感到悲哀。在好些情况下我想到：虽然我们的力量有上帝的灵魂和训诲的伟大教导的明灯照耀，而且有自己的悟性，我们的成就为什么总是那么微不足道呢？上帝为什么要对几百万个灵魂隐藏灵魂获救的知识呢？那些人（如果我可以从这个可怜的野蛮人做出判断的话）是能够比我们更好地利用那知识的呀！

从此出发，我有时候被引导着侵犯了上帝的至上的权力。我对于那种专断的权力是否公正提出了质疑。那权力把光明给了某些人，不给某些人，却又要求两类人都承担同样的义务。但是，我又不再责难，我用一个结论挡住了自己的思想。首先，我们不知道这种情况应当受到什么光明和律法的责难。而由于上帝的存在本身，他必须是无限神圣而公正的。既然这些人被判定了要消失，那就是因为他对那光明犯有罪孽。正如《圣经》所说，因为他们对自己的律法（他们的良知认为公正的律法）犯下了罪孽①，虽然其根据我们还没有发现。其次，由于我们全都是陶匠手里的陶土，没有陶器能对上帝说："你做什么呢？"②

但是，还是回到我的新伙伴吧。我非常喜欢他，就教给了他能让他做的、方便顺手的、有帮助的东西。尤其是把让他说话，能听懂我

---

① 《圣经·新约·罗马书》第 2 章 14 节："没有律法的外邦人，若顺着本性行律法上的事，他们虽然没有律法，自己就是自己的律法。"

② 见《圣经·旧约·耶利米书》第 18 章 6 节："耶和华说：泥在窑匠的手里怎样，你们在我的手里也怎样。"又见《圣经·旧约·以赛亚书》第 45 章 9 节："泥土岂可对团弄它的说：'你做什么呢？'所做的物，岂可说：'你没有手呢。'"

的话当作我的工作。而他却是最了不起的学生。特别是非常快活，老在干活。只要听懂了我的话，或让我听懂了他的话，就非常高兴。因此我很乐意和他说话。现在我的生活非常轻松了，我开始对自己说，如果没有野蛮人的危险，即使永远离不开我居住的这地方我也无所谓了。

我回到堡垒之后两三天，我心想，为了帮助星期五摆脱他那恐怖的膳食习惯，改变他那生番胃口，我应该让他尝尝其他肉类的味道。有一天我就带他来到树林里。事实上我去那里是打算杀掉我羊群里一只羊羔，带回家烹调的。但是，我在中途却见到一只母羊躺在树荫里，两只小羊坐在她旁边。我抓住星期五，"站住，"我说，"别动。"又向他做手势，叫他别动。我随即端起枪，打死了一只羊羔。那可怜的人事实上只在远处见过我打死那野蛮人，他的敌人，却不知道是怎么打死的，也想象不出来。这时却狠狠地吓了一跳。我认为他快要倒下了。他没有见到那羊羔，也没有见到我打死它。却急忙拉开背心，看自己是否受了伤。我随即发现，他认为我决定了杀死他，因为他来到我面前跪下了，抱住我的膝盖说了许多我听不懂的话。但是我很容易看出来，意思是求我别杀他。

我马上想出了一个办法让他相信我不会伤害他。我牵着他的手让他站了起来，对他笑了。我指着打死的羊羔，让他去拾回来，他照办了。他莫名其妙地望着羊羔，想看出它是怎么死的。这时我给枪里上好了子弹。过了一会儿，我看见一只大水鸟，样子像鹰，站在射程之内的一棵树上。为了让他多少明白点我的打算，我又把他叫到我面前。我瞄准了那鸟——事实上那是只鹦鹉，虽然我看成了鹰。我指了指那鹦鹉，指了指我的枪，又指了指鹦鹉下面的土地，让他懂得：我要让鹦鹉掉下来。我让他懂得我要开枪打死那鸟。然后我就让他看着我开了枪。他随即看见鹦鹉掉到了地上。尽管我给他说了那么多，他仍然呆呆地站着，吓得魂飞魄散。我发现他之所以更加害怕，是因为没见我把什么东西放进枪里，以为那东西里有某种造成死亡和毁灭的神奇力量，可以杀死附近或远处的人、兽、鸟和一切。这给他造成的惊惶很久很久无法消失。我相信，如果我听任他做，他是会把我和我的枪当作神来崇拜。至于那枪本身嘛，在以后好多天他都没敢碰一碰它。

在他一个人的时候还对它说话，跟它交谈，好像它回答了他的话似的。后来我才听他说，那是在求它不要杀他。

好了，等他那惊惶稍微过去了一点儿，我就指着鹦鹉，让他去拾回来。他去了，但是好一会儿才回来。因为鹦鹉还没有死，从掉下的地方扑腾了好远的距离。不过，他还是找到了它，拾了回来，交给了我。我见他对那枪的无知，又利用那机会再上好子弹，没有让他看见。这样，等下一回有了目标我又可以射击了。但是那时没有机会出现。我把羊羔带了回来，那天晚上就剥掉了皮，尽可能地把肉切得很好。我有烧肉的锅，于是煮了些肉——或叫烧了些肉，烧成了很好的肉汤。我吃了几口，就给了我的仆人一些。他似乎非常高兴，喜欢吃。但是他觉得最奇怪的事是发现我吃时加了盐。他对我做了一个手势，表示盐不好吃。他放了一点到嘴里，似乎感到恶心，想呕吐，想对它吐唾沫，然后又用清水漱口。可我也放了点没有盐的肉到嘴里，又装作因为没有盐，想呕吐，像他一样赶快对盐吐唾沫，但是不行。他吃肉和喝汤，怎么样也不肯放盐，至少有很久不肯放。以后放了，也很少。

像这样请他吃了炖肉汤之后，我决定烤一块羔羊肉请他大吃一顿。我的办法是拴成一串，挂在火上烤。那是我在英格兰见到的很多人的做法。我把两组杆子竖立起来，立放在火堆的两面，上面横放一根杆子。把那串肉拴在横杆上，让肉不断旋转。星期五对这办法很欣赏，等到他尝到肉的时候，他用了很多办法告诉我他有多么喜欢。这让我不能不理解他。最后，他终于告诉我，他再也不吃人肉了。这话我听了高兴极了。

第二天我让他砸了一些粮食，照我常用的办法筛过（办法我以前说过）。他很快就知道怎样模仿我做了，尤其在他看到那目的是做面包之后。那以后我又让他看我做面包，烤面包。不久之后，星期五就可以代替我做这类工作了，做得和我一样好。

现在我开始考虑，为了养活两张嘴，而不是一张嘴，必须扩大耕地，比以前多种粮食了。于是我划出了一片更大的土地，像以前一样修起了篱笆。这活星期五不但乐意做，使劲做，而且非常高兴做。我告诉了他目的：是为了种粮食，做更多的面包。因为他现在跟我在一起，我要有足够的粮食给他和我俩吃。他对这部分道理似乎很理解，而且让我知道，他认为因为有了他，我就增加了许多劳动力，只要我告诉他怎么做，他是愿意为我更努力地干活的。

20　我们又造了一只独木舟

这是我在这地方日子过得最愉快的一年。星期五的话讲得相当不错了。我需要时叫出的东西的名字，我要他去的地方的名字，他几乎每一个都能听懂。他和我说了许多话。简单地说，我的舌头现在又有了用处。而在那以前我可是几乎用不上——我指的是说话。除了和他谈话的快乐，我对这家伙本人还特别满意。他那质朴坦率的诚恳一天比一天更明显地表现了出来。我开始真正地喜欢上了他。而在他那一面，我也相信他喜欢我超过了他以前所喜欢过的一切。

有一回我有了个想法，想看看他对自己的部族是否还怀念。在我教会了他很多英语，我的问题他大体都能回答之后，我就问他他的那个部族打仗是否没有败过。他笑了，说："对，对，我们总更好。"他的意思是，总打胜仗。于是我们开始了下面的交心的话。"你们既然总打胜仗，"我说，"那你为什么给抓了俘虏呢，星期五？"

星期五：我的部族，还是胜仗多。

主人：是怎么打的？你们的部族打了胜仗，你怎么给抓了俘虏呢？

星期五：在我那地方，他们部族的人，比我们部族的人多。他们抓到一个、二个、三个和我。我的部族在那边打败他们，我不在那边。我的部族抓了一个、两个，很多千个。

主人：你的部族为什么不把你从敌人手里要回去呢？

星期五：他们抓了一个、两个、三个和我，上独木舟，跑掉。我部族没有独木舟，那时候。

主人：那么星期五，你的部族拿他们抓到的人怎么办？也跟那些人一样带去吃掉吗？

星期五：对，我们部族吃人，都吃掉。

主人：他们把他们带到哪里去呢？

星期五：想到哪里就到哪里。

主人：他们来不来这里？

星期五：来，来，来这里。也去别的地方。

主人：你跟他们来过这里吗？

星期五：来过，来过这里，我（指着海岛西北面，他们好像就在那方向）。

在这里我的理解是，我的仆人星期五以前也跟那些野蛮人在一起常到这海岛远处的某部分海岸来，在我说过的吃人时来过，这一回他被带去吃时也来了。以后不久，我就鼓起勇气带他去到了我所说的那地方，他马上就认了出来，并告诉我他去过那里。他们在那里吃了二十个男人，两个女人和一个孩子。他说不出"二十"这个字的英语，就捡了那么多石子摆成一排，指着它让我数。

我写上这么一段，因为它可以引起后面的话。在我和他谈过这些话之后，我问过他，从我们这海岛到那岸边有多远，独木舟是否常常翻掉。没有独木舟翻过；只是出海一段路之后就有一道海流，还有风。总是早晨一个方向，晚上另一个方向。

按照我的理解，这说的也就是海潮，包括涨潮和退潮。但是我后来才知道，那是强大的奥里诺科河所造成的急流和回流。我们的岛子，我后来才发现，就在河口上，或河口的海湾里。我现在往西面和西北面所看见的这个海岛就是巨大的特立尼达岛，在河口的正北。关于那个国家我问了星期五一千个问题，居民、海、海岸、附近有什么部族。他把自己知道的都告诉了我，你能够想象多坦率就有多坦率。我问了他那几个部族的名字，只得到加勒比一个名字。从这里我很容易就理解了：这些人都是加勒比人。我们的地图画在从奥里诺科河到圭亚那的河口上，再往前就到了圣玛尔塔，是美洲的一部分。他告诉我，在月亮那边很远，就是说在月亮下落的方向以外，一定就在他们的国家西面，那里也住着长白胡子的人，跟我一样。他指着我的大胡子——我以前讲到过的。那些人杀了很多人。我理解他指的是西班牙人。西班牙人在美洲的凶残传遍了所有的国家。各个民族的人都记得，从爸爸传到儿子。

我打听，我怎么才能从海岛的这个地方去到白人那里。他告诉我，"可以，可以，我可以坐两只独木舟去。"我不明白他的意思，也无法让他解释"两只独木舟"的意思。我费了很大的工夫才终于明白，那一定是一只大的独木舟，有两只独木舟大。

星期五的这一部分话叫我非常高兴。从那时起我就怀抱了希望：我早晚是可以找到机会逃离这地方的。而帮助我逃离的人可能就是这个可怜的野蛮人。

在星期五和我在一起的很长的时间里，在他能对我讲话，能理解我的话的时间里，我从来没忘记过在他心里打下宗教知识的基础。特别是有一回我问他：是谁创造了他。那可怜的人根本不明白我的意思。只以为我在问，他爸爸是谁。但是我又从另一个角度问他：是谁创造了大海、创造了我们走在上面的陆地、山和树林。他告诉我，那是一个叫本纳牟基的老人，他住在万物之外。他描绘不出这个伟大的人，只是说他非常老，比海还老，比大地还老，比太阳月亮或星星都老。然后我又问他，既然这一切都是老人创造的，它们为什么不崇拜老人呢？他露出非常严肃的样子，一片天真地说："一切东西都对他说：嗷！"我问他，他们的国家的人死去之后去不去什么地方。他说，要去，都到本纳牟基那里去。我又问他，他们吃掉的人也去那里吗？他说，也去。

我就从这一切开始教育他，给了他关于真正的上帝的知识。我指着天空告诉他，伟大的造物主就住在那上面。他以创造世界的同样神力和天意管理着世界。他是全能的，什么事都可以为我们做，什么东西都可以给予我们，也能剥夺我们的一切。像这样，我逐渐让他睁开了眼睛。他听得很认真，高高兴兴地接受了耶稣基督被派来为我们赎

167

罪的思想，接受了我们向上帝祈祷的礼仪。他相信上帝能听到我们的话，虽然他远在天上。有一天他告诉我，既然远在太阳那边的上帝都能听见我们的话，他一定是个比本纳牟基还伟大的神。本纳牟基住的地方离他们不远，可他听不见他们的话。要跟他说话，就得爬上他住的大山。我问他他上过那山去跟他说话没有，他说没有，年轻人从来不去，只有老年人去。他把老年人叫作他们的巫沃卡纪。我让他解释，他说巫沃卡纪就是宗教人，或教士。他们到他那里去"说嗷"（也就是做祷告），然后回来，向他们传达本纳牟基说了些什么。我从这里看出，即使在世界上最愚昧无知的野蛮异教徒里，也有祭司这类的人，而为了保持人们对祭司的尊重，也得制定一种秘密的宗教政策。这情况不但在古罗马人里发现，而且在全世界的宗教里都可能发现，即使在最残酷最野蛮的野蛮人里也一样。

我努力消除我的仆人星期五的这种错误观念。我告诉他，那些老年人到山上去对本纳牟基说嗷的事是假的，是骗人的。他们带回本纳牟基的话什么的，更是假的。如果他们碰见了什么回答，或是在那里跟谁说过话，那说话的一定是邪恶精灵。然后，我跟他做了一次关于魔鬼的长谈。魔鬼最初是什么，他对上帝的背叛，他对人的仇恨，仇恨的理由，他在世界的黑暗里自立为王，想代替上帝受到崇拜，成为上帝。他用以诱惑人堕落的种种阴谋诡计。他通过什么样的秘密通道进入我们的情绪和情感，针对我们的倾向设下网罗，让我们自己诱惑自己，自己选择毁灭。

我发现要把关于魔鬼的正确思想送进他的心里很为困难，关于上帝本身的思想也一样。在我向他证明伟大的初始动力、最终裁决、控制权力、秘密指挥的天意、对创造我们的上帝的崇拜的公平与正义都是必然的存在时，他的天性支持了我的全部论点。但是在理解邪恶精灵的观念时，他的天性就不一样了。我谈了邪恶精灵的来源、存在、天性，尤其是他想干坏事，拉我们干坏事的倾向。那可怜的家伙有一回却提出了一个很自然也很天真的问题，令我很为困惑，不知道怎么回答好。我跟他谈了许多关于上帝的神力、全能、上帝对罪恶的威猛的憎恶、上帝是烧毁邪恶制造者的圣火的道理。又说上帝既能创造我们，也就能在顷刻之间把我们和全世界毁灭干净。星期五一直认真地听着。

然后我又告诉他，在人们心里魔鬼是怎么样与上帝为敌的。他使用鬼蜮伎俩打击上帝的天恩，破坏基督在人世的王国，还搞诸如此类的活动。"很好，"星期五说，"可你说上帝那么有力气，那么伟大，他怎么就不如魔鬼有力气和伟大呢？""对，对，"我说，"星期五，上帝比魔鬼强有力，上帝高于魔鬼，因此我们祈求上帝把魔鬼踩到我们脚下，让我们拒绝他的诱惑，熄灭他那燃烧的箭。""但是，"他又说，"既然上帝比魔鬼强大得多，有力得多，他为什么不把魔鬼杀死，让他不再干坏事呢？"

这问题叫我很奇怪地吃了一惊。虽然现在我已是个老头，可要当医生还嫌太嫩，要作诡辩家解答疑难，还没有资格。我一时不知道如何回答，就假装没有听见，问他他说的是什么。但是他太认真，想得到答案，是不会忘记他的问题的。他又用不成句子的英语再问了那个问题。这时候我才镇定了一点，说，"上帝最终是会严厉地惩罚他的。他要保留他到审判的时候，要把他扔进无底的洞窟，让他被永恒的烈火燃烧。"这回答没有满足星期五，他又用我的话回答我，"'保留到审判'，这话我就不懂了。为什么现在不杀死？为什么很久以前不杀死？""你也可以问我，"我说，"为什么上帝不在你和我干着冒犯他的坏事时杀死我们？他保留我们是为了等候我们忏悔，然后宽恕我们。"他想了一想，说："好的，好的。"他又感情非常激动地说："那不错。那么你，我，魔鬼，坏蛋们，都保留，都会忏悔，上帝饶恕？"我再次被他问得无言答对。我觉得那对我就是一个证明，证明天然的思想可以引导理性的人获得关于上帝的知识，崇拜应该崇拜的最高的存在上帝。那是天性的自然结果。但是，要形成对耶稣基督和他为我们赎罪的知识，形成他在新的约定里作中保①和在上帝脚凳下的调解人的知识，却是非有神的启示不可的。我说，这些东西除非有上天的启示是不能在灵魂里形成的。因此我主的福音和救世主耶稣基督的

---

① 中保：指耶稣，《圣经·新约》称他是上帝和人之间的中保。

福音（我指的是上帝的话，上帝的精神）预告了他们将成为人民的指导者和净化者，将把主的获救知识和手段给予他们。

因此我改变了我和我的仆人之间现在的谈话的方向，匆匆地站了起来，好像有什么突然的理由要出去。然后我打发他到远处去办事，自己对上帝严肃地祷告起来，希望上帝能教导我怎样对这个可怜的野蛮人进行教育，解救他。告诉他怎样以上帝的灵帮助那可怜的无知者从耶稣基督接收到上帝的光的知识，顺从上帝。希望上帝引导我用上帝的话对他说，从良心上说服他，让他睁开眼睛，让灵魂得到拯救。到他回来的时候，我又和他长谈了一次，谈的是让救世主拯救世人，和上天宣扬福音的教义的话题。就是说，对上帝忏悔和对受到祝福的主，耶稣基督的信赖。然后我尽量向他解释，我们的赎罪者为什么不以天使的本性出现，而是以亚伯拉罕的后裔的身份出现。而堕落天使又因此而得不到赎罪的机会，他只在以色列家族迷途的羊之类的人面前出现。

上帝知道，在我教育这可怜人所使用的办法里，我都是真诚多于知识。我必须承认一种凡按照同样原则行动的人都会发现的情况：事实上在我向他阐述的时候，我也在很多方面给自己知识，教育自己。那都是我以前不知道或没有充分思考，而在我为了给这个可怜的野蛮人知识而探索时，在我的心灵里自然呈现的。我在这时对道理的探索比以前有了更深的感情。因此，不管那可怜的野蛮人对我是否更好了些，我也有充分的理由因为他来到了我身边而感谢圣恩。我感到我的悲伤减轻了太多太多，住处也舒服了太多太多。在我回顾自己被禁锢在其中的孤独的生活的时候，我不但自己受到了感动，抬头望向了上天，寻找着送我到这里来的那只手，而且现在由于天意还拯救了一个可怜的野蛮人的生命，而且在我看来，还在拯救着那可怜人的灵魂，让他懂得宗教和基督教教义的真正知识，让他知道耶稣基督，知道耶稣基督就是永恒的生命。我说，在我思考着这一切的时候，一种秘密的欢乐弥漫了我灵魂的每一个部分。我常常为自己被送到了这里感到高兴，而以前我常认为那是可能降临到我身上的最可怕的折磨。

我怀着这种感恩的心情，过着生命里余下的日子。我和星期五用于谈话的时间完全把我们在那里共同生活的三年变成了欢乐愉快的时日——如果人世间还能有欢乐愉快的时日的话。野蛮人现在成了个很好的基督徒，比我好多了。虽然我有理由希望，也为之祈求上帝，我们俩都是有着同样的悔悟之心，得到同样的安慰和更新的悔过人。我们在这里同样可以读到上帝的话，接受上帝的教诲，距离他的精神不比在英格兰更远。

我常常朗读《圣经》，为的是让他跟我一样理解我所读到的意思。而他呢，由于他的严肃的探索和提问，使我如前所说，对《圣经》的知识有了更好的理解，而那是只靠自己阅读做不到的。我在这儿还不能不注意到一件事（那是我在退隐的生活里体验到的），那就是：对上帝的知识和对耶稣基督拯救灵魂的教义的知识，在上帝的话里表达得那么质朴，那么容易接受和理解，真是一种无法描述的无穷无尽的幸福。光是阅读经文就让我对自己的责任有了足够的理解，让我直接进入了为自己的罪孽而真诚悔罪的伟大工作。我抓住了挽救一个生命使之赎罪的机会，遵照上帝的命令，在实践里对他进行了改造。而这一切我都是无师自通的，没有导师的——我指的是人间的导师。因此，同样的质朴的教导已足够起到启发这个野蛮人的作用，使他成了一个罕有其匹的基督教徒，那是我平生所仅见。

至于世界宗教里的种种争执、辩驳、论战、对垒，无论是教义的精义微言，或是对教会管理的设计，对我们都完全没有用处，在我看来，对世界的其他部分也没有用处。我们有通向天堂的肯定的向导，那就是上帝的话。祝福上帝，我们愉快地看见了上帝的灵，我们用他的话教导和指引自己，使自己懂得了一切真理，既乐意听从也乐意服从他的话。而在我看来，世界宗教所争论的种种问题的最了不起的知识，也只能在世界上引起严重的混乱。即使我们能学到，也没有丝毫用处。但是我必须谈的是故事的历史部分，我得按着顺序谈。

在星期五和我彼此的理解更加深刻，我的话他几乎全部能理解，而且能很流利地（虽然有些破碎）跟我说话之后，我就把自己的故事讲给他听了，至少是与我怎么来到这地方有关的部分。我在那里怎么样生活的，来了多久了，我让他理解了火药和子弹的神秘（那对他可是神秘），教了他怎么样开枪。我还给了他一把刀，他高兴得不得了。我还给他做了条皮带，上面有饰带，也就是我们在英格兰挂佩剑的东西，而不是刀环。我还给了他一把短斧，那不但在某些时候是好武器，换个机会还可能大有用处。

我向他描述了欧洲的情况，特别是我老家所在的英格兰。我们是怎么样说话的，怎么样礼拜上帝的，人们彼此如何相处，我们怎么样开了船在世界各地做生意的。我给他描述了我在船上遇见的海难。而且尽可能靠近地告诉他那艘遇难的船所在的地方。但是那船早已经被打了个粉碎，看不见了。

我让他看见了我那小船的残骸。在我们逃离的时候，它不见了。后来，我用我全部的力气也挪它不动了，现在几乎完全破成了碎片。星期五见到那船时站着想了好一会儿，没有说话。我问他在研究什么，最后他说："这种船，到过我们那里，我见过。"

我好一会儿没听懂他的意思，但是我仔细想了想，终于明白了。有一只跟这船一样的船，到过他住的地方，上过那里的海岸。就是说，按照他的解释，被风暴送到过他们那里。我立即想象了出来，一定是有一只欧洲大船被吹到了他们那里的海岸边。那小艇有可能是脱离大船，被冲到了岸上。但是我太迟钝，竟然没想到有人会从那里的海难里逃脱，更没有想到那些人可能是哪里来的。于是我让他描述了一下那小船。

星期五对我很仔细地描述了那小船。到他带着热情补充了以下的话时，我更加理解他了。"我们救白人，不淹死。"我立即问他，小船里有没有白人。"有，"他说，"小船装满白人。"我问他有多少。他用手指头比出十七个。我问他那些人后来怎么样了，他回答，"他们活，在我们那里活。"

这就把一个新的念头送进了我的脑袋。我马上想象出，那很可能就是被冲到过这里，我在我这海岛（我就那么叫它）上见过的那船上的人。那些人在大船撞岩后，发现那船已经坏了，无法指望，只好上了小船逃掉，救了自己的命。在那边那荒凉的海边上了岸，到了野蛮人群里。

于是我更为严肃地问他，那些人怎么样了。他向我保证他们还住在那里，已经差不多四年了。野蛮人没有碰他们，还给他们送食物。我问他，他们为什么不把他们杀掉，吃了。他说，"没有，他们拿他们当兄弟。"就我对他的理解看来，那意味着休战状态。他说，"不是打仗打来的人，他们不吃。"就是说，不是来跟他们作战，在战斗里被俘虏的人，他们从来不吃。

谈话之后相当久，我到了海岛东部的一个山顶上——我说过，我是在一个晴朗的日子在那里发现了大陆（或者是美洲大陆）的。那天天朗气清，星期五很认真地往大陆上望。他似乎吃了一惊，手舞足蹈地跳了起来，对我大叫——他离我相当远。我问他什么事，"啊，太高兴了！"他说，"啊，太愉快了！你看，那里，是我们的人！"

我见他脸上露出一种奇特的快活，眼里闪着光，面部有一种罕见的迫切表情，仿佛想再回国去。这一观察把许多念头送进了我心里，我开始和以前一样对我的新仆人星期五不放心了，我不怀疑星期五可能再回他的部族。那么他就不但可能完全忘记基督教，而且可能忘记他对我的全部义务，还可能把我的情况主动告诉他的人，然后说不定带一两百人回来，捉我吃肉，开筵席，在筵席上还可能跟以前吃他们抓住的俘虏一样，欢天喜地。

但我可真太冤枉了这个诚实的可怜人，我以后曾为此非常内疚。我连续几个礼拜提高了警惕，更加谨慎，对他不像以前那么亲密和爱护了。我真是错了。这个诚实的知恩图报的人除了符合最佳原则的念头外全没有别的想法。他既是最好的基督徒，也是最感恩的朋友，这些都在以后表现了出来，令我非常满意。

在我对他警惕的时候，你可以相信我每天都在旁敲侧击，看他是否会暴露出我怀疑他心里有了的思想。但是我发现，他说的话都很诚实，很天真，听不出可以引起更大的怀疑的东西，尽管我对他那么不放心。他终于让我又成了他的朋友，而且一点也没有觉察到我的不安。我也感觉不到他有丝毫装模作样。

有一天，我们又上了那座山，但是海上薄雾蒙蒙，望不到大陆。我对他叫喊道，"星期五，你想回国去，回自己的部族去吗？" "想呀，"他说，"我很高兴，嗷，回去，回部族去。""你回去干什么呢？"我说，"你会又变成野蛮人，又吃人，跟以前一样野蛮吗？"他非常专注地望着我，摇摇头说，"不，不，星期五要告诉他们过好日子，告诉他们祷告上帝，告诉他们吃粮食面包，动物肉，喝奶，不再吃人。""那么，"我说，"他们会杀死你的。"一听这话他严肃起来，"不会的，他们愿意学。"他这话的意思是，他们会愿意学。他还说，他们从那些坐着小船去到那里的长胡子的人学会了许多东西。然后我问他，他是否愿意回去。他一听，笑了，告诉我，他游不了那么远。我告诉他我可以为他造一只独木舟。他告诉我，如果我跟他一路回去，他就愿意回去。"叫我去吗！"我说，"我到那里，他们会吃了我的。""不会，不会，"他说，"我让他们不吃你，我让他们喜欢你，很。"他的意思是，他会告诉他们，我杀死了他的敌人，救了他的命，他会让他们爱我。然后他竭尽全力地告诉我，他们对遭到灾难去到那里的十七个白人（或者叫长胡子的人）有多么好。

我承认，从这时开始，我产生了冒险去一趟的想法。看看我是否能和那些长胡子的人会合。我相信他们是西班牙或葡萄牙人，毫不怀疑。而且，如果我去了的话，我们还可能一起想办法逃出那地方。那地方在大陆上，而且有一大群人，比我好多了。我在海岛上，离大陆海岸还有四十英里，一个人孤立无援。于是，几天以后，我带星期五去干活，在谈话时告诉他，我可以给他一只船，让他回他自己的部族去。然后我就带了他去了我的"战舰"，它在海岛的另一面。把水舀空之后（我总是把它沉在水底保存），就划出来让他看。我们俩都上了船。

我发现他划起船来非常熟练，速度几乎达到了我的两倍。我就趁他在船上时对他说，"现在，星期五，我们就划到你的部族去，好吗？"我这么一说，他却显得茫然了，似乎因为那船太小，去不了那么远。然后我告诉他，我还有一只更大的。于是第二天，我们去到了我所造的第一只独木舟那里。也就是我无法弄下水的那一只。他说那一只倒够大的，但是由于我没有保护，它在那里已经躺了二十二三年，被太阳晒干了，开裂了，已经腐朽了。星期五告诉我那么大的船很可以用，"可以带足够的食物，饮水，和面包，"那是他的看法。

总之，我那时已经认定了那个计划，要跟他一起上大陆去。我就告诉他，我们俩就要做那么大一只独木舟，他就可以回家了。他一句话也没有回答，认真地露出了难过的样子。我问他是怎么回事，他又这样问我："你为什么对星期五发脾气，生气？我做什么了？"我问他，那是什么意思，我根本没有生他的气。"没有生气！没有生气！"他说，重复了好几次。"为什么叫星期五回家，回部族？""那有什么，"我说，"星期五，你不是说你希望回那里去吗？""对，对，"他说，"希望两个人在那里。不希望星期五在那里，主人不在那里。"一句话，他不愿意没有我，一个人回去。"我去那里，星期五！"我说，"我到那里干吗去？"一听这话他很快就向我转过身来："你可以做很多好事，"他说。"教野蛮人作好人，做懂事的听话的人。让他们知道上帝，祷告上帝，过新生活。""天呀，星期五，"我说，"你就不知道自己在说什么，我自己还是个无知的人呢。""是的，是的，"他说，"你教我好，你去教他们好。""不行，不行，你一定得一个人回去。我就留在这儿，和以前一样，一个人过。"一听这话他又露出想不通的样子，跑到他常常随身携带的斧头旁边，一把抓了起来递给我。"我拿它干吗？"我对他说。"你拿来，杀星期五。"他说。"我为什么要杀你？"我又说。他马上回答："你为什么要打发星期五走？不要打发星期五走。"这话他说得很真诚，我看见他已是热泪盈眶。一句话，我很清楚地看见了他对我那最深挚的感情和坚定的决心。我立即告诉他，既然他愿意和我在一起，我就再也不会让他走了。这话我以后也常说。

　　总而言之，我从他所有的言谈里发现了他对我有坚定的感情，任何东西也不能把他和我分开。这样，我才发现，他对他国家的感情的基础是他对人的热爱，希望我为他们做好事。而我自己对此却丝毫没有意识到。那可是我一点也不愿意，也没有丝毫欲望办的事。但是我仍然发现自己有了一种设法逃离的强烈欲望。这我上面已经说过。那是以他的谈话为基础所形成的一个假定。那假定是：那里有十七个长胡子的人。于是我不再耽误，就跟星期五一起干了起来。我们要找一棵大树，可以建造合适的独木舟或匹拉呱，准备航海。这海岛上树木非常多，足够建造一支小船队。不是匹拉呱队，独木舟队，而是很好

175

的大船船队。但是我所注意的主要问题是：必须紧靠水边，做好之后就能下水，避免我最初犯的错误。

最后，星期五选中了一棵树。我发现他比我内行得多，他知道什么木料最合适。直到今天我也不知道我们砍倒的树是什么树。我只觉得非常像菩提树，或者是菩提树和尼加拉瓜树之间的一种树，因为它的颜色和气味都跟它们很像。星期五主张用火烧挖空树心，做成船形，我却教他怎么样用工具掏挖。在我教给他做法之后，他也做得非常灵巧。经过了一个月的辛勤劳动，我们完工了，而且做得非常漂亮。特别是经过用斧头（是我教他的）砍和削之后，我们做成了一艘地道的船。然后，我们又花了差不多半个月时间，垫上大滚柱，把它拖走，一寸寸地弄下了水。独木舟下水后，可以容纳二十个人绰绰有余。

独木舟下了水，虽然很大，我却吃了一惊，发现我的仆人星期五操纵起来，拐弯或划动，都非常灵巧、快速。于是我问他，如果我们能冒险过去的话，他愿不愿去。"愿意，"他说，"很好，冒险去那边。虽然，风，刮大。"不过，我还有个下一步的打算是他所不知道的：做一根桅杆和一张帆，再配上锚和缆绳。桅杆很容易找，我在附近选定了一棵年轻的雪松，那种树这岛上多的是。我让星期五砍了下来，指示他做成什么长短和形状。风帆是我特别注意的活儿。我知道我有些旧帆，或者说旧帆布，够多的。但在我手里已经放了二十六年，保存得又不仔细——没有想到还能派上这样的用场。我相信它们全都朽坏了，事实上大部分也确实朽坏了。不过，我毕竟找出了两张看来还挺不错的。因为没有针，我花了很多工夫，很吃力很笨拙地做了些缝补活儿——你可以肯定我非常吃力。我终于做成了一张英格兰人叫作羊肩胛的帆，配合下面的帆下桁使用，顶上加个斜撑帆杆，形成了商船小艇常用的一整套。用帆我非常熟悉，因为我逃离巴巴里时驾的就是那种小艇——我在故事的第一部分已讲过。

最后的活儿我干了差不多两个月，安装桅杆，固定风帆。我做得很周到。我为桅杆做了条小支索，挂上了一张帆，或叫力帆。我们需要它在转向顺风时支持桅杆。最重要的是，我在船尾装了舵，方便驾驶。我虽然是个蹩脚的船员，却深知舵的用处和它的必不可少。我尽心尽力地做，终于做完了。考虑到我打算安在舵上却又失败的几个拙劣装置，可以说我在那舵上所花的劳动，也就和造一艘独木舟差不多了。

这些工作也做完，我还得教我的仆人星期五这只船的驾驶方法。因为他虽然很会划独木舟，对于船帆和船舵这类东西却是一无所知。他看见我用船舵驾着船下了海，看见船帆转动着方向，转向时还迎风行驶，东一拐，西一弯，就站在那里，惊呆了，惶恐了。不过，我让他使用了不久，他也就熟悉了，成了个出色的水手。但是对于罗盘我能教会他的却很少。不过，那里除了在雨季，阴天很少，根本没有雾，即使有也是薄雾，晚上可以看星星，白天可以看海岸，使用罗盘的机会并不多。

现在我已经被困在这里二十七年了，虽然和这个家伙在一起的最后三年不该计算在内。在这几年里我的住处已是大不相同。我用同样的对上帝感恩之心对自己流落到这里表示了纪念，和以前一样感谢上帝的仁慈。如果我从开头就有理由承认的话，现在就更有理由得多了，因为我不但有了那么多上帝慈恩的证明，还有了获得解救的巨大希望。因为我心里有了个不可战胜的印象，我的解救已是到了眼前，我在这儿不会再过第二年了。不过，我还继续耕种，锄地，栽种，修篱笆，收获葡萄，晾晒葡萄，做每一件需要做的事，跟过去一样。

这时候雨季到了，我比别的时候更多地留在了屋里。我把我们的船尽可能安全地藏了起来。我利用高水位时把它开进了河浜，也就是我的木筏离开大船上岸的地点（我在开始时说过的）。我让我的仆人星期五挖了一个小船坞，大小刚好能容下它，深浅刚好能浮起它，等到潮水退去，我们就在河浜后修了一道结实的河堤，挡住水，保持独木舟不因海潮或雨水而淹水。我们在船上铺了许多树枝，像房顶一样厚。我们就像这样等候着 11 月和 12 月的到来。我准备好到了那时就去冒险。

21 我们向食人生番冲去

在平静的季节开始后，我对计划的思考也随着晴朗的气候回来了。我每天都在准备航海。第一件事就是储存一批供应品，为海上一两个礼拜使用。为了打开船坞把船放出来，我对星期五叫喊，让他到海岸上去一趟。看能不能找到点乌龟和鳖，弄点蛋和肉来。那是我们大体每周都做的事。星期五去了没有多久，却跑了回来，好像脚不点地似的，翻过了外墙或篱笆。我还没问他，他已在叫喊，"啊，主人！啊，主人！啊，坏了！啊，糟了！""怎么回事了，星期五？"我说。"啊，外头！那边！"他说。"一，二，三，独木舟！一，二，三！"从他那话的意思看，我断定是六只独木舟。但是一问才发现，只有三只。"好了，星期五，别害怕！"我尽量这样鼓励他，但是，我发现那可怜的家伙已经吓得要命，因为他没有别的想法，只以为是来抓他的，要把他切成块儿吃掉。那可怜的家伙浑身发抖，我真不知道该怎么办好。我竭力安慰他，说是我也跟他一样危险，他们要吃掉的也有我。"但是，"我说，"我们必须下定决心跟他们打仗。你会打仗吗，星期五？""我打枪，"他说，"但是很多来的，数目。""那没有关系，"我又说，"我们用枪吓唬他们，不杀死。"于是我问他，如果我决心保护他，他愿意不愿意保护我，跟我站在一起，按我的吩咐做。他说，"你吩咐我死，我死，主人。"于是我去倒了一大碗糖蜜酒给他。我的糖蜜酒管理得很好，还留下很多。他喝了酒。我把两支我们常扛的鸟枪给了他。装上了打天鹅的大枪砂——跟小手枪的子弹一样大。然后我拿了四支步枪，每一支都上好两粒大子弹和五粒小子弹。我的两柄手枪里各上了一对子弹。我还把我的没有鞘的大刀挂在腰间，又把短斧给了星期五。

我像这样做好了准备，就拿起望远镜，爬上了山坡，看看我能发现什么。我用望远镜很快就发现，那里有二十一个野蛮人，三个俘虏，三只独木舟。他们的整个工作似乎就是拿这三个人的身子开庆功宴，吃肉（确实是野蛮的筵席）。此外也就没有什么特殊的了，我看。

我还注意到，他们不是在星期五逃掉的地点上的岸，而是更靠近了我的河浜。那里的海岸低，有一片密林差不多一直长到了海边。这一点，再加上这些混蛋来这里要进行的非人的活动，引起了我的满腔愤怒。我下山来到星期五面前告诉他，我决心下到那里去，把他们全部消灭，然后问他愿不愿意跟我一起。现在他已经不害怕了。因为他喝下我给的糖蜜酒，他的情绪也高了。他很欢喜，他告诉我，他跟以前一样，只要我让他死，就死。

在为愤怒所激动的时候，我先拿起上好了子弹的枪，两人平分。我给了星期五一把手枪插在腰间，三支步枪挂在肩上。自己拿了一把手枪和另外三支步枪。两人做好了准备，就出发了。我在口袋里装了一小瓶糖蜜酒，让星期五带了一大口袋火药和子弹。我命令他紧跟着我，我不下命令他不能动、不能开枪、什么都不许做，而且一句话也不能说。我带了他往右走了一条捷径，近了一英里多，接近河浜容易，也好穿过树林，在进入能射击对方的距离前不被对方发现。我用望远镜观察过，发现那很容易做到。

可我在前进时，老念头又回来了，我的决心出了问题。不是见他们人多而害怕了。而是因为他们都是些赤手空拳、赤身裸体的可怜虫，我对他们肯定占着优势，没有问题，虽然我只是一个人。但是我突然想起，那些人并没有伤害我，也没有那种打算，我受到什么召唤了？我有什么理由让自己的手沾上血腥？更谈不上有那种必要了。他们在我面前是清白的，他们那野蛮的风俗只会祸害他们自己。事实上它本身表现的是：上帝让他们和那地区的其他民族继续那种愚昧的，非人的活动。上帝并没有让我对他们那行为承担审判官的责任，更没有让我做他的律法执行人。上帝认为必要时，自己可以执行，以民族的报复惩罚他们的民族犯罪。而那和我没有关系。是的，星期五有理由那么做，因为他和那批特定的人处于战争状态，是对方所宣布的敌人。星期五进攻他们是合法的。我若尊重自己却不能说那话。在行进时这些念头一路上都火辣辣地压在我心上。我做出了决定：只靠近他们，观察他们那野蛮的筵席。那时再照上帝的指示办。除非出现了情况，对我提出了我以前不知道的召唤，我用不着干涉他们。

我下定了这样的决心后就进了树林。我不声不响，非常警惕地前进着，星期五紧跟在我身后。我们来到了树林边缘，靠近了他们。我和他们之间只隔了树林的一角。我在这里轻轻地叫来了星期五，做手势让他爬到林子边缘的大树上去，让他上去后回来告诉我是否能看清楚他们在干什么。他上了树，随即下来说，从上面可以清楚看见他们围在火旁，吃着一个俘虏的肉。另一个俘虏捆绑好，躺在沙滩上，离他们不远。他说他们马上就要杀那个俘虏了，他这话使我的整个灵魂都燃烧了起来。他说被吃的人不属于他们的部族，而是他说过的那种坐了小船去到他们那里的长胡子的白人。他一提起长胡子的白人，我立即感到了毛骨悚然。我走到树林边，从望远镜里分明看见一个白人躺在沙滩上。手和脚都用香蒲叶或类似芦苇的东西捆住。分明是个欧洲人，而且穿了衣服。

那里又有一棵树，外面是一片矮树丛，比我的地点离他们更近了五十码左右。我看见只要前进一段路我就可以到达那里，而不被发现。那时我和他们就只有半个射程距离了。于是我按捺住情绪，虽然愤怒得无以复加。我退回去大约二十步，隐蔽到几株挡住整个视线的灌木背后，去到了另一株树后，再爬上了一个小坡。从那地方我望见了整个情况。我距离他们只有八十码左右了。

现在我是片刻也不能耽误了。因为十九个可怕的野蛮人坐在地上，彼此挤在一起，正在让另外两个人去杀死那可怜的基督徒，然后说不定是把他砍成一条条的胳臂和腿，送到火边来。那两人正弯下身子要解他腿上的绳，我就对星期五转过身去。"现在，星期五，"我说，

"听我的命令。"星期五说他照办。"那么，星期五，"我说，"你见到我怎么作，就严格地照做，不能有丝毫差错。"于是我把一支步枪和一支鸟枪放到地上。星期五也照我的做法放下了他那两支。我用另一支步枪瞄准了野蛮人，让他也照做。我问他准备好了没有。他说，"准备好了。""那就对他们开枪，"说时我就开枪。

星期五瞄得比我准多了，他开枪的那一面打死了两个，伤了三个。我这一面打死了一个，伤了两个。你可以肯定，那些人全都吓得蒙头转向。凡是没有受伤的，都一律跳了起来，却不知道往什么方向跑，往什么方向看——因为不知道毁灭来自什么地方。星期五一直盯着我，好按我的叮嘱，模仿我做。因此，第一排枪放过，我放下步枪、抓起鸟枪，星期五也照样放下步枪、抓起了鸟枪。他见我扳开机头，举枪瞄准，也依样办了。"准备好了吗，星期五？"我说。"准备好了。"他说。"那么，以上帝的名义，"我说，"打！"说着我又对那些慌乱的人开了枪，星期五也开了枪。现在我们枪里装的是我所说的天鹅子弹，或者叫小手枪子弹。我们只见到两个人倒下，受伤的人很多。他们像疯狂的野兽一样跑着，喊着，尖叫着，每个人都满身血污，大部分人都受了重伤。其中三个很快又倒了下来，但还没死。

"现在，星期五——"我说。我放下鸟枪，拿起了已经上好子弹的步枪。"跟我上。"我说，他跟了上来。我冲出了树林，暴露出自己，星期五紧紧地跟在身后。我一见他们见到了我，就拼命地呐喊，叫星期五也拼命地呐喊。我竭尽全力地跑，但是因为带着武器跑不快。我径直往那可怜的受害者跑去。我说过，他就躺在沙滩上，或海岸上，就在大海和野蛮人所坐的地点之间。那两个正要杀害他的屠夫在我们第一次突然开枪时就已离开他，丧魂落魄地往海上跑，已经跳进了一只独木舟。还有三个人也已上去了。我对星期五转过身子，命令他抢前几步开枪。他立即明白了我的意思，向前跑了四十码左右，略微靠近后就开了枪。我觉得他把他们全打死了，因为我看见他们乱成一团，倒进了独木舟里。不过，我很快又看见两个人爬了起来。总之，他打死了其中的两个，伤了一个。那人躺在船底，似乎已经死掉。

在我的仆人星期五对他们开枪的时候，我就拔出了刀，割断了被捆好要吃的人的草绳，解放了他的手脚，扶他站了起来。我用葡萄牙语问他是什么人，他用拉丁语回答："是基督徒。"但是他太虚弱，昏迷，几乎站立不稳，也说不出话来。我从口袋里取出糖蜜酒酒瓶递给了他，做手势让他喝，他喝了。我又给了他一块面包，他也吃了。然后我问他是哪国人，他用西班牙语回答是"西班牙人"。他身体略微恢复之后，又做出各种能做出的手势告诉我他有多么感谢我对他的解救。"森尼约（先生），"我尽可能用凑合的西班牙语说，"这些话以后再谈吧，现在我们得打仗。如果你还有点力气的话，先拿了这手枪和刀扑过去。"他非常感激地接过了武器。有了武器，他身上就似乎增加了活力，于是像发了狂一样向要杀他的人扑了过去。转瞬之间他已经砍倒了两个。因为事实是，整个袭击对那些可怜的家伙都很意外。他们一听见砰砰的枪声，早已被惊讶和恐怖吓倒在地，连逃走的力气都没有了，更没有力气抵抗。星期五射击的独木舟里几个人也都这样。那三个人受伤倒下后，另外两个也都吓得倒下了。

我手上还拿着枪没有开——我想留下枪里的子弹。因为我把手枪和刀都给了西班牙人。于是我叫星期五回到我们最初开枪那棵树边，去取放在那里的已经开过的枪和武器。他去了，很快就回来了。我把我的步枪给了他，自己坐下来给所有的枪都上好子弹。这时，西班牙人正在和一个野蛮人激烈地扭打着。野蛮人拿了把大木刀向他扑来（也就是刚才想杀他而用的刀，如果我没有制止的话）。西班牙人虽然非常虚弱，却是难以想象地英勇顽强。他和那印第安人对打了好一会儿，在对方头上砍了两个大口。但是那野蛮人身强力壮，扑到了他身边，把他摔倒在地，要夺他的刀。西班牙人被压在底下，已经发晕，却还清醒，他放掉刀从腰带里拔出手枪，对着野蛮人身子就开了枪，当场把他杀死了。那时我正要扑去救他，还没有跑到。

现在星期五完全腾出了身子。他除了一把短斧，没有别的武器，就用斧头砍死了三个——我说过，他们起初就已受伤，现在倒在了地上。他又把追上的全杀了。西班牙人来向我要枪，我给了他一把鸟枪。他拿了去追两个野蛮人，把他们都打伤了。但是他自己也已经跑不动了。那两个人钻进了树林。星期五跟上去，打死了一个，另一个太灵活，他没有追上。那人虽已受伤，却也扑到海里，鼓足劲儿往留在独木舟里的两人游去。独木舟里那三个人我们不知道死活，其中有一个受了伤，剩下的两个是二十一个人中仅有的幸免于死的。其他的人的情况如下：

树后第一次开枪，毙三人。

第二次开枪，毙二人。

星期五对独木舟开枪，毙二人。

星期五对第一次开枪时已受伤者补枪，毙二人。

星期五对树林里开枪，毙一人。

西班牙人毙三人。

受伤后在各处分散倒下被杀，或被星期五追上击毙：四人。

上船逃掉，其中一人受伤未死：四人。

总计：二十一人。

独木舟上的人努力划船，想逃出射程。星期五虽然对他们开了两三枪，我见到的却是没有打中。星期五希望我坐上一艘他们的独木舟去追，事实上我也非常担心他们跑掉，把消息带给自己人，说不定划了两三百只独木舟来，依靠人数优势把我们吃掉。于是我同意了从海上追击。我跑到他们的一艘独木舟前，跳了进去，命令星期五跟上。但是我才上了独木舟却吃了一惊，发现船上还躺着一个可怜的人。那人跟那西班牙人一样，手脚捆好，准备宰杀。他因为脖子和双脚都捆得太紧，躺在船底，见不到岸上的情况，不知道是怎么回事，吓得几乎死去；再加上时间太长，事实上已是奄奄一息。

我立即割断了捆在他身上的绞成的草绳，或芦苇绳，想扶他站立起来。但是他已经站不住脚了，也说不出话来。只是很可怜地呻吟着，似乎仍然以为解掉绳子是为了送去宰杀。

星期五来到他身边时，我命令他告诉那人，他已经解放了。我取出酒瓶，让他给那可怜的人喝一点酒。那酒加上被解放的消息使那人活了过来，坐起了身子。但是星期五一听见那人说话，急忙望了望他的脸。马上就扑了上去，亲他，搂他，抱他，又哭，又叫，又笑，又闹，跳来跳去，手舞足蹈，然后又是呐喊，又是唱歌。随后又放声大

哭，绞自己的手，打自己的脸，敲自己的脑袋，然后再次像疯子一样
又唱又舞。那情景真能感动得人泪流满面。好一会儿之后我才让他说
话，要他解释是怎么回事。他稍稍回过神来才告诉我，原来那人是他
的父亲。

星期五见到爸爸，见到爸爸从死亡之下被解放了出来，要我描述
自己在看见那狂欢极乐的父子之情如何激动着那可怜的野蛮人时的感
受，可真不是件容易的事。而那以后他所表现的奔放的真情我也连一
半都无法描绘。他一次次地上船又下船。上了船就去到爸爸身边，在
他身边坐下，解开衣服，把爸爸的头紧紧搂到胸前，一搂半个小时，
让心里高兴。然后又抓住爸爸被捆绑得麻木僵硬的脚踝，用双手又搓
又揉。我见了那情况，又从我瓶子里给他倒了点糖蜜酒，让他搓揉。
那对脚踝也起了很好的作用。

我原来有追赶逃走的独木舟的计划，这一来就被打断了——那些
人已经几乎看不见了。不过，现在我们倒觉得幸好没有追。因为不到
两小时工夫，就刮起了狂风。那时他们还没有走完回程的四分之一。
何况风从西北刮来，对他们是逆风，刮了一个通宵。我估计他们那小
船是活不下去了，到达不了他们的海岸。

还是回到星期五来吧。他在他爸爸身边太忙，我一会儿也不忍心
让他离开他。到我觉得他可以离开父亲一会儿时，就把他叫到我面前。
他跳着笑着欢天喜地地来了。我问他给他爸爸面包没有，他摇头说，
"没有，丑狗自己吃光了。"我就从我有意带着的口袋里取了一块面包
给他，还让他喝了点糖蜜酒。可是他尝都不尝，就给他爸爸送了去。
我口袋里还有两串葡萄干，我给了他一把送给他爸爸。他刚给了他爸
爸，却下了船跑掉了，仿佛中了邪。他跑得非常快——他是我所见过
的跑得最快的人，转瞬之间已是无影无踪，虽然我对他大吼大叫，他
也不理。不到一刻钟，我见他回来了，虽然没有离开时那么快。他走
近时，脚步缓慢了下来，我见他手上抱了个什么东西。

他来到我面前，我才发现他跑了那么一趟，是给他爸爸抱来了一
罐清水，还拿来了两块面包。面包他给了我，水他给了他爸爸。不过，
我很渴了，也喝了一点。这点水对他爸爸起到的恢复作用超过了我给

他的糖蜜酒和别的酒。因为他正渴得快要晕倒。

　　他爸爸喝完水，我又叫他，问他还有没有水留下。他说，"还有。"我又让他给那西班牙人喝。那人也和他爸爸一样渴得要死。我还把星期五拿来的面包给了西班牙人一个。那人事实上非常衰弱，在一棵树的树荫下的绿草地上休息。他的手脚也因为带子捆绑得太狠，弄僵了。星期五拿了水去到他面前，他坐起来喝了水，又接过面包吃掉了。我见如此，又来到他面前，给了他一把葡萄干。他抬起头来正面望着我，脸上露出最深沉的感激之情，却又表现得极其微弱。刚才那场搏斗耗尽了他的力气，他已经站不起来了。他挣扎了两三次，事实上仍然没有能行。他也感到脚踝很肿，痛得厉害。于是我叫他坐着别动，让星期五像对他爸爸一样，用糖蜜酒给他搓揉和搓洗脚踝。

　　我观察到那可怜的孝顺家伙在这儿的时候，每过两分钟，甚至不到，就要转过头去看他爸爸是否还以那姿势坐在船里。后来他终于发现爸爸不见了，急忙站了起来，一声不响，飞快地跑到爸爸面前——跑时就是他那速度，双脚几乎看不见点地。可是他跑到了一看，爸爸却是躺着，为的是放松身体。于是星期五立即回到了我身边。那时我对西班牙人说，如果可能，就让星期五帮助他站起来，扶他到船上去，然后送他去我的住处，到了那里我好照顾他。但是星期五是个身强力壮的家伙，他把他完全背在背上，送他上了独木舟，轻轻放在船边，也就是船舷上缘，双脚落进船里，然后扶他完全进到船里，放到他爸爸身边。自己立即下了船，把船推了出去，沿着海岸划着。他比我走路还快，虽然风还刮得挺强劲，他就像这样把两人都送到了我们的河浜里。然后又跑掉了，取来了另外那只独木舟。他在我身边经过时，我和他谈话，问他到哪里去。他告诉我："再去弄个船来。"于是像风一样跑掉了。可以肯定，无论是马还是人，谁也没有他跑得快。他又把另外一只独木舟弄到了河浜里，差不多跟我步行到那里一样快。然后他就把我一起带回了家。他去帮助两位新来的客人下船，但是那两个人都不能走动。可怜的星期五不知道怎么办了。

　　为了解决问题，我动起了脑筋。我让星期五安排他俩在岸上坐下，自己过来。我很快就做了一副担架样的东西。我和星期五把两个人都抬了起来。但来到我们那围墙或堡垒外时，问题却更严重了。因为我没有办法让他们翻过墙去，而我又坚决不肯破坏围墙。于是我们又忙了起来。我俩在两小时内搭起了一个很漂亮的帐篷，用旧的风帆盖好，再用树枝树叶苫在风帆上，地点就在外层围篱和我栽种的矮树密林之间。我们在那里为他们做了两张床，就用手边的材料做成。下面铺上稻草，上面盖上毛毯，让他们躺下之后，再为他们各盖上一床毛毯。

我的海岛现在已经有了居民，我已是臣民众多——我常常这么想，一想就快活。我多么像个国王呀。首先，整个国家都是我一个人的财产，我的统治权已无可怀疑。其次，我的臣民完全臣服，我是绝对的主子，法律的制定人。他们的性命都是我救下的，如果有机会都愿为我牺牲生命。还有一件事也值得注意：我虽然只有三个臣民，三个臣民却分属三种不同的信仰。我的仆人星期五是新教徒；他的父亲是异教徒，食人生番；而那西班牙人却是天主教徒。不过，我在整个王国里都允许信仰自由——这是顺便的话。

22　我们打算航海去美洲殖民地

　　我为抢救出的两个体弱的俘虏做好了安排。苦好了房屋，布置好了休息处所，然后又开始给他们准备食品。第一件事就是让星期五从我那群特殊安置的羊群里捉来一只一岁龄的半大羊羔杀掉。我切下了一条后腿，砍成碎块，让星期五煨好，做成了很好的菜。我保证是很好的汤和肉，还加上了大麦和大米。我不在内墙里生火，是在门外炖的，因此我把它全端进了新帐篷。在那里给他们摆了张桌子。我也坐下来跟他们一起吃，而且竭力鼓励他们，让他们高兴。星期五是我的翻译，尤其是给他的爸爸，事实上也给那西班牙人翻译。因为事实上那西班牙人很会说野蛮人的话。

　　饭后，或者说晚饭后，我命令星期五划了一只独木舟去取回了我们的步枪和火器——那是因为来不及，留在了战场上的。第二天我又命令他去掩埋了野蛮人的尸体，那些尸体暴露在阳光下，马上就要发臭了。我也命令他把那野蛮的筵席的恐怖残余掩埋掉，我知道那一定很多，我不能想象能让自己去收拾。不行，我要是去了那里，是会连看一眼都受不了的。这些任务他都按时完成了。他把野蛮人到过那里的一切迹象全都埋掉了，我下次去时几乎已经找不到那地点——不过树林那伸出的部分还指着那里。

　　然后我就和我的两个新臣民随便谈了谈。我先是让星期五去征求他父亲对独木舟里的人逃脱的机会的看法。他们是否会带了大队人马回来，让我们招架不住？他的第一个意见是：那些人必然会在那天晚上的风暴里淹死，不会再有活命。即使被吹到南面的某个海岸，漂流到了那里还没淹死，也得被食人生番吃掉。对于他们万一平安上了岸，可能干什么，他说他不知道。他认为他们一定是被自己受到的攻击吓坏了，那爆炸声，那闪光，他相信他们一定会告诉自己人，说他们不是被人杀死的，而全是被雷电劈死的。出现的那两个人，也就是我和星期五，不是拿武器的人，而是天上的神明或是复仇精灵，是来毁灭他们的。他说他知道这个，因为他是听见他们彼此用自己的话那么叫喊的。因为他们想象不出人可以像我们现在那样喷火，发出雷声，不用举手就杀死人。这个老野蛮人说得对，因为我从其他方面知道，野蛮人从此以后就不到这里来了。他们被那四个人的讲述吓得魂飞魄散（那四个人倒似乎真在海里逃出了性命），他们相信谁上了这个魔岛，都是会被神灵用火烧死的。

这些情况我当时并不知道，所以心里还害怕了许久。我和我的军队总是提心吊胆。好在我们现在有了四个人，我任何时候都可以冒险上战场，跟上百的人打仗了。

不过，不久以后，由于再也没有独木舟出现，我对他们的畏惧也就淡了下来。我又考虑起了航海去大陆的计划。因为得到星期五的爸爸的保证，如果我愿意去，由于他的原因，他的部族对我一定会很不错。

但是我跟西班牙人严肃地谈了一次之后，我在思想上又有些不踏实了。我听说他的同胞和葡萄牙人还有十六位。他们在海上流落，逃到那岛上后，事实上跟野蛮人和平相处。但是必需品还非常缺乏，生活非常困苦。我问起去那里的海程的细节，才知道那是一艘从拉普拉塔河到哈瓦那去的船。他们得到的指示是到哈瓦那卸货（主要是皮张和白银），然后购买在那里可能遇见的欧洲货物。他们船上有五个葡萄牙海员，那是从另一次海难里救起来的——他们自己的人也有五个在第一只船出事时淹死了。他们这批人是从无数次危险和灾难里活出来的。来到食人生番的海岸时几乎饿死。他们在那里随时都在担心被吃掉。

他告诉我，那些人带了些武器，但是完全没有用，因为既没有火药，也没有子弹。火药被海水泡坏了，而且不多。刚上岸时他们倒是拿火药煮过食物。

我问他，他认为那些人以后可能怎么样，有没有过逃走的计划？他说他们商量过许多次，但是既没有船，也没有工具造船，而且什么食物也没有，他们的商量总是以眼泪和失望告终。

我问他，如果我向他们提出逃走的建议，他们可能怎么反应？如果他们全都到了这里，是不是可以同意逃走？我说时很随便，我最担心的是把自己的生命交给他们，他们却会对不起我，背叛我。因为感恩并不是人类天生的德行，人的行为也未必总跟他们自己期待的利益所要求的义务一致。我告诉他，为了解救他们，我还得克服极其巨大的困难，而他们却可能把我变作新西班牙的囚徒。因为在新西班牙，英格兰人肯定是会用来作牺牲的，无论他是因为什么必要或意外去的。我宁可被交给食人生番活活吃掉，也不愿被教士的无情利爪抓住，送到宗教裁判法庭上去。我还说，我有另外一个想法：如果他们全都到了这里，我们人手众多，就可以建造一艘装得下我们大家的船开走，或者南下去巴西，或者北上去西班牙沿岸的海岛。但是，在我把武器交给他们之后，他们却有可能恩将仇报，反而把我挟持在他们之间。因为对他们的善意，我反而会受到凌辱，日子比以前还难过。

他非常诚恳也非常聪明地回答道：那些人的处境那么悲惨，感受又那么深，对于虐待解救他们的人的念头，是会很厌恶的。而且，如果我赞成，他愿和那老人一起去那里和他们讲道理，再带回他们的回答。他将和他们谈好条件，让他们以圣礼和福音庄严发誓，绝对接受我的领导，接受我做他们的领袖和船长，去到我所同意去的基督教国家，不去别的地方。完全和绝对地接受我的命令，直到到达我打算去的国家为止。为了那个目的，他要从他们带回一份由他们签了名的契约。

然后他告诉我，他自己先要向我宣誓，只要他一息尚存，我不发命令他就不会离开我半步。哪怕他的同胞的忠诚出了任何问题，他也要站在我一边，直到流尽最后的一滴血。

他告诉我，那些人都是彬彬有礼的诚实人，经受着难以想象的严重痛苦。没有武器，没有衣服，也没有食物，完全靠野蛮人的慈悲和照顾。对于回到自己的国家已经绝了望。他有把握，如果我愿意解救他们，他们是会和我同生共死的。

得到这些保证之后，我做了决定：只要可能，就冒险去解救他们，而且打发那老人和西班牙人回去，和他们谈判。但是在我们做好了一切准备，就要出发的时候，那西班牙自己又提出了反对。那反对一方面很谨慎，另一方面也很真诚，我不能不感到非常满意。我按照他的建议把解救他的同伴的计划推迟了至少半年。问题是这样的：

现在，他已经跟我们在一起差不多一个月。这段时间我让他知道了我是怎样依靠上天的帮助养活了自己的，他对我的粮食和稻米储备也看得清清楚楚。我一个人吃虽是绰绰有余，现在给增加为四口的全家人吃，就已经不够，至少还得使劲耕种。而他的同胞一过来，就差得太远了——如他所说，他们还有十四个人活着。至于供给船上，那就更不知道差多远了——如果我们还要造船航行到美洲的基督教殖民地去的话。因此，他告诉我，他认为更可取的办法是：让他和另外两个人再开垦一些土地；我能省出多少种子就播种多少土地。下次收获后才能有足够的粮食供应他的同胞——如果他们来的话。因为匮乏可能使他们觉得那是跳出火坑，进入油锅，因而不认为自己可能被解救，提出反对。"你知道，"他说，"以色列的子孙从埃及被救出时虽然高兴，可来到荒野里没有面包吃的时候，也是连解救他们的上帝也敢于反对的。"

他提醒得很及时，建议也很好，我只能非常高兴地接受，也满意于他的忠诚。于是我们四个人就挖起地来，充分发挥着现有的木头工具所能起到的作用。大约一个月后，播种季节到了，我们尽可能多地翻耕出土地，平整出来，播种了二十二布什尔大麦种，十六罐水稻种。简单说，那已是我们所能节攒下的粮食的全部。我们留给自己在粮食收获之前的六个月吃的大麦，已是捉襟见肘。就是说，安排是从拨出粮食准备播种时算起的。因为在这个地区不能认为粮食下地后的生长期只有六个月。

现在我们的社会变大了，我们有了足够的人，不用担心野蛮人的袭击了，除非他们人数特别多。一有了机会，我们就在全岛自由地来往，我们思想上老摆不脱一个逃走或脱险的办法问题，至少我是如此。为此我又在几棵我认为适宜于我们的计划的树上画了记号，让星期五和他爸爸把它们砍倒。然后又对西班牙人说明了我对那件事的想法，让他监督和指导他们干活。我让他们看了我是怎样依靠不知道疲倦的劳动把一棵大树砍成了一块块的木板的，然后让他们照样做。直到他们砍成了十二三块很好的橡木大板子，差不多两英尺宽，三十五英尺长，二至三英寸厚。我们花费了多么艰巨的劳动，谁都不难想象。

与此同时我又竭尽全力扩大我驯养的小羊群。为此我今天派星期五和西班牙人出门，明天又让自己和星期五出门，轮流打猎，捉回来二十多只小羊羔，和原有的羊交配。我们打到母羊时总留下小羊，加进羊群。最重要的是，晾晒葡萄干的季节又到了。我命令在太阳里晾了数量庞大的葡萄干。我相信即使是在以晾晒葡萄干著名的西班牙的阿里堪特，我们也已经可以装满六十到八十大桶。葡萄干和面包是我们的食物的大部分，那可是很舒坦的日子，我保证。因为葡萄干是极为营养的食物。

收获季节一到，我们的收获品摆得整整齐齐。增长的比例虽算不上我在岛上所有过的最大的，却已可以满足需要。因为我们从二十二布什尔大麦种收获了大约二百二十布什尔大麦。水稻增长的比例也差不多。作为粮食，即使是十六个西班牙人上岸和我在一起，也可以维持到下个收获季。如果我们准备航海，船上的粮食也够富裕，可以带我们去世界上任何地方——我指的是美洲。

像这样把粮食安全装好之后，我们又开始了做柳条工，就是说编织盛粮食的大篮子。那西班牙人干这活很熟练，很巧妙。他还常常责备我没有用柳条制造防卫用品，但是我觉得那没有什么必要。

有了足够的粮食接待我所期待的全部客人，我同意了西班牙人的建议：到主岛去看看，看他是否能为他离开后留在那里的人做点什么。我给了他一份严格的书面命令，凡是要带回来的人，都必须当着他自己和那老野人的面宣誓：决不能伤害或进攻他们来到这岛上所见的人，或和他们打斗。他请他们来完全出于好心，是想解救他们。他们必须站在他的一边，保卫他，制止一切这类企图。无论他们去到哪里，他们都必须完全服从他的命令。这一切都必须写成文契，让他们亲笔签字。我知道他们既没有墨水也没有笔，这事他们能怎么办，却是我们从没有提起过的问题。

接受了这些指示之后，那西班牙人和老野蛮人（星期五的父亲）就划了一只独木舟走掉了——他们也可以说是坐了它来的。那时他们是俘虏，带到这里来，准备给野蛮人吃。

我给了他俩一人一支带燧石发火器的步枪和八枪火药与子弹，要求他们非常精心地保存，非不得已时不要使用。

这是愉快的工作，是我二十七年加几天来为解放自己所采取的第一套措施。我给了他们食物，也就是面包和葡萄干，足够他们吃许多日子，也够他们那么多同胞吃八九天。我还和他们商量了回来时挂出的信号——那样，他们回来时，不等上岸，我就能远远地认出他们。然后，我就祝他们一路平安，和他们分了手。

他们走掉了，刮着很好的大风，晚上还有个圆月亮。按照我的计算，是十月份。准确日期计算在我漏记了一段以后，已经无法恢复，连年份也说不准了——我已经无法确定自己正确与否。虽然我在最后检查记录时，发现我的年份记录是正确的。

23　我们平息了叛乱

我等候他们不少于八天之久，这时一桩没有预计到的怪事插了进来。那可是历史上从没有听说过的。有天早晨，我还在我的茅舍里，我的仆人星期五跑进屋来对我大叫："主人，主人，他们来了，他们来了!"

我蹦了起来，一穿上衣服就不顾危险跑了出去，穿过了我的小树林。顺带说一句，它已经长成了密密匝匝的林子。我说，我不顾危险，没有拿武器就跑了出去。那可不是我的习惯，但是我已经感到意外。我的眼睛转向海上，立即在约一里格半以外处见到一只小船，挂着一张他们所说的羊肩胛帆，趁着顺风，往海岛开来。我还立即看见，他们并没有从海岸伸出的方向，而是从海岛最南端开来。一见这个，我就叫来了星期五，让他隐蔽。因为那不是我们所等候的人。

随后我就进屋取来了望远镜，想看出他们一点门道来。我搬出梯子，按照我在担心出问题时常做的办法，爬到了小山顶上，想看得更清楚一点，而不被发现。

我的脚一登上山顶，就清清楚楚看见了一艘大船，停泊在离我东南偏南两里格半左右的地方，离海岸不超过一里格半。根据我的观察，那明显是一艘英格兰船。而小船则似乎是英格兰长艇。

我所感到的混乱是无法描述的。我见到了一艘我有理由相信是我的同胞驾驶的船，因此是朋友。但我心里又出现了一种无法描述的隐忧。我不知道他们是从什么地方来的，因此就提高了警惕。我首先考虑的是：英国海船干吗要到世界上的这个地方来？这里并不通向英格兰人生意往来的任何地点呀。而我又知道，并没有暴风雨形成的灾难把他们吹送到这里来。他们如果真是英格兰人，到这种地方来准不会有什么好勾当。我倒不如还像刚才一样隐蔽起来为好，别落进了强盗和凶犯手里。

有时候一个人会感到一种秘密提醒，让他注意危险，虽然他分明知道不可能有危险。你可别瞧不起这种提醒，凡是观察过世事的人，我相信，是很少能否认接受过这种提醒和警告的。那是看不见的世界的某种启示，一种我们不能怀疑的精神交流。既然有这种提醒，警告我们注意某种危险倾向，我们又有什么理由不相信它们来自某个友好的神灵呢？——无论他是高级、次级，还是低级神灵，都无所谓，都是为了我们好。

目前的情况为我大力肯定了这种推理的正确。因为，如果这种神秘的警告（不管它来自什么地方）没有使我谨慎起来的话，我早就无可挽救地倒霉了，就会比以前痛苦多了。这情况你马上就会知道了。

我在山上长期保持着这个姿势。但我看见小船往海岸靠了过来，似乎为了方便登陆，想找个河浜开进。不过，因为他们靠得还不够近，还没有发现我当年让筏子登岸的小河湾。而是把小船开到了离我半英里的岸边。这叫我很高兴。因为否则他们就有可能正好在我的家门口（按我的说法）登岸，把我赶出我的堡垒，说不定把我抢个倾家荡产。

他们上岸以后，我感到完全满意了。他们都是英格兰人，至少大部分是的。有一两个人我认为是荷兰人，可事实上并不是。一共有十一个，其中三个没有武器，我觉得还捆绑着。前面的四五个跳上了岸，就把那三个作为俘虏押下了小船。我看见那三人里的一个做出非常激动的、乞求的、痛苦的、绝望的手势，甚至做得很过分。另外两个，我可以看见，有时候举起双手，事实上看来也非常担心，虽然还没有达到第一个人的程度。

见到那景象，我完全糊涂了，不知道那是什么意思。星期五尽量用英语对我叫喊起来："啊，主人，你看，英格兰人也吃人呢！跟野蛮人一样。""为什么，"我说，"星期五，你以为他们打算吃他们呀，啊？""对，"星期五说，"他们会吃的。""不会不会，"我说，"星期五，我担心他们是打算杀死他们，事实上你可以肯定他们不会吃。"

在这整个时间里，我都没考虑那究竟是怎么回事。我只是被那恐怖的场面吓得直发抖，等待着三个人被杀死的时刻。不，我还看见一个混蛋举起了手中的大砍刀（那是水手们的叫法），或者佩刀，对一个倒霉的人敲去。我在等着那人随时倒下时，我全身的血液都似乎冰凉了。

现在我非常想念我那西班牙人和跟他一起走掉的野蛮人。也恨不得有办法走进那些人的射程而不被发现，把那三个人救出来。因为我发现他们手上没有火器。可情况却和我想象的并不一样。

在我发现那些凶狠的水手对那三个人的暴戾行为之后，却发现别的人正在往岛上各地区分散，似乎想看看环境。我还注意到，那三个人也有自由，可以随意地走来走去。可那三个人都在地上坐了下来沉思，就像是失去了希望的人。

这让我想起了自己第一次来到这海岸，四面张望的时候。那时我是多么绝望呀！我多么疯狂地打量过这周围呀！我心里的念头多么恐怖呀！因为怕给猛兽吃掉，我又是怎样在树上过了一夜的呀！

我那天晚上并不知道上帝会用风暴和潮水把大船吹到陆地附近，来为我提供物资。多年来我就靠那些东西养育和支持了自己。那么，这三个穷途末路的可怜人也肯定还不知道能得到解救和供应的，而且那一切已离他们很近。在他们自以为已经毁灭，走投无路的时候，他们的处境倒是安全的。

我们在世界上所能预见到的未来都十分短暂。我们有太多的理由幸福地依赖伟大的造物主。造物主是不会让自己的作品绝对失去希望的。即使在最困苦的情况下，人们也都有让自己感恩的东西。有时他们就比自己所想象的更接近了解放，而似乎要把他们送入毁灭的东西说不定正要解放他们。

那批人是在潮水的最高潮时上岸的。他们的一部分人站着，在跟押来的囚徒谈判；一部分人却四散游逛去了，要看看自己到了什么地方。这时他们已不知不觉蹉跎到了退潮时间。海水已退走了很远，他们的小船已搁了浅。

　　他们在小船里留下了两个人。我后来才发现，那两个人里有一个多喝了点白兰地，睡着了。另一个醒得早些，却发现小船搁浅太严重，他已挪动不了。他对游逛的人大声吆喝，那两个人马上就来到了船边，但是他们使尽了全身力气，也挪不动那船了——船体本身就重，那一带海岸又全是烂泥，几乎跟搁在流沙上一样。

　　在这样的情况下，他们就像真正的水手一样放弃了努力，到各处溜达去了——水手是最不瞻前顾后的人。我听见有个人对另一个人大叫，叫他们离开船。"干吗呀，你就不能让它搁那儿吗，杰克？涨潮一到，它自己就会漂起来的。"一听他们那话，我的主要疑问（他们是哪个国家的人？）就已经完全解决。

　　在这段时间里，我一直坚持十分隐蔽，总留在小山顶附近的观察点上，一趟也没敢走出我的堡垒。一想到这地方保卫之严密，我就得意。我知道要那小船漂起来至少还得十个小时。到了那时天就快黑了，我就可以有更大的自由观察他们的动向和听他们讲话了——如果他们讲话的话。

　　与此同时，我和以前一样做好了战斗准备。但是因为知道我要对付的是跟先前很不相同的敌人，所以更加小心谨慎了。我命令星期五准备好武器——我已把他训练成一个出色的射手。我拿了两支鸟枪，给了他三支步枪。我穿上了我那可怕的山羊皮外衣，戴上了我说过的那大帽子，在身边吊了把出鞘的刀，皮带里还插了两把手枪，还在两肩各挎了一支步枪。我那样子确实非常狰狞恐怖。

　　我在前面说过，我的计划是在天黑以前不做任何打算。可是，到了两点钟，一天最热的时候，他们已经七零八落地进了森林，我估计是躺到地上睡觉去了。那三个受难的人，虽然为自己的处境着急而睡不着，却也到一棵大树的树荫里躺下了。离我约有四分之一英里，是别人看不见的地方，我觉得。

　　这样，我就做出决定，在他们面前现身，并了解他们的情况。我立即以我刚才说过的那形象向前走去。我的仆人星期五遥遥跟在身后。

他也是一身武器，和我同样狰狞。却跟我不一样，不像妖怪。

我尽可能隐蔽地来到了他们身边，用西班牙语对他们大叫："你们是什么人呀，先生们？"

一听见我的声音，他们吃了一惊，可见到我那副狰猛的样子，更是吃惊了十倍。他们完全没有回答，我看出他们打算逃走。这时我又用英语对他们说道："先生们，不要惊慌。说不定出乎你们意外，来到你们身边的是个朋友呢。""看来他一定是上天直接派来的，"其中一个脱下帽子，对我郑重地说，"因为我们的处境已是人力不能改变的了。""一切改变都来自上天，先生，"我说，"但是你能告诉一个陌生人，他怎么样才能帮助你吗？因为在我看来，你似乎非常痛苦，对吧？你上岸时我是看见的。在你似乎向和你一起来的坏蛋提出请求时，我看见一个人举起刀要杀你。"

那可怜的人已经像吓坏了的人一样，流下了眼泪。他发着抖回答道："我这是在和上帝还是在和人说话？你是个现实的人还是天使？""别担心，"我说，"如果上帝派了天使来救你，他一定会穿得好些，武器也和你见到的不同。请别怕，我是人，是英格兰人。我打算帮助你，你看，我只有一个仆人。我们有武器，有弹药，我们能帮助你吗？告诉我，你是怎么回事，别顾虑。"

"我们的事，"他说，"先生，说来话长，一时也无法全告诉你。要杀我们的人就在附近。简单说吧，我就是那艘船的船长，我的部下叛变了。我们苦苦地乞求过他们别杀我。最后，他们就把我放在了这个荒凉的地点。还有两个人跟我一起，一个是我的大副，一个是乘客。他们希望我们死在这里，他们相信这地方没有人住。我也不知道他们对这里是怎么看的。"

"那些混蛋在什么地方，你的敌人？"我说，"你知道他们到哪里去了吗？""他们就在那儿躺着呢，"他说，指着一个树丛，"我的心直跳，怕他们看见了我们，听见了你说话。要是听见了，他们肯定会把我们全杀死的。"

"他们有火器没有？"我说。他回答说，他们只有两支枪，一支留在小船里。"那好，"我说，"剩下的就由我来处理吧。我看见他们都在睡觉，把他们全杀掉也很容易。不过，俘虏了他们不是更好吗？"他告诉我，其中两个坏蛋已经无可救药，对他们发慈悲很不安全。但是，只要能把他们俩控制住，别的人就会回到岗位上去的。我问他，是哪两个？他告诉我，距离太远无法描述。但是他将一切都听从我指挥。"那好，"我说，"为了怕他们醒来，我们就退到他们看不见也听不见的地方去。然后再决定以后的事。"他们高高兴兴地跟我退了回来，隐蔽在树木后面，不让那些人看见。

"你看，先生，"我说，"如果我冒险来救你，你是否愿意和我约定两个条件？"他预计到了我的建议，就告诉我，只要能收复他的船，恢复他在船上的地位，他在一切问题上都听我指挥。如果恢复不了，无论我带他到哪里，他都愿意和我同生共死。另两个人也说了同样的话。

"那好，"我说，"我只有两个条件。一，你和我一起在岛上的时候，不能发号施令。如果我给你武器，你在任何时候都要用它为我办事，不能伤害我或我这岛上的人。同时服从我的命令。

"二，如果收复了船，或是有可能收复，你就得把我和我的人免费送回英格兰。"

他用人类的忠诚与发明所能创造的一切话，向我做了保证，说那都是很合理的要求，他当然接受。而且一辈子承认，他在任何情况下都将感谢我的救命之恩。

"那好，"我说，"这里有三支步枪，还有火药和子弹。告诉我，你认为下面我们最适宜做的是什么。"他做出了一切能表示感激的动作，但说明他完全听从我的指挥。我告诉他凡是冒险都难免有困难，我觉得。但是我所能想出的最好办法是：趁他们躺着时立即向他们开火。第一排枪过去，没有死的人若是投降，我们还可以饶他们一命。我们开枪是完全照上天的意志办事。

他非常谦恭地说，只要有可能，他极不乐意杀死他们。只有两个人是怙恶不悛的歹徒，是全船哗变的发起人。如果他俩跑掉了，我们仍然可能失败。因为他们有可能回到船上，带了全船的人来把我们消灭。"对，那么，"我说，"我的建议是否合法，决定于需要。因为那是我们能挽救自己的生命的唯一办法。"不过，看见他对流血还抱慎重态度，我也告诉他，他们应该自己选择，走他们所发现的最便利的路。

讨论中我们听见他们有人醒了，很快又再发现，有两个人站了起来。我问他其中有没有他所说的叛乱首领。他说没有。"那好，"我说，"你可以让他们逃走。上天唤醒他们，似乎就是为了拯救他们。现在，"我说，"如果还有人跑掉，那就是你的不是了。"

这话令他很激动。他举起我递给他的步枪，把手枪插进了皮带。他的两个伙伴也各自拿起武器，走在前面。他们弄出了一点儿声响，一个已经醒来的水手转过了身子。那人一见他们过去，就向别的人叫喊，可是已经太晚。他的叫喊刚出口，他们（我说的是那两个人）就已经开了枪。船长聪明地保留了他的子弹。两人都瞄得很准，一个人当场死亡，一个人受了重伤，却还没死，翻身跳了起来，向别人匆匆呼救。但是船长已抢到他面前，告诉他求救已经太晚，他应该乞求上帝宽恕他的背叛；说着就用枪托把他打倒在地。那人也就没有了声息。那一群里还有三个人，其中一个受了轻伤，这时我已赶到。他们见到了危险，发现抵抗已无用了，只好乞求饶恕。船长告诉他们，可以饶他们一命，但他们必须为自己所犯的背叛罪行向他表示悔意，发誓忠诚于他，而且在以后夺回船只，开回牙买加的行动里表示忏悔——他们是从牙买加来的。三个人对船长做出了可能做出的衷心愿意的表示。船长也表示愿意相信他们，饶他们不死。对此我倒不反对。可我仍然要求，在他俩留在岛上时把他们的手脚捆绑起来。

这事办完，我又打发星期五和船长的大副到小船上去。我命令他们把船控制起来，把桨和帆拿走。他们照办了。不久以后，那三个离开伙伴（算他们运气）乱逛的人听见枪声也赶了回来，见到刚才还是他们的俘虏现在已成了他们的征服者的船长，也自愿接受了捆绑。我们的战斗取得了全胜。

现在剩下的就是船长和我彼此询问情况了。我首先发言，告诉了他我的整个历史。他听得很专心，甚至感到惊讶，尤其惊讶的是在听见我获得食物和枪支弹药的情况时。事实上，我这一串奇迹般的故事深深地打动了他。可他又从我的故事联想到了自己。我多么像是上帝为了救他一命故意留在这里的呀！想到这里他已是泪流满面，哽咽得说不出话来。

交流结束，我把他和他的两个人带进了我的住处——我是从我出来时的路带他们进去的，就是说从房顶下去的。我在屋里用自己的食物款待了他们，也让他们看了我在那里居住的漫长时期里的种种设计和制作。

我让他们见到的东西，我对他们所说的话，都非常惊人。但是船长最欣赏的还是我那堡垒。我用以把自己的隐居处隐蔽得那么严实的，是一片什么样的森林呀！那些树已培育了几乎二十年，生长得特别快，成了个非常茂密的小树林。除了从那一个方向，无论从哪里都进不去。而为了进那道门，我还保持了一条拐弯的小路。我告诉他们，这是我的碉堡和住宅。我跟大多数国王一样，在远处还有个别墅，有时可以去那里小憩。下一回我还可以带他们去看看。但是，我们目前的工作却是考虑怎样收复大船。我这意见他当然同意，但是他告诉我，他根本不知道怎么办。因为船上还有二十六个人。他们在结成该受诅咒的同谋之后，就在法律上犯下了死罪，因此只好咬紧牙关，铤而走险，继续亡命。他们知道一旦失败，被押回英格兰或任何英格兰殖民地，就都只有上绞架的份儿。因此，凭我们这几个人是谈不上向他们进攻的。

对他这话我沉思了好一会儿。我发现他那结论很有道理。因此必须迅速做出决定，比如把船上的人意外地吸引进某个计谋里去，不让他们向我们进攻，毁灭我们。这时我突然想起，大船上的水手们不知道离开了小船的伙伴和小船的情况，一定会另外驾一只小船上岸来找他们。他们可能携带武器，那时我们就无法招架了。他认为我这想法很有道理。

于是我告诉他，我们必须做的第一件事，就是凿穿搁在沙滩上的小船的船底，不让他们划走。同时把船上所有的东西都搬掉，使它目前无法使用，漂不起来。于是我们上了船，把留在船上的武器和能够在那里找到的一切全拿了出来。有一瓶白兰地，一瓶糖蜜酒，几个饼干饼，一羊角火药，和包裹在帆布里的一大块糖。那糖有五六磅重。这一切都很受欢迎，尤其是白兰地和糖，我已有多年没有见过了。

我们把这一切都搬上了岸（上面说过，桨、桅杆、帆、舵早就搬走了），在船底凿了一个大洞。即使他们实力强大，我们招架不住，那船也是无法开走了。

从我的思想看来，我们确实没有多大希望夺回大船。可我有个看法：如果他们不使用小船就走掉了，我觉得修好船也不要费太大的功夫，然后我们就可以开到背风群岛①去。路上还可以拜访我们的朋友西班牙人——我还挂念着他们呢。

我们像这样完成着计划，主要靠力气把船推上了海滩，以免它在潮水涨到高水位时漂走。然后我们就在船底凿了个无法迅速修复的大洞，再坐了下来思考以后的工作。这时我们却听见大船上开了一枪，又看见它摇动船旗，发出信号，叫小船回航。但是小船没有动。他们又开了几枪，重新发出信号。

枪声和信号都没有起作用，他们发现小船仍然没动。我们用望远镜看见他们又吊出了一只小船，向海岸开来。在他们靠近的时候，我们发现里面的人不少于十个，带有火器。

由于大船和海岸几乎有两里格距离，他们到来时我们看得很明白，一个个都清清楚楚，连脸都能看见。因为潮水把他们冲到了另一只船的东面去了一点，他们靠着海岸划着，来到了那一只小船上岸和躺着的地方。

因此，我说，他们全落到了我们的眼里。船长对小船上的每个人和他们的性格都知道。他说其中有三个非常诚实的人，是因为寡不敌众，害怕了，才被人挟持，卷入阴谋的。

看来水手长是阴谋中的主要官员，而别的人则和其他水手一样嚣张蛮横。他们无疑已是豁出去了，参加着新的活动。船长非常担心他们的势力太大，我们抵挡不住。

我对他笑了笑，告诉他，人到了我们这地步，就已经是无所畏惧了。我们所知道的只有：无论可能出现什么情况，也都比我们所能估计的要好。我们应该预见到后果，无论死活，肯定都是一种解脱。我

---

① 背风群岛：西印度群岛中小安的列斯群岛北部的一组岛屿。

问他，我这生活情况怎么样，值得为从它解脱出来冒险吗？"而且，先生，你认为把我留在这里就是为了救你的命，这个前不久才使你振奋的信念，是从哪里来的？至于我嘛，"我说，"我的整个未来似乎只缺一个东西。""什么东西？"他说。"什么东西，"我说，"你说过，那些人里有三四个诚实朋友，应该饶恕。如果他们是在恶棍群里仅有的。我也认为上帝已把他们三个人划出来，交到了你手里。因为，你可以相信，每一个上岸的人都是我们的人。他们是死是活，取决于他们对我们的行为。"

这话我可是提高了嗓门，快快活活地说的，我发现他受到了很大的鼓舞。于是我们就鼓足了劲儿干了起来。在小船刚从大船过来时，我们就考虑把俘虏分开处理，事实上也有效地控制了他们。

其中两个是船长并不特别有把握的，我把他们交给了星期五。三个被解救者里的一个被送进了我那个天然地洞。他们在那里很辽远，没有被听见或被发现的危险。即使他们逃了出来，也还找不到逃出那森林的路。他们把几个人捆好了，留在那里，但是给他们吃的，而且答应他们，只要待在那里不出声，一两天后就给他们自由。可他们若想逃跑，就一定处死，毫不留情。他们都保证老老实实耐心地待着不动，还非常感谢给了他们优厚的待遇，留下了食物和烛光，使他们愉快——因为星期五还给了他们我们自己做的蜡烛。不过，他们并不知道，星期五还在门口站着岗，看守着。

对另外的俘虏的待遇却要好些。其中两个事实上捆住了手臂——因为船长对他们不太放心。但是船长却推荐了另外两个人给我做事。他们也都郑重地宣誓和我们同生共死。这样，有了他们俩和另外三个诚实的人，我们就已经是七个，而且有良好的武装。我不怀疑我们能对付就要上来的十个人，因为其中还有三四个诚实人。

那些人一来到那小船处就把自己的小船靠近了海滩。大家上了岸，把小船也拉上了岸。我一见到这个反倒高兴了，因为我怕他们在离岸很远的地方给小船抛锚，再留下人照看。那我们就无法夺取了。

他们上岸后所做的第一件事就是跑向那小船。我们很容易看见，他们大吃了一惊，因为如上所述，船里的东西已被我们搜罗干净，船底还凿了个大洞。

他们思考了一会儿，就大吼了两三声，使尽全身力气地叫"哈喽"，努力想让他们的伙伴听见。但是一点响应都没有。然后他们又围成了圈，用小火器开了一排枪。我们倒是听见了，回声也在森林里回环震荡。结果仍然一样。我们可以肯定，天然地洞里的人是听不见的，我们所控制的人虽是听得清清楚楚，却没有敢回答。

他们后来告诉我们，那意外使他们非常惊讶，他们决定全部再回大船，告诉那儿的人岛上的人给杀光了，长艇也给凿穿了底。于是全部的人立即上船走掉了。

船长一见这个，非常惊讶，甚至不知如何是好了。他相信他们会认为伙伴们已经无救，放弃了希望，回到大船就扬帆开走。那么，他原来那收复船只的希望仍然会落空。但是他很快又从另一个方面同样吓了一跳。

那小船开出不久，我们又见他们全都上了岸。他们那动作表现出了新的打算，那似乎是刚商量出来的。就是说，在小船里留下三个人，别的人都到岸上各处去寻找。

这令我们非常失望。现在我们茫然了，不知道怎么办好了。如果让小船走掉，我们在岸上抓的七个人对我们就没有了好处。那些人划了小船回到大船，船上的人就会拔锚起帆，我们收复大船的希望就破灭了。

但是我们没有办法，只好等候，静候事态变化。那七个人上了岸，小船上的三个人就把船开到离岸很远的地方，抛锚等候。我们想上船袭击他们也就办不到了。

上了岸的人彼此靠紧，向山上走去。我的住处就在山脚下，虽然他们看不见我们，我们却能清清楚楚看见他们。如果他们更靠近了，我们可能会高兴，因为可以向他们开枪。如果他们走得更远，我们这一趟就可能白跑了。

但是他们爬上了山顶。从那里可以看到东北面远处的茂林和峡谷深处，也是海岛的最低点。他们又是叫喊，又是"哈喽"，一直叫到疲倦了。他们不愿离开海岸太远，离开彼此太远。他们一起在一棵树下坐了下来，考虑办法。如果他们跟那一群人一样，觉得可以在那儿睡一觉的话，他们就在帮我们办事。但是他们太害怕危险，不敢冒险睡觉。虽然他们不知道害怕的是什么危险。

见他们在商量，船长就向我提出了一个正确的建议。他们说不定又会开一排枪，设法让他们的伙伴听见。那时我们就利用他们刚打完子弹的间隙，全体动员，向他们冲去，他们肯定会投降，我们就可以不用流血而取得胜利。我喜欢这个建议，但是我们必须要非常逼近他们，趁他们还来不及再装上子弹，就扑到他们面前。

但是这种局面并没有出现。我们静静地趴了很久，非常犹豫，不知道怎么办。最后我告诉他们，天黑之前我们是不能行动了。天黑后如果他们还没有回到小船，我们也许可以想办法插到他们和海岸之间，对小船上的人使用计谋，骗他们上岸。

我们等了许久。虽然非常烦躁，也很不安，恨不得他们起身走掉。这时我们却看见，他们在长时间的商量之后站了起来，向坡下海边走去。他们对这地方的危险似乎非常畏惧，终于认定伙伴们已经失踪，放弃了他们，自己要回大船，去继续原定的航程。

我一见他们往海岸走，就以为他们真正放弃了寻找，打算回去了。我把这想法告诉了船长，船长非常害怕，几乎已经站立不稳。但是我马上想出了一条把他们弄回来的妙计，完全达到了目的。

我命令星期五和大副跑到西边那河浜对面，也就是被星期五救的那个野蛮人上岸的地点附近。我让他们在那些人爬上半英里外的一个小坡时，放开嗓门大叫"哈喽，哈喽，"然后等候对方听见。听见对方回答后又大叫"哈喽"；然后又不让他们看见绕个圈子再叫。只要对方叫了"哈喽"就立即回应，尽量把他们往海岛上和树林里引。最后再按我给他们指定的方向绕道回我这里。

那些人刚要上小船，星期五和大副就"哈喽"了起来。他们一听见就做了回答，沿着海岸往听到声音的西面跑去。却立即被河浜挡住了，潮水上涨，已经无法徒涉。于是又叫小船上来，渡他们过去。那正是我所预料的结果。

他们渡过河浜后，我又观察到，小船已沿着河浜上行了相当远，进入了陆地上的河港。他们又让小船上三个人里的一个跟他们一道走。小船上只留下了两个人——小船已拴在岸上一棵小树桩上。

这正是我所希望的情况。我让星期五和大副继续呼叫，自己却带了剩下的人悄悄越过河浜，趁那两个人不备，偷袭了他们。他俩一个躺在海岸上，一个坐在船里。岸上那人半睡半醒，正想起来，跑在前面的船长已抢到了他面前，打倒了他。然后呼叫船里的人投降，否则就处死。

一个人在发现伙伴已被打倒，又有五个人盯着他的时候，是不需要多少劝说就会投降的。何况这人似乎还是水手群里最不情愿叛变的三个人之一。因此他很快就被说服，不但投降了，后来还真心地加入了我们的队伍。

与此同时，星期五和大副对剩下的人的工作也很成功。他们又是"哈喽"又是回答，引着他们一座座山、一个个林子地跑，不但把他们累得够呛，而且把他们扔在了天黑前肯定回不了小船的地方。事实上星期五他们回到我们身边时，自己也累得要命。

现在我们已没有什么事可做，只需在黑暗里观察，然后进行袭击，把他们的事办得扎扎实实。

那些人回到小船时已是星期五回到我们身边后几个小时。在他们出现之前很久，我们已听见了走在最前面的人招呼后面的人跟上的声音，也听见了回答，抱怨着太疲倦，脚跛了，走不快了。那消息可是很受我们欢迎的消息。

他们终于来到了小船边。可他们随即发现小船已在河浜的地上牢牢地搁了浅，海潮也已退去，而那两个伙伴也不见了。那时他们那混乱真是无法形容。我们听见他们以一种非常痛苦的方式彼此呼叫，说是落入了魔法世界。如果不是岛上住的人把他们全杀光了，就是岛上有妖魔鬼怪，把他们全抓去吃掉了。

他们又"哈喽"了起来，用名字反反复复地呼叫他们的两个同伙，可是得不到回音。过了一会儿，我们可以从微弱的光里看见他们跑来跑去，像绝望的人一样绞着双手。有时跑到船里休息，有时又上岸走来走去。就这样反反复复地折腾。

我的部下希望我能容许他们立即在黑暗里向他们冲去。可是我仍然想居高临下处理，饶他们不死，尽可能少杀人，尤其不愿意让自己的人冒死亡的危险——我知道对手的武器很好。我决定守候，看他们会不会分开。为了看得更清楚，我挪近了埋伏地点，命令星期五和船长尽可能贴近地面，手脚并用地爬，以免被发现。在尽可能靠近了他们之后才开枪。

他们刚像那样趴下不久，水手长就和另外两个人一起向他们走了过来。水手长是叛乱的元凶，现在却表现得最为颓唐沮丧。船长早已是迫不及待了。主凶现在已落到他手里——前不久他只能听他吆喝，现在已经没有了耐心，不愿等他们走得更近，更有把握时再动手。三个人更靠近时，船长和星期五就一跃而起，对准他们开了枪。

水手长当场被击毙，他身边那人身上中弹，倒在他的身边，一两个小时后才死掉。第三个人已经逃之夭夭。

一听见枪声我就率领我的整个部队向前冲去。我这部队现在是八个人。我自己是大元帅，星期五是我的副帅，还有船长和他的两个人，加上三个战俘——我们相信他们，给他们发了枪。

事实上我们是在黑暗里跟他们遭遇的，因此他们不知道我们有多少人。小船上有个人现在成了我们的人，我就让他对他们点名呼叫。看他们能不能出来谈判，接受条件。结果正中我们下怀。事实上，也容易理解，按照他们的处境，他们是非常乐意投降的。那人对其中的一个大声喊话："汤姆·史密斯！汤姆·史密斯！"汤姆·史密斯马上做了回答："你是谁呀？鲁滨孙吗？"那人好像听出了他的声音，说："对，对，为了上帝的缘故，扔掉武器投降吧，汤姆·史密斯，要不然你们马上就没命了。"

"我们这是要向谁投降呀？他们在哪儿呀？"汤姆·史密斯又说。"就在这儿，"那人说，"这儿是我们的船长，带了五十个人，已经追捕你们两小时了。水手长已经给枪毙了，威尔·富莱受了伤，我成了俘虏。你们要是不投降，也就没有命了。"

"他们会优待我们吗，"汤姆·史密斯说，"要是我们投降的话？""如果你们答应投降，我就问问去。"那个鲁滨孙说。他去问船长，船长自己来喊话了："你，史密斯，我的声音你是听得出的。如果你们马上放下武器投降，还可以活命，只有威尔·阿特金斯例外。"

一听这话，威尔·阿特金斯立即叫了起来："为了上帝的缘故，船长，饶了我吧。我做了什么事了？他们不都跟我一样坏吗。"说起来，他这话未必对，因为叛乱爆发的时候，头一个抓船长的人似乎就是这个威尔·阿特金斯，而且对他特别凶狠，捆了他的双手，还说些非常伤人的话。不过，船长还是让他明智一点，相信总督的仁慈，马上放下武器——他所说的总督就是我。因为他们都叫我总督。

一句话，他们都放下了武器，乞求饶命。我就打发和他们谈判的人和另外两个人把他们全捆了起来。然后我这支加上他们三个一共才八个人的"五十个人"的队伍，就走上前去，把他们和小船全扣留了。为了体面，我和另外一个人没有露面。

我们下面的工作就是修补小船，和思考夺回大船的办法。这时船长有了时间，就和那些人谈话，向他们阐述了他们对他的行动所具有的匪徒的性质，进一步阐述了他们那设想是多么的邪恶——它肯定终于会让他们陷入痛苦和灾难的，说不定还得上绞架。

几个人都有非常悔恨的表现，苦苦地乞求饶命。对这个问题，他告诉他们，他们并不是他的俘虏，而是岛上的长官的俘虏。他们认为已把他扔到了一个没人居住的荒岛上。但是上帝倒乐意向他们指出：这海岛上有人居住，总督是英格兰人。总督要是高兴，可能就在这儿把他们全绞死。但是他已宽恕了他们。他估计总督会把他们全部送回英格兰，到那儿去照司法程序处理的。只有阿特金斯例外，按照总督的建议，他准备对他处以绞刑，早上就要处决。

这话虽然全是编造，却产生了预期的效果。阿特金斯跪了下来，乞求船长到总督面前为他说情，饶他一命。那几个人也都乞求船长为了上帝的缘故，别送他们回英格兰去。

24　我们收复了大船

　　我觉得解放自己的时候已经到了。把这些人组织好，让他们真心参加夺回大船的斗争，是最容易不过的事。于是我离开他们，回到黑暗里，不让他们知道他们的总督是什么样子。我把船长叫了过来，因为距离很远，我命令一个人传话，对船长说，"船长，总督有请。"船长立即回答，"请转告总督阁下，卑职马上就到。"这一套让他们觉得非常有趣，他们都相信带了五十个人的总督就在他们身边。

　　船长来到了我的面前，我就把我夺回大船的计划告诉了他。他听了非常赞成，决定第二天早晨就动手。

　　但是为了更巧妙、更安全地执行计划，取得胜利，我告诉他我们必须把俘虏分开。他要把阿特金斯和两个最坏的家伙带走，捆绑好送到还关了几个人的天然地洞里去。我把这事交给了星期五和随船长上岸的两个人。

　　他们把他俩送去了天然地洞，就像送进了监狱一样。那确实是个很凄凉的地方。对他们这种处境的人尤其显得凄凉。

　　我命令把另一个人送到我的凉亭去（我对那地方做过充分的描述），因为它有篱笆包围，那些人又是捆好的，态度也老实，所以算得上安全。

　　早上我请船长去那里，要他去跟他们谈谈话。一句话，去审问他们，然后来告诉我，他是否觉得那些人值得信任。他对他们谈了他们对他所造成的伤害和他们让自己所陷入的苦境。总督虽然宽大处理，饶了他们性命，但是按照他们现在的行为，只要一送回英格兰，就肯定会陆续被送上绞架。但是，如果他们参加了收复大船的正义行动，他还可以向总督求情，饶恕他们。

那样处境下的人将如何接受这种建议，谁也不难猜测。他们对船长跪下，发出最深沉的誓愿，保证忠实于他，直到最后一滴血。他们的生命都是他给的，他们愿意跟随他到天涯海角；只要一息尚存，就把他当作再生父母。

"那好，"船长说，"我一定把你们的话禀报给总督，看看我还能再做点什么劝说他同意不。"于是他向我汇报了他所见到的他们的情绪。他说他很相信他们会非常忠诚。

不过，为了保证高度安全，我又让他回去，从他们当中挑出五个人来，告诉他们，他们可以看出，他并不缺乏人手，却选择了这五位作为他的助手。因此，总督要保留那另外两个和送到堡垒（我的天然地洞）去的那三个俘虏，作为人质。保证他所挑到的五个人的忠诚。如果他们在执行任务时缺少了忠诚，五个人质就要在海岸上一个一个地被绞死。

这个做法显得严厉，却也让他们相信总督在认真执法。他们没有别的办法，只好接受。现在俘虏们的工作就是说服另外那五个人完成任务。船长的工作也一样。

像这样，我们的远征兵力就部署好了：一、船长，他的大副和旅客；二、第一个无赖集团里的两个俘虏，船长肯定了他们的性格，我就给了他们自由，发了武器，表示信任。三、我一直捆住关在凉亭里的另外两个，因为船长的提议，现在放了出来。四，终于放出来的这五个，加上两个人质。

我问船长他敢不敢带了这批人冒险上大船去。因为我觉得我和我的星期五并不适宜参加。后边还有七个人呢，把他们分别关好，给他们送吃的也够费事的。

至于天然地洞里的五个，我决定把他们严加看管。星期五一天进去两次，给他们必需的东西。我让另外两个把食品送到一定的距离，再让星期五取走。

我是跟船长一起在两个人质前露面的。船长告诉他们，我是总督派来监管他们的；总督大人乐意看见他们没有我的命令，哪里都不去。如果他们敢跑，就把他们抓进堡垒，锁上锁链。因为我们从没有让他们见到过作为总督的我，现在我就以另一个人的身份出现了。在各种场合谈起总督、驻军、堡垒之类的问题。

船长面前现在已经没有困难。需要的是为两只小船配置好设备，补好一只船的窟窿，安排好另一只船的人。他让他那旅客作了一只船的船长，带领四个人。他自己和大副带五个人上另一只小船。他们周密地安排了工作，就在半夜前后到大船去。他们来到船上的人能听见呼喊的地方，船长就叫那个鲁滨孙向大船呼叫，告诉船上的人，他们是带了船和人上海岛去的，但是很久之后才找到岛上的人。还聊了些别的，这就靠近了大船。这时船长和大副凭着双手爬上了大船，用枪托打翻了二副和木匠。凭借自己带的人的忠实支持，控制了主甲板和后甲板上的人，关闭了全部舱口盖，挡住了下面的人。同时另一只小船上的人也抓住前链爬上大船，控制了前甲板下的水手舱和通向厨房的天窗，俘虏了在那里发现的三个人。

这一切办完，甲板上一切平安，船长命令大副带了三个人冲进了船尾的小间，那是叛徒们的新船长睡觉的地方。新船长听见响动，爬了起来，带了两个人和一个孩子，操起武器。船长用铁棍撬开门时，新船长和他的人就对着他们死命地开枪。一颗步枪子弹打伤了大副，打断了他的手臂，另外两个人也受了伤，但是没有人死亡。

大副虽然受了伤，却一面叫人支援一面闯进船尾的小间，用手枪对新船长射去。子弹射穿了他的脑袋，从嘴里射入，耳里射出。新船长不再吭声了。那几个人也投降了。没有更大的伤亡，我们有效地夺回了大船。

大船像这样夺回之后，船长发出命令，开了七枪，通知我他已经取得胜利。那是他和我商量好的信号。你可以相信我很喜欢听见——我坐在岸上守望，一直望到半夜两点。

像这样听见了明确的信号，我就倒下了身子。那一天我早已累得筋疲力尽，因此睡得非常香甜。我一直睡到有枪声令我吃了一惊，才翻身坐了起来，却听见有人在叫我"总督，总督"。我马上听出是船长的声音。他已经爬到了小山顶上，站在那里，指着大船。他张开双臂，拥抱了我。"我亲爱的朋友，我的救星，"他说，"你的船就在那里，因为它全是你的了。我和船上的一切也都是你的了。"我往那船一望，它就在那边海上半英里多外的海滩边。他们夺回船后立即起锚，气候良好，开到了那小河浜口外的海边，在那里下了锚。这时海潮涨了起来，船长就把船上的中型艇开到我最初停靠小木筏的地点的附近，也就是在我家的大门口，在这里上了岸。

这个意外让我差不多站立不稳了，因为我看见我的解放清清楚楚送到了我的手里。一切都那么容易，一艘大船整装待发，就要送我到我想去的地方了。开始时我还好一会儿不知道怎么回答，一个字也说不出。但是已经用双臂搂住我的船长搀扶我站稳了——否则我还真可能瘫倒到地上。

他看见了我的意外，立即从口袋里取出酒瓶，让我喝了几口提神酒，那是他有意给我带来的。我喝完酒就坐到地上，虽然它让我清醒了，我仍是在好一会儿之后才对他说出话来的。

在这整个的时间里，那个可怜的人也跟我一样欢喜得要发疯。虽然他跟我不同，没有感到意外。他对我说了无数深情厚谊的好话，让我镇静下来，清醒过来。可是欢乐的浪潮仍然在我胸膛里起伏翻腾，把我的精神全搅乱了，最后终于转化为眼泪，夺眶而出。好久以后我才终于说出话来。

然后就轮到我把他当作解放者来拥抱他了，我们俩欢天喜地快活到了一起。我告诉他，我是把他当作上天派来解救我的人的。整个过程似乎就是一串奇迹。它们就是我们手上的证据，证明了上天有一只统管人世一切的秘密的手，也证明了那双具有无穷力量的眼睛可以搜索到全世界最辽远的角落，在上帝乐意时给受苦受难的人送去援救。

我也没有忘记怀着感恩之心，望向天空。以这种神奇的方式对困在这样的荒野里，这样绝望的环境里的人提供了物资和一切解救途径的，正是上帝。还有谁能忍得住对他发出衷心的颂扬呢？

我们谈了一会儿，船长又告诉我，他给我带来了少许点心和饮料。那是船上所能提供的，也是还没有被那些当了他老板那么久的恶棍们抢走的。说完他就对着长艇大叫，让他们把给总督的礼物送上岸来。那确实是一份大礼，好像我真是总督，要在这里长期住下去，不跟他们一起走掉似的——他们似乎打算扔下我，自己走了。

首先他给我带来了一箱酒，全是香醇的美酒，共是六大瓶玛德拉，每瓶两夸脱；然后是两磅上等烟叶，十二大块船上吃的牛肉，六大块猪肉，一口袋豌豆；还有大约一百英担①饼干。

他还给我带来了一箱糖，一箱面粉，一口袋柠檬，两大瓶酸橙汁，和许多东西。除此之外，还有些东西对我的用处大了一千倍。那就是六件衬衫，六条优质领带，两双手套，一双鞋，一顶帽子，一双长袜，还有一套他自己的很漂亮的衣服，穿过，但是穿得很少。一句话，他把我从头到脚都打扮了起来。

谁都可以想象，对于我那种处境的人，那是非常体贴的可喜的礼物。可是我第一次穿上那套服装的时候，却觉得那真是全世界最不舒服、最尴尬、最拘束的东西。

举行完这套仪式，把那些好东西送进了我的住处，我们又商量起了对俘虏的处理问题。我们能不能冒险把他们带走？这问题很值得研究。尤其是其中的两个，我们知道他们都是怙恶不悛、桀骜不驯到了极点的。船长说他知道他们都是不可理喻的无赖。如果要带他们走，就必须作为罪犯戴上锁链，一到达他所能到达的第一个英格兰殖民地，就交给司法部门。我发现船长本人对这事很不放心。

一见这情况，我就告诉他，如果他愿意，我敢于接受任务，把他说的那两人带来，说服他们自己提出要求，让船长同意他们留在岛上。"这我倒很高兴，"船长说，"我打心眼里同意。"

"好的，"我说，"我就叫人把他们带来，然后代表你去和他们谈话。"于是我命令星期五和那两个人质（他们的伙伴履行了诺言，他俩

---

① 英担：相当于一百磅，即 45.36 公斤。

现在已经被解放了）去到洞窟里，把那五个人带到凉亭，仍然捆着，在那儿等候我去。

过了一会儿，我就穿上新衣服去了。现在我又被称作总督了。大家到齐，船长又跟我来到一起。我命令把那两个人带了上来。我告诉他们，我已经把他们全部罪行的资料送给了船长：他们是怎样拐了船逃跑的，打算怎么样继续抢劫，但是上天已经让他们落入了法网，跌进了他们为别人掘的坑里。

我让他们知道，按照我的指示，船已经被夺回，现在停靠在路上，他们过一会儿就可以见到他们的新船长因为自己的恶棍行径遭到了报应。他们可以看见他被悬挂在横杆头上。

至于他们嘛，我想知道他们有什么话说；我有什么理由不把他们当作现场拿获的海盗处死。因为我的职责，他们不能怀疑我有权那么做。

他们有一个人以大家的名义说话了。他们无话可说，他说，但是，在逮捕他们的时候，船长是答应过保全他们性命的，他们恭顺地乞求我大发慈悲。可我告诉他们，我可不知道对他们还能表现什么慈悲。因为就我自己而言，我已经决定带我的人离开海岛，到英格兰去。而且已经付了船长船费。至于船长嘛，他只能把他们作为囚犯，戴上镣铐，送回英格兰，以哗变罪和抢劫船舶罪接受审判。那结果他们必须知道，那就是上绞架。因此，我不能说哪个办法对他们最有利。除非他们打算接受建议，留在岛上——如果那样，我倒倾向于饶他们一命。

他们似乎非常感恩，说他们宁可冒险留在岛上，也不愿意送回英格兰去绞死。因此我没有做裁决。

但是船长对此似乎有了异议。他好像不敢把他们留在海岛上，因此我对船长似乎有点生气了。我告诉他，他们是我的囚犯，不是他的。我既然对他们表示了宽大，我就得说话算话。如果他觉得不应该同意，我就给他们自由，让他们像我才见到他们时的样子。他要是不乐意，还可以把他们抓起来，只要他办得到。

这样一来，这几个人看上去对我非常感恩。于是我放掉了他们，并叮嘱他们退到树林里去，到他们来时的地方去。我会给他们留下一些火器和弹药，还会给他们交代些怎样过好日子的办法，如果他们觉得合适的话。

然后我就做好了准备，要上大船。但是我告诉船长我那天晚上还要留下来准备东西，让他在这段时间上船去做好安排，第二天派小船到岸边来接我，同时把打死的新船长吊到横杆头上，让这些人看见。

船长走后，我又把那些人叫到我的住处，跟他们严肃地讨论了他们的处境。我告诉他们，我认为他们的选择是对的。若是船长把他们带走，他们就肯定会被绞死。我让他们看了看吊在大船横杆头上的新船长，然后告诉他们，他们也不会有更好的下场。

在他们都宣布愿意留下之后，我又对他们说，我愿意跟他们讲讲我在那里的生活故事，让他们轻松一些。于是我告诉了他们我那地方的整个故事。我是怎样来到那里的。我让他们看了我的种种防御工事，面包是怎么做的，粮食是怎么种的，葡萄干是怎么晒的。一句话，告诉了他们要过得舒适必须知道的东西。我还告诉了他们我们盼望见到的那十六个西班牙人的故事。我还给西班牙人留了封信，让他们保证像对待自己人一样对待这些人。

我把我的火器留给了他们。就是说，五支步枪、三支鸟枪和三把刀。我还剩下一桶半火药，因为在开头的一两年之后我就很少用了，更没有浪费过。我给他们描述了对山羊的处理，怎么样挤奶，怎么样养膘，怎么样做奶油和奶酪。

一句话，我把自己的故事完全告诉了他们。而且我打算说服船长，再给他们留下两桶火药和一些蔬菜种子，我告诉他们那是我最喜欢的东西。我还把船长带给我吃的一口袋豌豆也给了他们，叮嘱他们一定要播种好，繁殖好。

这一切做完，我第二天就离开了他们，上了大船。我们准备好了马上动身，但是那天晚上并没有起锚。可第二天一大早，那五个人里的两个却游水来到船边，发出了对另外那三个人的最痛苦的抱怨。请求为了上帝的缘故让他们上船，否则他们就会被杀死。他们请求船长让他们上船，即使马上被绞死，也心甘情愿。

对这个问题，船长表示没有我他无权同意。但是经过了一番周折，他们又庄严保证改过自新，这才让他们上了船。不久以后又狠狠地抽了他们一顿鞭子，再在上面刷了盐水。那以后他俩都成了非常诚实和文静的人。

此后不久，我又发出命令让小船开到岸边（那时潮水正在上涨），把答应给他们的东西送了上去。经过我的劝说，船长还让人把他们的箱子和衣服也送了上去。他们收到后都非常感谢。我还鼓励他们，告诉他们说，如果我在路上遇见可能开去带走他们的船只，我是不会忘记他们的。

在我离开海岛的时候，我带走了自己做的山羊皮帽和伞，作为纪念，还带了一只鹦鹉。我前面说过的钱，我也没有忘记拿走——那钱放在身边很久没有用，已经生锈，或失去了光泽，不经擦拭收拾，差不多就看不出是金币银币了。我在西班牙海难船里找到的钱也都这样。

我就像那样在 12 月 19 日（我查了船上 1686 年的记录）离开了海岛。我在那里住了二十八年两个月加十九天。那天和我在第二次被囚禁时驾了长艇从撒利的摩尔人逃走时是同月同日。

我在船上经过长途航行，于 1687 年的 6 月 11 日到达了英格兰。我离开它已经三十五年了。

我到了英格兰，却成了那个世界里的彻底的陌生人了。那里似乎就从来没有人认识过我。我委托她保管我的钱的那位恩人和忠实管家还活着，但是遭到了人世的种种不幸，第二次成了寡妇，社会地位极其低下。对于她欠我的钱，我让她放心，我决不会为难她。相反，为了感谢她以前对我的关照和诚恳，我用我那少量存款尽量减轻了她的负担，虽然事实上当时能容许我做到的还很有限。但是我向她保证，我决不会忘记她过去的善心。后来我有足够的钱帮助她时，我也没有忘记她。这事到时候我还会谈到。

然后我就去了约克郡。但是我的父亲已经去世，母亲和家人也没有了。我只找到了两个妹妹，还有一个弟弟的两个儿子。他们很久以前就认为我已死去，没有留下任何关于我的文件条款。因此，一句话，我没有得到任何对我有帮助的解决困难的东西。要在这世界上落脚，我身上那点钱真是太可怜了。

我确实遇见了一桩我没有想到的报恩的事，那人是我非常有幸挽救过的那艘船的船长。我也用同样的方式挽救了那船货，那船长对老板们浓墨重彩地讲述了我是怎么样抢救了他的船只和人员的性命的。老板们邀请我去跟他们和一些有关的商人见面。他们在这个问题上高度地赞扬了我，还给了我差不多两百英镑的馈赠。

但是我反复思考了我的生活环境，认为这点钱走不了多远，无法让我在世上立足。于是我决定到里斯本去，看看能不能得到一点关于我在巴西的种植园的或合伙人的消息。我有一定的理由认为他会觉得我已死掉，已经放弃了我多年。

带着这想法我上了船，去了里斯本，然后在 4 月份到了那里。在这整个的奔波期间，我的仆人星期五一直真诚地跟随着我，在任何情况下都是我忠实的仆人。

25　我在四面八方发现着自己的财富

　　我来到了里斯本，通过调查我找到了我的朋友，在非洲海岸第一次救起了我的那位船长。这叫我特别满意。现在他年龄大了，不出海了，把船交给了他的儿子。他儿子也很不年轻了，仍然在跑巴西的生意。老爷子认不出我了，事实上我也几乎不认识他了。但是我告诉了他我是谁，让他马上想起了我。

　　你可以相信，在一番老友重逢的激情表现之后，我就打听起了我的种植园和那里的合伙人的事。老爷子告诉我，他离开巴西已经差不多九年，但是他可以向我保证，他离开时我的合伙人还活着。不过，他和我所承认的我的两位产权代管人都已经去世。好在他相信，我可以收到一份种植园改进情况的忠实账目。因为一般都认为我已被抛弃，淹死了，所以我的代管人已经把我那部分种植园的收入账目交给了国库管理人。国库管理人又把它划拨了出来。因为我没有认领，他已把其中的三分之一上交国王，三分之二交给圣奥古斯丁修道院，用作扶持贫苦和帮助印第安人皈依天主教信仰的活动。但是，如果我自己出面，或有人代替我出面要求继承财产，那就应该归还。不过，改进部分的收益和每年的收益既已用于慈善事业，就已无法归还了。但是，他也向我保证，国王的地方税收总管和 proviedore（修道院的财务总监）都一直仔细地管理着账目。我的合伙人每年都要提出可靠的收益账，让他们从其中取得我应得的那一部分收入。

我问他是否知道我的合伙人对种植园的提高达到了什么程度，是否值得了解一下。我到那里去要求归还我的那一部分合法产权是否会遇到阻碍。

他告诉我，他并不确切知道种植园的改进达到了什么程度。但是他知道我的合伙人只靠那一半收入已是非常阔绰。就他所记得的而言，他听说我上交给国王的那三分之一似乎已经拨付给了另一个修道院或宗教机构。每年的数目超过两百个墨依朵金币。如果我想不出声地收回，应该没有问题。我的合伙人还活着，他们可以证明我的权利。我在国家名单上也还登记有我的名字。他还告诉我，我那两个委托管理人的儿子都很公正，很诚实，而且很富有。他相信我不但可以得到他们的帮助，为我取得产权，而且可以见到他们手里已有相当大的一笔钱记在我的账上，那是他们的父亲掌握种植园托管时的收益。这钱以前是被看作已经放弃了的，原因上面说过了。他记得的是：大约已经十二年。

对此我表示了几分关心和不安。我问老船长，几位委托代理人分明知道我立下了遗嘱，委托他，葡萄牙船长做我的全权继承人和别的，他们凭什么还处置我的财产呢？

他告诉我，我那话不错。但是由于没有证据证明我已经死亡，他是不能在获得死亡证明之前，作为执行人采取行动的。而且，他也不愿意干预一个那么辽远的地区的问题。他登记了我的遗嘱，提出了他的要求，这是真的。如果他能提出文件，说明我是死是活，他早就找律师打官司，把印根尼奥（ingenio，他们对糖厂的称呼①）拿到手了。他已经给过他儿子命令，让他注意这问题。他儿子此时就在巴西。

"但是，我有个消息要告诉你，它对你可能不像别的消息那么容易接受。那就是，他们相信你已经过世，所有的人也都这样想，你的合伙人和委托代理人确实以你的名义向我提出过付给我第一年的利润的百分之五和八，这笔钱我是接受了的。但是在那时，"老爷子说，"为

---

① "印根尼奥"：本书前面又说是对种植园的称呼，见26页。

218

发展工厂还新建了糖厂，买了奴隶，需要付出大笔资金。而那支出却不能够用随后的生产收入冲销。不过，我会就我所接受的全部利润和它的使用，如实交给你一份清单。"

在和这位老爷子朋友又谈了几天之后，他给我带来了我那种植园起初六年的收入账目。上面都有我的合伙人和商业委托人的签名。都是以实物付款的。就是说，成卷的烟叶，成箱的糖，或是糖蜜酒和糖蜜之类。全是糖厂的产品。我从这账目发现，它的收入每年都有相当的增加。但是正如上面所说，由于投资很大，收入总额开始时确实很小。不过，老爷子让我看，他欠了我四百七十个墨依朵，还有六十箱糖，十五卷双层烟叶。但是那些东西都在他的船里损失了——他从里斯本回来时遭到了沉船事故。那是我离开那里大约十一年后的事。

这时那善良的人开始抱怨自己的种种不幸。为了赚回他的损失，他不得不挪用了我的钱，在一只新船上购买了股份。"可是，老朋友，"他说，"只要你有需要，我一定不会让你缺钱用的。我的儿子一回来，一定会让你充分满意。"

说到这里，他取出了一个旧钱包，给了我一百六十个葡萄牙墨依朵金币，让我看了看他那船的股票。他儿子就是坐那船去巴西的，他是那船的四分之一个老板，他的儿子也是老板。他把两样东西都递到我手里，作为保证金。

可怜的老爷子的诚实与善良深深地打动了我，我感到承受不起了。我想起了他为我做过的事，他是怎样把我从海里救出来的，他在每一个时刻是怎么样对待我的，尤其是到了现在，他对我又是个多么诚恳的朋友。听了他这话我几乎流下了眼泪。因此我先问他，他现在的环境容许他省出那么多钱来吗？会不会使他为难？他告诉我他只能说可能有些困难，不过，那毕竟是我的钱，而我可能比他更需要钱。

那善良的人说的每一句话都充满感情，他说着说着我已忍不住泪流满面。简单说，我取了一百个墨依朵金币，找来墨水和笔写了张收据给他。剩下的钱也还了他。我告诉他，只要我收回了种植园，这笔钱我也会还他的——后来我也确实还了。至于出售他在他儿子船上的股份的单据，我是怎么样也不会接受的。不过，在我需要钱的时候他曾很诚实地给了我。在我不需要钱，却来接受他认为我有理由接受的钱时，我也决不会多收他一个便士。

这事办完，老爷子又问我，他是否应该告诉我收回种植园的办法。我告诉他我打算自己去一趟。他说我要是愿意，就可以去，如果我不想去，也有的是收回我的权利的办法，而且能够立即得到利润，供我使用。里斯本河里有的是要去巴西的船，他叫我把我的名字公开进行了登记，附上了他的书面陈述——他宣誓证明我还活着，肯定我就是那位最初购买土地建立种植园并开始种植的人。

这个文件按照规定经过公证处公证，附上了产权获取证明。他又指示我把它和他的一封亲笔信交给那里的一个商人，他的熟人。然后，他又建议我和他一起等候回信报告情况。

没有什么事比这次的产权获取过程更加光明磊落的了。因为不到七个月，我就收到了我还幸存的几个商业委托人（我就是为那几个商人出海的）寄来的一个大包裹。里面是以下的几封专信和文件。

我的农场（或叫种植园）的产品流水账。从他们的父辈跟我的葡萄牙老船长结账之后算起。一共是六年。结余的数字是：我应收入一千一百七十四个墨依朵金币。

另有四年的账目，他们把它的收入留在了自己手上。那是在政府要求接管之前，作为失踪者（他们称之为法律死亡）的收益。结余的数目是三万八千八百九十二个科路撒朵①银币，也就是三千二百四十一个墨依朵金币。这个时期种植园收入在增加。

奥古斯丁神甫的账目。他接受利润一共十四年多，但已用于医院的钱他不能转账。他诚实地宣称他还有八百七十二墨依朵金币没有分配，现在他把它转到了我的账上。上交国王的部分没有返回。

我的合伙人也有一封信，非常热情地祝贺我生还。他告诉了我地产改进的情况和一年的出产情况，还特别说明了地产包含的面积或英亩总数，地产上的奴隶总数。他画了二十二个十字架，为我祝福。他告诉我他因为我还活着，念了许多遍"福哉玛利亚"，向受到祝福的圣

---

① 克路撒朵：一种葡萄牙银币。

母表示感谢。他还非常热情地邀请我去接受财产。如果我自己不能去，就请给他指示，把我的收入交给谁。他在结尾还表示了他和他的家人的衷心而深情的友谊。作为礼物他还送给了我七张精美的豹皮，似乎是他从非洲得到的，是他打发去那里的某条船带回来的。那船的航行可是比我幸运多了。他还送给了我八箱出色的甜食和一百枚没有铸造的金币，那东西不及墨依朵金币大。

在同一个船队里，我的两位商业代理人又送来了一千二百箱糖，八百卷烟叶，余下的数目则为金币。

事实上我完全可以说故事的结尾比开头好得太多。我望着那些信时，心里那扑腾劲儿呀，真是无法描述。尤其在我发现自己被财富环绕的时候——因为巴西的船只大多是结队航行，给我送来信件的船和给我送来货物的船同在一个船队，我的书信还没有送到我手里，我的货物早已安全地停靠在河边。一句话，我的脸煞白了，心里一阵抽紧，要不是老爷子跑去取来了一杯提神酒，我相信那突然降临的意外欢乐就会叫我无法消受，而当场死亡。

对，从那以后我就一直很不舒服，难受了好几个小时。直到请来医生，查出了一些我的疾病的真正根源。他命令给我放了血。然后我才松懈下来，好过了一点。可是我确实相信，如果不是以那种方式给了我精神上的疏导，我是有可能死掉的。

现在，我在猛然之间就变成了超过五千英镑的财富的主人，在巴西还有一片地产（我们很可以这么叫它），跟在英格兰的地产一样，踏踏实实，每年的收入在一千英镑以上。一句话，我几乎不知道对自己的处境如何理解，如何镇定下来享用。

我做的第一件是就是报答我的最早的恩人，我那位善良的老船长。他是在我苦难时，第一个以慈悲对我的人。开始时很仁慈，收尾时很诚实。我把给我送来的东西都给他看了。我告诉他，除了第一个要感谢的总管人世一切的上天的圣恩，我最该感谢的就是他了。现在压在我心上的事就是报答他，我要一百倍地报答他。于是我首先把我从他那里收到的一百个墨依朵金币还给了他，然后就请来一位公证人，要求他起草一份解除债务书，或放弃书，以最坚决最充分的态度免除了他对我那四百七十个墨依朵金币的债务，那是他承认欠我的。然后我又要求草拟了一份产权获取证明，赋予他权利成为我每年从种植园所获得的利润的接受人，指定我的合伙人向他做报告，并以我的名义把回报由经常的船队运送给他。文件末还有一个条款，在他在世时每年从我的收益里拨出一百个墨依朵金币，赠送给他。在他过世之后，每年给他的儿子五十个墨依朵金币，直到他去世。我就像这样回报了这位老爷子。

现在我得考虑我下面的路怎么走了，那就是上帝像这样赐予我的地产怎么处理。事实上我脑子里的担心比我在荒岛上那宁静的生活里多得多了。我在那里除了已经有的东西，什么都不缺。而现在我负了重大的责任，那就是保它平安。我现在已经没有存钱的石窟，也没有可以把钱一直放到长霉、肮脏，不用锁和钥匙也没有人碰一碰的地方。相反，我还真不知道把钱放到什么地方好，或是托付给谁好。我的老上级，船长，倒确实诚实，他是我唯一的避难所。

其次，我在巴西的利益似乎在召唤我去。但是现在，在我安排好我的事务，把财产交到身后一个安全的人手里之前，我还说不出怎样考虑去巴西。起初我想到的是我的老朋友，那寡妇。我知道她很诚实，对我也一定会很公正。可是那时她年事已高，而且很穷，据我所知，有可能还欠了债。因此，一句话，我没有别的办法，只有自己带上财产回英国去。

不过，我下定决心还是几个月以后的事。由于我已经充分回报了我当初的恩人老船长，让他满意了，我就想到了那可怜老寡妇。她的丈夫是我的第一个恩人。而她，在她能做主的时候，也还是我的诚实的管家和老师。于是我做的第一件事就是请一个里斯本的商人给他在伦敦的商务联系人写了封信，让那人不但给她送去一张汇票，而且去找到她，带给她我给她的一百个英镑现金。再和她谈谈，安慰在穷苦中的她，告诉她，只要我还活着，我就会继续给她钱。与此同时，我也给了我在英国的两个姐姐每个人一百个英镑，她们虽然并不拮据，却也并不宽裕。一个结了婚，但是成了寡妇；另一个有丈夫，但是对她不像应该的好。

但是我在我所有的亲人或是熟人中还没有物色到一个我敢于把全部财产托付给他的人。若是有了，我就可以把财产留在身后，自己离开伦敦，去到巴西，在那里定居了。因为我在那里是入过籍的。不过，我在宗教上还有些小小的顾虑。是它不知不觉地阻挡着我——这事我马上还要谈到。不过，现在阻挡我去那里的，还不是宗教。由于我对于公开我的国教徒身份并没有顾虑，我一直就跟国教徒在一起，现在也如此。只不过最近总偶然想起这问题，比以前多了些顾虑。我开始想到要在他们之间生活和死亡，开始懊悔承认过自己是天主教徒。虽然它不可能是死亡时的最好宗教。

但是，正如我所说，这还不是妨碍我去巴西的主要问题。主要问题是我离开之后我的动产交给谁照顾，于是我决定把它带到英国去。我决定，到了那里我也许能认识一些对我可能真诚的朋友或亲戚。于是我准备好了携带我的全部财富到英国去。

为了回老家做好准备（那时去巴西的船队已经快要出发），我首先决定给从那里为我的财产做了公正而诚实的交代的人写几封应该写的信。首先是给圣奥古斯丁修道院的院长的信。信里充满对他们的公正处理的感激之情，把还没有处理的那八百七十二个墨依朵金币交给了他。我希望把其中的五百个送给修道院，三百七十二个按院长的指示周济贫苦人，并希望善良的神甫为我祷告。还有诸如此类的话。

然后是给我的两位委托代理人的信，充分感谢他们所表现的高度公正和诚实。至于送给他们礼物嘛，他们生活得很好，没有必要。

最后，是给我的合伙人的信。感谢他在改进种植园上所付出的辛苦，在增加工厂产品上所表现的公正。对他在今后管理我那部分收入方面也提出了要求，要他把我应得的收入按我留给他的比例，送到我的老上级那里，直到我对他提出更具体的要求为止。我向他保证，我的意图是不但是去他那里，而且后半生要在那里定居。我还随信送去了一份厚重的礼物。给了他的夫人和两个女儿（这情况是船长的儿子告诉我的）一匹意大利丝绸和两匹英格兰精细绒面呢——那是我在里斯本所能买到的最好的，还有五张黑色厚羊毛毯和一些很贵的佛兰德斯精美花边。

我的事这样处理完毕后，我就卖掉了我的货物，把全部动产变作了可靠的汇票。我下面的困难就是走哪条路去英格兰。我对海洋已是够习惯了，但是那时我对从海路去英格兰有一种奇怪的厌恶情绪。虽然说不出理由，那厌恶却越来越严重——那一回原想走，而且已把行李送上了船，却又改变了主意。那样的事不止一次，而是两三次。

　　事实上我在海上很不幸，这可能是理由之一。但是谁也别小看了在这样的时刻自己思想上那强烈的冲动。有两只船我已经选定了，打算要坐，我的意思是：比起别的船来他们特别中我的意。就是说，对有一只，我的行李已经放了上去，对另一只我和船长已经商量好了。可我说，两只船后来都出了事。一只被阿尔及利亚人掠夺了，另一只被扔在了托尔卑附近的斯达特。船上的人除了三个全被淹死。看来，无论上了哪一只，我都要受罪，至于在哪一只上最苦，那就很难说了。

　　在思想上受过这样的折磨之后，我无事不和他商量的老船长就真诚地劝我别走海路。或者上防波堤，越过比斯开湾到罗谢尔，从那里起就是一条轻松安全的陆路，直到巴黎。然后到加莱海岸，到英国的多佛；或者是上行到马德里，然后穿越法国，那也全是陆路。

　　一句话，我已经非常先入为主，根本反对走海路——只有从加莱到多佛例外。于是我决定完全走陆路。因为我并不匆忙，也不怕多花路费，所以我觉得陆路要快活得多。为了让路上更快活，我的老船长又带来了一位英国绅士。那是里斯本一个商人的儿子，他愿意跟我一起旅行。然后我们又选了两位英国商人和两位葡萄牙绅士。最后两位只到巴黎为止。这样，我们一共就是六个人，带了五个仆人。两位商人和两位葡萄牙人都满足于两人合用一个仆人，减少花销。至于我嘛，我找到一个英国水手做仆人，还加上我的仆人星期五——他对这里太陌生，路上无法完成仆人的任务。

26　我们翻越大山

我们就像这样从里斯本出发了。大家都骑了很好的马，带了很好的武器，形成了一支小部队。他们还给了我荣誉，叫我队长。因为我年龄最长，也因为我有两个仆人，而且事实上是整个旅行的发起人。

以前我并没有拿我的海上日记来麻烦你，所以现在也不拿我的陆上日记来麻烦你。不过，在这漫长的艰苦的旅行途中的某些冒险活动，却不应该省略。

我们到达了马德里，大家都成了陌生人，都想停留一点时间看看西班牙的宫廷，看看值得观察的东西。但那已是夏季后期，我们急忙走掉了。但是等到我们来到纳瓦拉边界的时候，途中几个城市里的传说却让我们大吃了一惊。说是法国那面下着很大的雪。有不少旅客曾尝试踏雪过去，却在遭到严重困难之后，无可奈何，退回了潘佩路纳。

我们来到潘佩路纳后，发现情况确实如此。对于我这样一个习惯于炎热气候的人，事实上习惯于穿上衣服就受不了的地区的人，这种寒冷可真叫人吃不消。而且事实上，还不仅是吃不消，简直就是想不通——十天前才从不但温暖，甚至是炎热的古城卡斯提尔出发，却立即遭到了比利牛斯山的寒风的侵袭，那么凛冽，那么刺骨，又是一个吃不消。手指头、脚趾头都冻麻木了，甚至有了冻掉的危险。

可怜的星期五看见白雪覆盖了大山，感到了那气候的凛冽，事实上几乎吓坏了。那可是他一辈子没有见过的苦，没有受过的罪。

更严重的是，在我们到达潘佩路纳的时候，雪还在纷纷扬扬地飘飞，已经下了很久。老百姓都说冬季似乎已提前到来。本来就很不好走的路，现在更是无法通行了。因为，一句话，有些地方积雪太深，简直已经无法通行。因为冰雪不像在北方国家冻得那么硬，每走一步都有坍塌下去，把你活埋掉的危险。眼看着冬季到来，气候没有好转的希望（因为那一年整个欧洲都遭到严寒，是人类记忆里最冷的冬天），我们在潘佩路纳逗留了至少二十天，然后我才建议大家走掉，去丰塔拉比亚，从那里坐船去法国的波尔多只是段很短的航程。

但是我们正在考虑这问题时，却来了四位法国绅士。他们在法国那一面的几个关隘受到了阻挡，跟我们在西班牙一样。他们找到过一个向导，是由那人领路穿过朗贵多克通道，翻过山来的，并没有受到风雪太大的阻挡。他们还说，即使遇见过不同程度的雪，也都已经冻硬，经得起人踩马踏。

我们打发人去请来了那位向导。他告诉我们，他可以带我们走同样的路穿过山去，不冒大雪的危险。只是我们必须有充分的武器装备，预防野兽攻击。因为在这样的大雪里，他说，有时候山脚下会有野狼出没。因为地面积满了雪，没有了食物，野狼常常饿得厉害。我们告诉他，我们和他们一样，对这样的野物做了足够的准备。问他是否能保证没有两条腿的狼——我们听说那才是最危险的，尤其是在山那边的法国一面。

他的回答很令我们满意，他说，在我们要走的路上没有我们所说的那类危险。于是我们立即同意了让他作向导。另外的十二位先生和他们的仆人和我刚才所说的几位曾想过山，却又只好退回的法国人和西班牙人，也都同意了。

这样，我们就在向导带领下从潘佩路纳动了身。那天是 11 月 15 日。实际上我还吃了一惊：他并没有和我们一起向前走，而是沿着我们从马德里来时的路，倒了回去。我们走了二十多英里，过了两道河，来到了平原地区，却发现已回到了温暖气候里。那里的农村很舒适，看不见雪。但是他又突然往左拐了个弯，从另一条路靠近了大山。虽然崇山峻岭看上去很可怕，但是他东拐西拐，领我们走了许多弯路，不知不觉间已绕过了险峻地带，并没有受到积雪太多的阻挡。于是，突然之间，他就向我们指出了那欢乐富饶的朗贵多克和加斯科涅省，那可是苍翠葱茏，一片繁荣景象，虽然事实上在辽远的地方，还有一段崎岖的路要走。

不过，这时我们却发现下起了大雪，一下就是一天一夜，雪花纷飞，无法上路。我们有些不安了。但是他让我们放心，因为困难马上就会过去。事实上我们也发现自己开始每天都在下山，比以前更往北去。我们依靠向导带路，继续前进。

天黑前大约两小时，向导走在我们前面不远，已经看不太清楚。三头硕大的狼突然从密林附近的低洼地带蹿了出来，一头狗熊跟在后面。两头狼对向导蹿了过去。如果他在我们前面半英里，我们来不及援救，怕就会给野狼吃掉了。一头狼咬住了他的马，一头狼向他猛扑上去，他来不及拔出腰间的手枪，甚至还没有想到，只知道向我们大声呼救。那时我的仆人星期五正在我身边，我叫他催马前去看个究竟。星期五一见向导，也就像向导一样大叫起来，"啊，主人！啊，主人！"同时像个勇敢的男子汉纵马向前，赶到了向导身边，用手枪对准那头袭击向导的野狼的脑袋，"叭"就是一枪。

那可怜的人很幸运，因为救他的是我的仆人星期五。星期五在自己的国家习惯了那一类野兽，对它们并不畏惧，而是像我所说，一直逼到面前才对准狼脑袋开了枪。若是换了我们，怕是只敢从远处动手，也许就有打不中狼而伤了人的危险。

但是那已能让比我还胆大的人害怕了。事实上它让我们全都紧张了起来。我的仆人星期五的枪声一响，我们就在两侧都听见阴森森的狼嚎，嚎得山鸣谷应。从我们的耳朵听去，似乎还有千万只野狼在呼应。事实上那狼群可能确实不小，我们并非没有理由害怕。

不过，因为星期五杀死了一头狼，咬住马的那一头便立即松开口，跑掉了。幸好它咬向的是马的脑袋，被马缰铁环挡住了牙，对马的伤害不大。事实上受伤较重的倒是向导。因为那野兽正发狂，咬了他两口。一口咬在胳臂上，一口咬在膝盖上面一点。那马一挣扎，就几乎把他从马背上摔了下来。这时星期五正好抢上前去，对狼开了枪。

很容易设想，星期五的枪声一响，我们大家都加快了步伐，在那崎岖的山路上尽快向前奔跑，想看看是怎么回事。我们刚跑过挡住视线的树林，就看见了那局面，看见了星期五解救向导那一幕。虽然我们还没有立即看清他杀死的是哪一类野兽。

可是，要说人兽之间的较量之顽强与惊人，那可是从来没有谁能比得上星期五和狗熊之间那一幕。那可是让我们看了一场难以想象的节目，非常好玩。虽然开始时我们还大吃了一惊，很为他捏了一把汗。狗熊是一种庞大、沉重、动作迟缓的动物，因此有两种独特的性格作为一般规律支配着它的行动。首先，对于人。人不是狗熊乐意的狩猎对象——我说的是乐意的狩猎对象，虽然我不能说过分的饥饿可能产生什么后果——现在是积雪满地，它们很可能就非常饥饿。此外，它一般是不攻击人的，除非人先攻击它。相反，如果你在树林里遇见它，只要你不招惹它，它是不会招惹你的。但是你必须小心，对它友好，给他让路，因为它是一位很可爱的绅士，即使见到了国王也不会往路边挪一挪的，它不会。如果你真害怕，最好是眼望着别处，继续走路。因为如果你偶然停步站住，瞪大了眼望它，它就会觉得你是在冒犯它。你若是对它扔东西，喂东西，打到它身上，即使只是指头粗一根棍子，它也会觉得你是在冒犯它。它就会把别的事扔下，来报仇雪恨，追赶你。因为事关荣誉，不可不满意而归。这是它的第一个特性。第二个特性是：只要你冒犯了它，它就决不会放过你。就会白天黑夜地追你，直到报仇雪恨为止。它总是不紧不慢地跟着，终于要追上你。

我的仆人星期五把向导抢救了出来，我们来到他面前的时候，星期五正在把向导从马背上扶下来。因为向导不但受了伤，而且吓坏了。事实上他的恐惧比伤情严重。这时候我们却突然发现那狗熊从树林里窜了出来，那可是个庞然大物，比我所见过的狗熊都大了许多。见到它，我们人人都有点吃惊，但是星期五见到它时，那满脸的快活和干劲却是谁都不难看出的。"啊！啊！啊！"星期五指着它大叫了三声，"啊，主人！你让我去，我要去跟它握握手！让大家笑个够。"

我见那家伙那么高兴，不禁吃了一惊。"你这个傻瓜，你，"我说，"它会吃了你的。""它吃我！它吃我！"星期五重复着这话。"是我吃它，是我让你们哈哈大笑。你们都待在这儿吧。我让你们瞧瞧，哈哈大笑一番。"说着他就坐了下来，很快地脱掉靴子，换上他塞在口袋里的便鞋（那是我们对他们所穿的平底鞋的称呼），然后就把他的马交给了我另一个仆人，抓起枪就跑掉了，像风一样快。

狗熊缓慢地迈着步，没打算干扰任何人，直到星期五来到它面前，对它大叫，好像狗熊懂得他的话似的。"听着，听着，"星期五说，"我在跟你讲话呢。"我们从远处望着。现在我们已经下了加斯科涅省一面的山坡，正要进入一片大森林。那里的地面平坦空旷，虽然还零零落落散布了些树木。

星期五正如我所说跟在狗熊后面，很快就赶上了它。他抓起一块大石头向它扔去，正好打在狗熊头上，对它却没有什么伤害，好像打在了墙壁上。但它已经达到了星期五的目的。那无赖一点也不害怕，他扔石头就是为的让狗熊来追他，正如他所说的，好让我们哈哈大笑。

狗熊感觉到了那石头，看见了他，转过身来就向他追去，脚步撒得像魔鬼一样开。以一种特殊的步伐撒开腿跑，那是能吓得马匹扬蹄乱跑的步伐。星期五按自己的路线跑着，似乎是向我们跑来求救。于是我们决定立即对狗熊开一排枪，把我的仆人救出来——虽然我打心眼里生他的气，因为他在狗熊要办自己的事往别的方向走时，把它逗了回来，往我们的方向跑——我尤其生气的是他把狗熊往我们的方向逗了回来，自己却跑掉了。我对他叫喊，"你这个狗杂种，"我说，"你就是像这样让我们哈哈大笑的吗？牵好你的马，滚，让我们来对这家伙开枪。"他一听这话急忙叫道："别开枪，别开枪，站着别动，会让你们哈哈大笑的。"由于那野物跑一步这无赖就能跑两步，这无赖就突然转过身子往我们身边一侧跑来。他发现了一棵大橡树很能满足他的要求，就做了个手势，让我们赶快看热闹。然后就加快了速度。他把枪放到橡树脚下离树五六码的地方，自己就灵敏地爬上树去了。

狗熊立即去到了树边，我们在远处望着。狗熊做的第一件事就是在枪边站住，嗅了嗅，然后让它躺着，自己像猫一样沿着树干往上爬——虽然体态庞大臃肿。我见它那样子，很为星期五的愚蠢吃惊。

天呀，我想，就是要了我的命，我也看不出这有什么好笑。见到狗熊上了树，我们都骑马靠了过去。

我们靠近橡树时，星期五在一根粗树枝的小的一头上露面了。狗熊和他之间只有那树枝的一半的距离。等到狗熊到达树枝较为脆弱的部分时，"哈！"星期五对我们大叫，"现在你们来看我教狗熊跳舞吧！"说时就摇晃起树枝来，狗熊也只好跟着摇晃。但是狗熊站住了，回头望了望，看了看怎样才能回头下树。这时我们确实觉得好玩了，不禁哈哈大笑。但是，星期五的节目还远远没有结束。他一见狗熊站住了，又对它叫喊起来，好像以为那东西懂得英语。"怎么啦？不上来了？上前几步——走！"说着就停止了摇晃树枝。狗熊仿佛听懂了他的命令，确实向前挪了挪。于是他又摇晃起树枝来，狗熊又停下了。

我们认为现在正是对狗熊脑袋开枪的时候，我就对星期五叫喊，让他别动，我们要打狗熊了。可他仍然认真地大叫："啊，求你们别打，啊，求你们别打，我就要打了，马上，马上。"总之，长话短说，星期五在那里大跳其舞，狗熊给他摇晃了个憨态百出。我们确实是哈哈大笑了，而且笑了个够。可我仍然想象不出那无赖会玩出个什么花样来。开始时我们以为他想把狗熊晃荡下树去。却发现狗熊也狡猾，那其实办不到。因为它并不往更远处爬，而且手脚并用，大爪子搂住大树枝，不让你摇晃下去。这样，我们就想象不出结果，不知道那玩笑终于会怎样收场。

但是星期五很快就解除了我们的怀疑。他见狗熊紧抱了树枝，怎么样弄它也不往前爬，就说话了。"好了，好了，"他说，"你不走，我走，你不到我这里来，我就到你那里去。"说着他就往那树枝的最细的部分爬去。那部分树枝被他的身子一压，就往下弯。他轻轻一溜，就顺着树枝往下滑，在离地面很近时跳到地上，随即跑到枪面前，抓起枪来站着不动。

"好了，"我对星期五说，"星期五，你现在还要干吗？为什么不开枪？""不开，"星期五说，"还不能开，现在不开，不杀，我等着，再让你们笑一笑。"他确实是让我们笑了，你马上就可以见到：狗熊发现敌人不见了，就从自己站着的树枝上往后退。但是动作十分悠闲，

230

每退一步都回头望一眼，终于退到了树干的部分。然后仍然屁股冲前，从树顶往下挪，爪子搂着树干，一步挪一点，悠闲地挪着。在这关键时刻，就在它的后腿刚踩到地上那一刻，星期五迈步靠近狗熊，枪口对准它的耳朵，一枪就把它打倒了，倒得像石头一样。

然后那无赖就转过身来，看我们笑没笑。他见我们看得高兴，自己也不禁哈哈大笑，声音很响亮。"在我们那儿就是这样杀熊的，"星期五说，"你们是这样杀的吗？"我说："可你们哪儿来的枪呀？""没有呀，"他说，"我们没有枪，我们用箭射，长箭，很长的。"

这对我们确实是一次妙趣横生的消遣。可是，我们仍然在荒野里，向导伤势不轻，我们还不知道怎么办。狼群的嗥叫还在我脑子里震响，除了我曾说过的我在非洲海岸听过的那种喧嚣，我还没有听过像这样的声音，叫得我毛骨悚然！

这些情况加上即将降临的黑夜，要求我们迅速走掉。否则我们就一定会像星期五所说，把这庞大家伙的皮扒了下来——那倒真是值得收藏的。可我们还有三个里格的路要走，向导也催我们走。于是我们离开狗熊，继续我们的旅程。

地面仍然覆盖着白雪。虽然没有山上深，也没有那么危险。可那些饥饿的野兽（我们后来才听到）正向树林和平原地区跑来。狼群饥肠辘辘，正在寻找食物，在村庄里已经干了许多坏事。袭击过乡下人，杀死过许多羊和马，也杀死了一些人。

我们的向导说，我们要经过一个危险地区。只要这个地区有狼，我们就会在那里碰上。那是一个小平原，四面都是森林。要穿出森林，就必须从一条狭长的甬道或"胡同"经过。然后，就到了我们过夜的村庄。

太阳落山之前不到半小时，我们走进了第一个树林。太阳落山后不久，我们已来到平原上。我们在第一个树林里什么也没有遇见。只是在林中一个大约两弗隆①长的平原上见到五头大狼横穿道路，一个跟着一个飞快地奔跑，似乎在追逐着它们视线之内的猎物。它们没有注

———————————

① 弗隆：英国古代长度单位，等于 660 英尺。现在还在赛马里使用。

意我们，顷刻间就跑得看不见了。

一见这个，我们的向导，一个胆小怕事的可怜虫，就叮嘱我们做好战斗准备。他相信更多的狼就要出现了。

我们准备好武器，眼睛打量着四方，却没再见到狼。直到我们穿出了差不多半里格长的树林，进入了平原。那时我们又有了更多的时间向四面观望。我们遇见的第一个东西是一匹死马，就是说，一匹被狼杀死的可怜的马。有至少十二匹狼在处理着它，不能说是在吃，而是在啃骨头，因为肉早就给吃光了。

我们认为影响它们会餐不大合适，它们也不太注意我们。星期五倒想对他们开枪，可我无论如何都不同意。因为我们手上很可能还有更多我们还没有意识到的工作要做。

我们还没有走完平原的一半，就听见狼嚎从左侧的树林传来了。声音非常恐怖。紧接着我们就看见大约有一百头狼直接随着嚎叫而出，向我们结群地冲来。大部分排成单行，很有纪律，像是个颇有经验的军官所指挥的部队。

我几乎不知道该怎样对付它们才好。但是，我发现唯一的办法是大家彼此靠紧，摆成一排。我们在顷刻之间就站好了队伍。但是为了使开枪间隙不太长，我发出命令，要求两个人一组轮流放枪，不开枪的必须为下一次排枪做准备。如果狼群继续向我们进攻，已开枪的就装火药，让另一个人开枪。每个人还得准备使用手枪——我们每个人都带有两支手枪和一支火药枪。采用这个办法，我们就能连续打出六次排枪，每次有一半的人开火。

不过，我们目前还没有这个必要。因为第一排排枪开过之后，狼群就已完全停止了进攻。它们是被声音吓到了，也是被火光吓到了。有四只狼被射中脑袋，还有几只狼受了伤，流着血跑掉了——在雪上可以见到踪迹。这时我又发现狼群站住了，并没有立即撤退。于是我想起有人告诉过我：最凶猛的野兽听见人类的叫喊也都会害怕的。这样，我就让大家放开嗓门使劲地大吼。我发现这说法不是完全没有道理。因为我们一叫，狼群就开始后退，转过了身子。我又命令对准狼群的后背再开了一排枪，这就把它们赶得不要命地奔跑，钻进树林，消失了。

这又给了我们闲暇再给枪支装上火药。为了不浪费时间，我们继续前进，但是我们才装好火药枪，做好准备，就又听见左边的树林里发出了一片恐怖的喧嚣。不过，离我们要去的方向很远。

黑夜已经降临，天色暗淡下来。我们这一面更加紧张了。但是喧嚣声还在加剧，我们很容易感到，那就是那些魔鬼般的野兽的嚎叫和呜咽。我们看见了两支狼群队伍。一支在我们左边，一支在我们前面。我们似乎被包围了。不过，它们既然不向我们进攻，我们也就尽量扬鞭催马，快速前进。由于山路崎岖，马也只能做大步的小跑。像这样跑着，我们看到了一个森林入口。我们就要跑到平原对面的边缘，穿进那片森林了。但是，等我们来到那森林甬道附近时，却大吃了一惊，发现了一个很大的狼群，正站在森林的入口处。

突然间，我们听见了一声枪响从森林的另一入口传来。我们转眼望去，却见一匹马带着鞍鞯和缰绳像风一样迅疾地跑了出来。十六七只狼在身后全速地追赶。我们估计那马无法长久维持速度，不怀疑它终究会被追上。事实果然如此。

我们在那里见到的是一片非常恐怖的景象。我们催马来到那马跑出的地方时，就发现了另一匹马和两个人的尸体。已被饥饿的狼群吃过。其中之一无疑就是那开枪的人，我们听见的就是他的枪声。

那景象真吓得我们心惊胆战，不知如何是好。可是狼群却让我们立即下了决心。它们立即在我们周围聚集了起来，打算吃掉我们。我确实相信它们有三百头之多。有一件事对我们非常有利，在靠近树林入口，但还有一定的距离处，堆了些巨大的木料。那是上个夏季砍倒的，我估计是准备运走。我带了我那支小部队跑到木料堆背后，就让大家下了马，排成三角形，躲在其中一条长木料后面，拿它当防御工事。形成三道防线，把我们的马包围在正中。

我们准备得恰到好处。那群野物已在这里对我们发起了前所未有的猛烈进攻。它们惊天动地地嚎叫着，向木料堆上的长木料扑来——我说过，那就是我们的防御工事。狼群仿佛只在扑向到口的猎物，那猖狂劲儿主要似乎因为看见了我们背后的马。我命令我们的人用刚才

233

那办法，两人一组轮班开枪。第一排枪就打死了好几只。但是开枪必须持续，因为它们像魔鬼，后浪推着前浪，不断地冲了上来。

我们开了第二排枪后，觉得狼群停顿了一会儿。我希望它们已经泄了气，可那只是转瞬间的事，后面的狼又扑上来了。我们又打了两排手枪。我相信这四次排枪打死了十七八匹狼。受伤的还有两倍之多，可他们仍然在往上扑。

我很不愿意匆忙用掉最后的弹药，于是叫来我的仆人（不是星期五，因为星期五有更重要的任务：打仗时他为我的枪和他自己的枪上弹药，非常灵巧）。如我所说，我叫来的是我另一个仆人。我给了他一羊角火药，要求他沿着整个长木料撒成粗粗的一条。他撒好火药刚走掉，狼群已来到长木料面前，有的已扑了过来。我在火药旁拿起一把没有上弹药的手枪，对着火药使劲一砸，砸燃了火药，跳上木料堆的狼被烧坏了，有六七只狼掉到了我们这边，好像是被火光吓的，被我们立即打死了。别的狼也被火光吓住了。那时天快黑净，火光尤其吓人。狼群又往后退了一点。

这时我发出号令，开最后一排手枪，然后大家使劲叫喊。狼群一听，转身就跑。我们对二十来只受伤的狼扑了上去。它们还在地上挣扎，我们用刀乱砍。这办法达到了预期的目的。它们的狼伙伴更明白那惨叫和哀号的意义，于是一律逃之夭夭，不再露面了。

从开始到结束，我们一共杀死了差不多六十只狼。如果是在白天，杀死的还会多得多。我们就像这样打扫了战场，继续前进——我们还有差不多一里格路要走，路上还好几次听见狼群在树林里呜咽和嚎叫，有时似乎还在想象中见到它们，但是雪光耀眼，没有把握。这样，我们经过一小时左右来到了住处。我们发现那里的人都吓坏了，而且全副武装。因为前一晚似乎有许多狼和几头熊闯进了村子，把他们吓了个半死。为了保护牲口，尤其是人，他们只好日夜守卫，尤其是在晚上。

第二天早上向导的病严重了，两处伤口溃烂，无法再走。我们只好换了个向导，再去图鲁斯。到了那里才发现那是个气候温暖、果实繁茂的快活地点，没有冰雪和野狼之类的东西。但我们在图鲁斯谈起经历时，他们却告诉我们，大山脚下的森林里出现那样的事，确实是司空见惯，尤其是在地面积雪的时候。但是他们问起我们找了个什么样的向导，敢于在那样的严寒季节冒险给我们带路。而且告诉我们，我们没有完全被狼吃掉，可真是天大的运气。我们告诉他们我们是怎么样围成三角形，把马放在中心时，他们也把我们好一顿埋怨，并告诉我们，我们没有全部被狼群吃光的机会只有五十分之一。狼群之所以那么愤怒，正是因为看见了猎物——在别的时候它们倒真怕枪，但是饿得过了分，发起了脾气，恨不得立即扑到猎物身边，那就什么危险都不顾了。如果我们没有使用连续的排枪射击和火药阵的计谋压倒它们的话，我们很可能就被撕成碎片了。可是，只要我们满足于骑在马上，以骑兵的身份开枪，狼群是不会把背上带人的马当作猎物的——那是另外一种生物。最后，他们又告诉我们：如果我们离开了马，大家站在一起，狼群就有可能忙着吃马，让我们安全地走掉。何况我们手上还有武器，而且人数众多。

就我而言，我在生活里对危险并不敏感。可是，在我见到三百多个魔鬼大张着嘴嚎叫着向我们扑来，而我们又没有地方隐蔽或躲藏时，我已经放弃希望，觉得自己已经是死定了。看来，我想自己永远也不会想再过那道山了。宁可在海上航行一千里格，即使是肯定每周都会遇见风暴，我也认了。

27 我重访我的海岛

在我经过法国时没有什么特别的情况值得注意，只有其他旅客谈的东西。他们比我占有了大得多的优势。我在严寒的气候里旅行，从图鲁斯到了巴黎，没有多大耽误，就去了加莱，一月十四日在多佛登了岸。

现在我来到了我的旅行中心。我在短短的时间里，随身安全地携带了我新发现的全部地产，并按时兑现了我所携带的汇票。

我的主要的指导人和私人顾问就是那位善良的老寡妇。为了感谢我给她送去的钱，她并不觉得为我办事太费劲，太操心。我也把一切都托付给了她。因此，我对我的动产的安全非常放心。事实上由于这位善良的夫人的洁白无瑕，清廉公正，我从开始就很感到高兴，而现在已到了结束的时候。

现在我开始考虑把我的动产托付给这位夫人，自己到里斯本去，然后再去巴西。但是，此刻我又有了另一个顾虑：宗教问题。由于我即使在国外时也对罗马宗教存在过某些疑虑，尤其在我孤独的时候，因此我觉得不能去巴西，更远远不能在那里定居。除非我决定毫无保留地改信罗马天主教。否则，从另一方面看来，我就是决定去作殉教的烈士，为自己的原则而牺牲，死在宗教裁判法庭上。于是，我下定了决心，留在家里。只要有办法做到，就处理掉我的种植园。

为此，我给我在里斯本的一个老朋友写了一封信。他回信告诉我，在那里他很容易处理掉我的种植园。但是如果我认为合适，愿意交给他办理，以我的名义向两个商人提出的话，他不怀疑我还可以多卖四千至五千个八瑞尔金比索，甚至更多。那两个商人就住在巴西，是我的两个还活着的委托代理人，他们就住在种植园旁边，肯定充分理解它的价值。我也知道他们很有钱，因此他相信他们会喜欢购买。

这样我就同意了，建议他向他们提出。他照办了。大体在八个月以后，船回来了，他给了我个交代。说是对方接受了建议，给他们在里斯本的一个商务联系人汇来了三万三千个八瑞尔金比索，由他们付款。

回过头，我也在他们从里斯本送来的一份购买合同表格上签了字，送到了我那老爷子的地点。老爷子又给我带来了地产所得的三万二千八百个八瑞尔金比索的汇款单。其中扣除了每年给他的一百个墨依朵金币（那是终身要付给老爷子的，以后就给他的儿子五十个，都是我答应给的），那是租金，都得由种植园补偿。这样，我就付出了我生活里的第一笔支出。我那生活可是上天安排的幸运与冒险交错的生活，其纷繁复杂为人世所罕见。开始得愚蠢，结局却愉快得多，其中的每一个部分都是我怎么样也预计不到的。

任何人都会以为，在这种复杂的幸运状态里，我已不会再去冒什么险了。事实上如果没有出现其他情况，我也确实不会了。但是，我已经习惯于漂泊的生活。我没有家庭，很少亲人，虽然很有钱，朋友却不多。虽然我在巴西的地产已经卖掉，脑海里却总还有个巴西，还有个浪迹天涯的强烈欲望。尤其是有一种我很难遏制的倾向：想去看看我的海岛，看看那些西班牙人是否还在那里？我留在那里的无赖们对他们会怎么样？

我真诚的朋友，那寡妇老太太，也认真地劝我别去。她说服了我，我差不多七年没有出过国。在这段时间里照顾了我的两个侄子，也就是我一个哥哥的两个儿子。老大还有点才能，我把他培养成了一个绅士；除了他自己的地产，我还给了他一份我死后继承的产业。老二我交给了一艘船的船长。五年后我发现他成了个有头脑、有勇气也有进取心的青年，就让他上了一只船，打发他出海去。这个小年轻以后却把我这上了年纪的人也拉了进去，又让我冒险去了。

在这个时期，我已在这儿定居了下来。首先，我结了婚，那对我没有什么不利，我也并非不满意。我有了三个孩子——两个儿子和一个女儿。但是在我的妻子死去，我的侄子航海去西班牙取得成功回来后，我那出国倾向和他的反复劝说终于占了上风。让我上了他那艘跑西印度群岛的私家商船。那是 1694 年的事。

我在这次航行里去看了我的新殖民地，我那个海岛。我见到了我的继承人，那些西班牙人，知道了他们的全部生活情况，也见到了我留在那里的几个流氓。知道了他们开始时曾经怎么样侮辱那些可怜的西班牙人，后来双方又怎么样和好了，然后又对立了，又联合了，又分手了。西班牙人怎么样终于不得不对他们使用起了暴力。如果探究起来，那也是一部跟我这一部分生活同样变化多端、光怪陆离的历史。还有，他们和来到这海岛登岸的加勒比人之间还有过几次战争。在对海岛本身的改进方面，他们有五个人进攻过大陆，抓回来十一个男俘虏和五个女俘虏——我去到那里时，就发现岛上有了大约二十个年轻娃娃。

我在这儿停留了大约二十天，给他们留下了许多必需品。尤其是武器、火药、子弹、衣服、工具和两个工匠（一个木匠和一个铁匠），是我从英国带去的。

此外，我保留了海岛的全部产权，再把海岛分成几份，征得他们同意后让他们分别使用。所有的事情安排完，我又要求他们别离开那海岛，然后就把他们留在了那里。

离岛之后，我在巴西上了岸，在那里买了一只小船，在船上载了更多的人，送去了海岛。船上除了更多的供应品，还加上了七个女人，都是我认为合适才选定的。有的是送去干活，有的是送去给愿意娶她们的人当老婆的。至于英国人嘛，我也答应过他们，从英国给他们送女人去。如果他们愿意搞种植，还给他们送去一大批必需品。这些事后来我都一一照办了。送去的人有了主人，也有了自己的财产，都表现得诚实和勤劳。我还从巴西给他们送去了五条母牛（其中三条已经怀孕），还有若干只羊和几头猪。我以后去时还发现那些畜生都繁殖了，增加了。

除此之外，还有许多故事。三百个加勒比人来了，侵略了他们，毁坏了他们的庄稼。他们和那些人作了战，开始时吃了败仗，三个人被杀。可到最后，一场暴风雨毁灭了敌人的独木舟，其他的人也几乎全部饿死或淹死了。他们夺回了自己的种植园，进行了改进。至今仍在那岛上居住。

这一切，还有我后来十多年的新的冒险，也有许多惊人的情节，说不定我以后还会继续讲述呢。

阅读练习

出题人：江苏省泰兴市襟江小学　严军贤

老师的话：

小读者们，阅读应该是一次有意思的旅行。踏上旅程时，我们应怀着愉悦的心情；在旅程中，我们应随时随地采撷动人的"浪花"，享受阅读的乐趣；旅行之后，我们还可以梳理自己的"收获"，给这段旅行画一个圆满的"句号"。现在，让我们来"趣"读《鲁滨孙漂流记》，开始旅行吧！

一、谈人物

1. 他在一座无人荒岛上生活 28 年后，因帮助一个船长制服叛变的水手，得以乘船返回自己的祖国，他在成为巨富后派人到岛上继续垦荒。他的名字叫_____，这部作品叫_____。

2. 鲁滨孙救下一名野人为奴，这名野人的名字是_____。

3. 有一次，鲁滨孙和星期五用火枪等武器共打死打伤_____名野人，救出一个白人和一个野人，那个野人是_____。

4. 鲁滨孙第三次出航极为不幸，他们遇到了_____，被俘虏，变成了奴隶，逃出后抵达巴西。

二、读故事

"当一个人只是呆呆地坐着，空想自己所得不到的东西，是没有用的。"在荒岛生活的 28 年里，鲁滨孙无时无刻不在实践这句格言，请举出鲁滨孙以具体行动来改变自己生存状况的两个例子。

三、数"家珍"

离开荒岛，坐在回家的轮船上，一群友善而好奇的船员围住了鲁滨孙，在他们看来，鲁滨孙的经历精彩而神奇。鲁滨孙会挑选哪些有趣的经历讲给船员们听呢？请帮他选一选。

1. 驯养山羊可是一项技术活。

2. 没有人可以说话时，鹦鹉是我最好的伙伴。

3. _____

   _____

4. _____

   _____

5. _____

   _____

四、写意义

《鲁滨孙漂流记》中，鲁滨孙遇险后，计算时间、记日记、阅读《圣经》成为他生活的重要部分。请选择其中一种行为，结合你的阅读体验，谈谈这种行为对鲁滨孙在荒岛生存的意义。

五、辨好坏

当鲁滨孙漂流到荒岛之后，对他而言，什么是有用的，是好的；什么是无用的，是"坏"的呢？请像"借贷卡"一样，把它们罗列在下面。

"谈人物"的答案请到书中找。